1
鴨山兄助
illust
刀 彼方
落ちこぼれから始める
白銀の英雄譚
Starting from the Bottom, a Heroic Tale of White Silver

アリス・ダンセイニ
レイの幼馴染で、治療を行う救護術士。
無茶ばかりしているレイの世話役で、
常に契約魔獣であるロキを連れている。
レイ・クロウリー
操獣者に必要な魔核がなく
「トラッシュ」と蔑まれている少年。
デコイインクで変身し、自らの力で戦う。

赤面するレイを見て、
何かを察した表情をする。
「……ほほ～う」
レイの手をグリグリと
自分の胸に押し当てる。
「アリスのじゃ……ダメかな？」

キース・ド・アナスン
チーム:グローリーソードのリーダーであり、
レイの養成学校時代の教師。
住民からも慕われ、セイラムシティの
要となっている存在。
フレイア・
大型ルーキーとして活
レイの存在を知り、彼を
スカウトする。
ライラ・キャロル
情報収集を得意とする操獣者。
レイとは操獣者養成学校の同級生で、
実力や努力を認めている人物の一人。

落ちこぼれから始める白銀の英雄譚 1

鴨山兄助

OVERLAP

Starting from the Bottom,
a Heroic Tale of
White Silver

1

CONTENTS

イラスト／刀 彼方

序章 ▾ 獣を操る者たちへ

飛竜が飛ぶ空、魔狼《まろう》が駆ける大地、そしてそれ等《ら》と共存を自称する人間共。

そんな憎たらしい程に何時《いつ》もの光景を望遠鏡越しに眺める。

ここは獣と人間が共存する街、セイラムシティ。

その街の中央に位置するギルド本部の屋上から街を眺める二つの影が在った。

「変わらないな、他人に任せて享受した平和なのに、呑気《のんき》に謳歌《おうか》する性質《たち》だけは……」

少し癖のある黒髪を風に揺らす影の片割れ。

望遠鏡越しに街を見渡している赤目の少年、レイ・クロウリーが吐き捨てる。

「変わらぬさ、いつの時代も人の性質だけは変わらんよ」

「なのに助けようと思う辺り、ヒーローって分かんねぇな」

隣で巨大な銀馬スレイプニルが、レイの吐露に相槌《あいづち》を打つ。

この街にはヒーローと呼ばれる男がいた。

彼は誰よりも強く、誰よりも心優しく、目の前で傷つく生命を放ってはおけない……そんな男だった。故にセイラムシティの住民は彼を慕い、集い、尊敬し、いつしか彼にヒーローの称号を与えたのだった。

レイとスレイプニルはそんなヒーローの姿をすぐ近くで見続けて来た。

その結果ヒーローの最期も見てしまった。

「何だかんだ言っても、最後に街に裏切られたら世話ないのにな」

どれだけ必死になって人や獣を守ったところで、最後に裏切られ殺されてしまえば何の価値も無くなってしまう。セイラムシティを眺めるレイは、そう思わざるを得なかった。

セイラムシティは今日も平穏である。ヒーローによって守られた安寧のもとに暮らす人々。

しかしそのヒーローを死なせたのもまた彼らである。

「何で皆憧れるんだろうなァ？」

「それも、性質だろうさ」

「だとすれば人間は、相当なアホ種族だな」

力を得て英雄と成って、賞賛を浴びた先には破滅が残る。そんな分かりきった結果を追い求める様は、レイにとって嘲笑の対象でしかなかった。

「ならばそう言ってヒーローに憧れるお前は、その上を行く愚者だぞ」

望遠鏡から目を逸《そ》らし、視線をスレイプニルに向けるレイ。

図星を突かれたのか、どこか不機嫌な表情を浮かべ……どこか濁った眼《め》を見せている。

「矛盾、だよなぁ……分かってはいるさ、馬鹿馬鹿しい夢だって」

少し唇を噛《か》みながら、レイは言葉を続ける。

「けどな分かりたいんだよ、ヒーローって何だったのか、何で最期までヒーローをやろうとしてたのかとか……分かった上で、守りたいんだよ」

「何をだ？」

「…………意志を」

「そうか……その為《ため》にお前は力を欲するのか？　無能と分かりきった身体《からだ》に、分不相応にも『王』の力を願い叫ぶのか？」

「分かりきってるじゃねぇか」

「お前が何度も叫んだからな」

「だったら」と言って、レイはスレイプニルに手を差し出す。

「一秒でも早く寄越《よこ》せよ、お前の魔力《インク》」

レイは濁った視線でスレイプニルを睨《にら》む。

強欲だとか、渇望だとか、そう言った感情が含まれ過ぎた眼だった。

そんな視線を受けても、スレイプニルの表情は涼やかなものだった。

獅子《しし》が蟻《あり》に脅《おび》えることが無いように、動じること無く凜《りん》と在る。

それは強者、王者の風格であった。

「我の問いに満足いく答えを出すならば、我もやぶさかでは無いのだがな」

「それが出てたら苦労しないッつーの」

項垂《うなだ》れてため息をつくレイ。

両者にとって、もう何度目か分からなくなったこのやり取り。

スレイプニルの出したものはシンプルな問いだ。

――先代を超えるヒーローとは何か？――

他の者、ヒーローに憧れを抱いた有象無象なら即座に安っぽい答えを出すであろう問い。

だが、ヒーローを見て来たレイだからこそ、矛盾を内包したレイだからこそ、この問いは難しすぎた。

「やっぱり、出来る事からやっていかないとだな」

そう言ってレイは再び望遠鏡越しに街を見渡し始めた。

なにも変わらない。

街も、組織も、心も。

闇と諦めと絶望で濁ったレイの眼も。

それでもレイはその眼で探し続ける。

彼がこの街を守った意味を、自分がヒーローと成る為に必要な何かを。

そして、ヒーローの意志を踏みにじろうとする悪意を。

そんなレイの後ろから、スレイプニルが問いかけてきた。

「何が見える？」

不変と濁り。セイラムシティを見下ろしながら、レイは吐き捨てるように問いに答えた。

「獣を操る奴《やつ》ら」

第一章 ▼ ファースト・エンゲージ

人と魔獣が共存する時代が始まって八百年程が経過。

世界は魔獣の力を身に纏《まと》い、魔獣の魔法を使う戦士【操獣者】によって守られていた。

今日も今日とて、そんな世界の日々は過ぎていく。

ここはセイラムシティ第八居住区の森の中。

木漏れ日が差し込む森の中。ところ狭しと咲き乱れる幻想的な花々。

そんな中で聞くラジオ放送。

『キラキラ輝いて、目指せナンバーワン！　ナディアの広報部ラジオ。今日も元気いっぱいに、はっじまるっよー☆』

「あ～ホント良い声。癒される……癒されたい」

レイの腰につけた十字架付きの小さな魔本【グリモリーダー】から、可愛《かわい》らしい女の子の声が聞こえてくる。

『という訳でハロハロ、リスナーの皆さん♪　このラジオはセイラムシティやギルドに届いた色んな情報を、魔本の前の皆さんにお届けするスペシャルなラジオ放送ですッ！　司会はお馴染《なじ》みセイラムシティのアイドル、ナディアちゃんがお送りします☆』

本当なら整備士の仕事も一段落し、平和な昼下がりの休憩タイム……の筈《はず》であった。

「こんな状況じゃなければなァ！」

「ボーツ！」

「ど、チクショォォォォォォ！」

斬ッ！　レイの手には二つのグリップがある、文房具のコンパスを想起させる形状をした大剣が握られていた。

襲い掛かる灰色の人型に向けて、その刃を振りかざすレイ。平穏にラジオを聴いている場合ではない。

『それでは最初のコーナー。今週大活躍したギルド所属の操獣者の紹介でーす☆』

「その操獣者をこっちによこせぇぇぇ！」

レイの事情など気にすることなく襲い掛かる灰色の人型こと【ボーツ】。

ボーツは腕を刃などに変化させて、確実にレイを傷つけていた。

どうしてこうなったのか。

簡単に説明をすると、レイは今人探しをしている。

探しているのは仕事の依頼人。かつての同級生でもある同行者が目を離した隙に、迷子になったらしい。

折角の依頼人に怪我《けが》でもされては目覚めが悪いので、レイはこうして迷子探しに出たのだが……

「おいお前！　倒れてないで、さっさと逃げろ！」

「あ〜、あ〜」

「こんの腐れ中毒者《ジャンキー》ィ！　こんな場所で意識飛ばしてんじゃねーよ！」

運悪く薬物中毒者の男を発見。それを捕まえようとした次の瞬間、男は薬品を地面に零《こぼ》した。結果、零れた薬物と地中の胞子が反応してしまい、食獣魔法植物ことボーツが大発生してしまったのだ。

レイはコンパス形の武器、コンパスブラスターでボーツに応戦する。

中毒者の男を守りながらなので、既にレイには傷が多数できていた。

「くっそ。巡回の操獣者が来てくれれば、マシにはなるけどッ」

誰かを待つ余裕はない。となれば。自分で戦うという選択肢しか残されていなかった。

「変身するにも、隙が無い。どうする」

ボーツの猛攻は凄《すさ》まじい。レイは腰に下げたグリモリーダーに触る事さえできなかった。

このままではジリ貧になって負ける。足元で倒れている中毒者の男を見捨てれば、対抗策は打てるが、それは後味が悪すぎる。

レイが頭を悩ませていた、その時であった。

「クロス・モーフィング！」

それは、操獣者が変身の時に唱える呪文であった。

「どぉりゃぁぁぁぁぁぁぁぁぁぁぁぁ！」

突如として放たれた巨大な炎に、十数匹のボーツが焼き払われた。

何が起きたのか。レイは炎の発生源に目をやった。

操獣者だった。悪魔のような角が生えたフルフェイスメットと、似たようなデザインの頭部を模した巨大な籠手《こて》を右手に着けている、真っ赤な魔装の操獣者であった。

籠手からは未《いま》だに炎がチロチロと出ている。あそこから炎を放ったのだろう。

そしてシルエットと声から察するに同年代の女性だという事は分かった。

「いやぁ〜、すごい数のボーツね」

「誰が助けてって言った」

「ん〜……誰も言ってないね」

「じゃあ邪魔すんなよ」

「そんな事言って〜、そのダメージじゃ説得力無いよ」

心が痛むと同時に一つの確信を得るレイ。この女、苦手なタイプだ。だが彼女が言う事も一理ある。このままでは防衛すらままならない。無茶をしてボーツが居住区に溢《あふ》れては本末転倒である。ならば今は、この女を利用してやろうとレイは考えた。

「戦いたいなら好きにしろ、俺はコイツを安全な所にポイする」

「雑だなぁ……まぁ好きにして良いならそうさせてもらうけど！」

赤い操獣者は腰から剣を抜きボーツに立ち向かう。その間にレイは男の首根っこを摑《つか》んでボーツの大群から離れた場所へと駆けて行く。

そして適当な場所に男を捨て置くと、レイはすぐに戦場へと戻った。

「オラオラァ！」

戻ってきて最初に目に入ったのは、赤い操獣者が嬉々《きき》としてボーツを切り裂いている光景だった。火炎を纏った刀身に焼き切られていくボーツ達《たち》。なんだか獲物を横取りされている気分がしたレイは少々ムッとなった。

「追いつめられてたからって、戦えないと思うんじゃねーぞ」

レイは懐から鈍色《にびいろ》の栞《しおり》を一枚取り出し、腰に下げていたグリモリーダーを取り出す。

「起動《ウエイクアップ》：デコイインク！」

左手に持った鈍色の栞に起動用の呪文を入れる。すると栞から鈍色の魔力液、デコイインクが滲《にじ》み出て来た。インクが滲み出た栞をグリモリーダーに挿入し、レイは十字架を操作する。

「デコイ・モーフィング！」

偽装変身。

グリモリーダーから放たれた鈍色の魔力がレイの全身を包み込む。肉体を変化させはしないが、身体を守るための黒いアンダーウェアを魔力が紡ぎだす。その上から灰色のローブ、ベルト、ブーツ等が形成されていく。最後に一本角が生えたデザインのフルフェイスメットがレイの頭部を覆い隠した。

変身が完了したレイは、若干ムキになった感じで加勢しに行く。

レイの存在に気づいた何匹かのボーツがレイに襲い掛かってきた。

「このくらいなら、どうにでもなんだよ！」

手に持ったコンパスブラスターで的確に首や胴体を切り落としていくレイ。身動きの取れない男という枷《かせ》が外れたので、本領が発揮できているのだ。

「チッ、数が多いんだよもー！」

そう言うとレイは鈍色の栞を取り出し、コンパスブラスターに差し込んだ。

「インクチャージ！」

コンパスブラスターの中が魔力で満たされていく。

魔力刃生成、破壊力強化、攻撃エネルギー侵食特性付与、出力強制上昇。

レイは複数の魔法術式を瞬時に頭の中で構築していき、完成した術式をコンパスブラスターに流し込んだ。

「そのままかかってこいよ〜」

レイはコンパスブラスターを逆手に持ち変える。

ボーツ達は三六〇度、全ての方向から一斉に襲い掛かって来た。

今だ！

「偽典《ぎてん》一閃《いっせん》！」

レイが魔法名を叫ぶとコンパスブラスターから巨大な魔力の刃が現れる。

すかさずレイは円を描くように、その刃で薙《な》ぎ払った。

一斉に襲い掛かってきたのがボーツ達の運の尽きであった。

ある者は首を、ある者は胴体を切断されて、一匹残らずその場に崩れ落ちていった。

少し無茶をしたせいか、肩で息をするレイ。

視界にはもう活動しているボーツの姿は見えない。

これで一安心か…………レイがそう思った時だった。

「ボッツ……ボッツ」

「オイオイ、まだ生えてくんのかよ!?」

魔僕呪《まぼくじゅ》の魔力活性の影響を受けたせいか、通常では有り得ない頻度でボーツが湧き始める。新たに発生したボーツは目算しただけでも約四十体。先程のダメージがレイの中で響いている。

近距離戦では上手《うま》く戦えないと判断したレイは、コンパスブラスターに栞を差し込み、コンパスブラスターのグリップを操作した。

「形態変化《モードチエンジ》！　銃撃形態《ガンモード》！」

瞬く間に、コンパスブラスターは剣撃形態《ソードモード》から銃撃形態へと変形した。

「変形する魔武具《まぶんぐ》か～、珍しいね」

「こう見えて射撃は得意なんだよ！」

褒め言葉は無視して、ボーツに向かって引き金を引きまくるレイ。

着弾した魔力弾はボーツの胴体を爆散させていった。

「ヒュー、やるぅ。アタシも負けてらんない！」

赤い操獣者も負けじとボーツを切り捨てていく。少し気持ちに余裕ができたレイは、赤い操獣者の戦いや武器を見ていた。

（ペンシルブレード。一番オーソドックスなG型か……けどアレは相当強度を高めた代物だな）

赤い操獣者が使っているペンを模した剣。操獣者が使う定番魔武具の一つペンシルブレードだ。魔力を纏わせてもそう簡単には壊れないように出来ている頑丈な剣である。赤い操獣者はペンシルブレードに炎を纏わせて次々とボーツを倒していくが、如何《いかん》せん数が多い。地面からは未だに何匹か追加で発生している。

「よっと！　なんかこのボーツ強くない!?」

「ここで出てくるボーツは元々強い奴《やつ》ばっかだ！　しかも今日はどこかの馬鹿が地面に禁制の薬物こぼしやがった！」

「それは厄日ね」

「まったくだよッ！」

無駄口を叩《たた》きつつもボーツを処理していく二人。が、またしてもレイはボーツの大群に囲まれてしまった。

「短時間で二発も打ちたくないんだけどなぁ！」

再びコンパスブラスターに栞を挿入するレイ。

「インクチャージ！　本日二発目のォォ、偽典一閃！」

構築した術式を解放し、魔力刃で周辺のボーツを一掃するレイ。

その様子を見た赤い操獣者は、何かを閃《ひらめ》いた様子を見せた。

「そうか、まとめてブっ飛ばせば良いんだ！」

そう言うと赤い操獣者はグリモリーダーから獣魂栞《ソウルマーク》を抜き取り、ペンシルブレードの柄《つか》に挿入した。

「インクチャージ！」

赤い操獣者は魔獣の頭部を模した籠手で剣を握りしめる。

するとペンシルブレードから彼女の身の丈以上はあろうかという、巨大な炎の刃が作られ始めた。周囲が凄まじい熱気に包まれ、足元の花が干からび始める。彼女の身体《からだ》から、明らかにキャパシティオーバーをしたであろう魔力がレイの肌にビリビリと伝わってくる。

どう考えても嫌な予感しかしない。身体の痛みも忘れて、レイは仮面の下で青ざめた。

「オイ、まさかそれブっ放す気じゃ――」

「そこのアンタ！　頭下げないと焼き切るよ！」

そのまさかであった。

間髪容《い》れる事無く、赤い操獣者はペンシルブレードで前方を薙ぎ払った。

「必殺、バイオレント・プロミネンス！」

それは、地獄の業火と呼ぶに相応《ふさわ》しい火力であった。

レイは剣が振られたと同時に後ろに仰《の》け反《ぞ》って回避したが、そのとんでもない火力を間近で見る羽目になった。当たれば確実に死ぬ。横目に切り裂かれるボーツ達の姿が映ったが、明らかに熱したナイフでバターを切るよりも容易《たやす》くボーツが葬られていた。

変身していたおかげで炎が鼻先をかすめても大丈夫だったが、もし変身していなかったらと思うとレイはゾッとした。

「ん〜〜、もうボーツは残ってないね？　一件落着ぅ！」

「一件落着ぅ、じゃねーよ！　殺す気か！」

勢いよく起き上がり、思わず怒りの声をぶつけてしまうレイ。

「いやぁ、上手く避《よ》けてくれて助かったよ。危うく人間焼き切るところだった」

「お前はちょっと加減って言葉を調べてこい！」

地面を指さしながら叫ぶレイ。操獣者が撃った必殺技の熱波によって花は吹っ飛び、木々からは葉っぱが消し飛び、周囲にはちょっとした荒地が完成していた。

「アハハ、ごめんごめん」

そう言いながら変身を解除する操獣者。やはりレイが予測した通り、正体はレイと同い年くらいの少女であった。レイと同じ赤目で、同年代に比べれば発育は良さそうなシルエットをしている。服装は白いシャツに赤い上着。そしてスカート。どこか行動力の権化のような印象を受ける。

「避けろって、無茶振りだった？」

どこか挑発するような目で問いかける少女。

「まっさかー」

内心ちびりそうになっていたが、レイは強がってしまった。

◆

気を失っている男を、レイはその辺のツタで拘束する。

「あれ、その人さっきアンタが守ってた人じゃないの？」

「好きで守ってた訳じゃねぇ、しかたなくだ」

「ふーん……ガッツリ縛ってるけど、何やらかしたの？」

「禁制薬物の服用と地面にこぼしてボーツ大量発生の現行犯」

「うわぁ、諸悪の根源か」

これからこの男を、わざわざ中央区のギルド本部まで運ばなくてはいけないのだが。

「それはともかくさ！　アンタずっとデコイインクばっか使ってたけど何で？」

嫌な質問をしやがると、レイは顔をしかめる。

だが少女の質問も普通のものであった。

この世界の魔力には大きく分けて二種類ある。

魔獣の魂から生まれる、ソウルインク。

もう一つは、自然に発生するエネルギー資源でもある、デコイインクである。

デコイインクは通常、戦闘に使うような代物ではないのだ。

「俺は所謂《いわゆる》トラッシュってやつなんだ、デコイインクしか使えないんだよ」

あっさり真実を告げるレイ。誰かに見下されるのには慣れているが故の、壊れた感性からの発言だった。真実を告げれば人は去っていく。振り返れば、この少女だって蔑みの表情で自分を見ている筈《はず》だとレイは考えていた。濁りと諦めが混ざった眼《め》で少女の方を振り向くレイ。しかし少女が浮かべていた表情は蔑みなどでは無く、好奇心を刺激された子供のような表情だった。

「え、マジ!? それじゃあそれじゃあ、デコイインクだけで変身してたの!?」

「お、オウそうだけど……」

「それであのボーツの群れと戦ったり、銃を撃ったりしてたの!?」

コクコクと頷《うなず》くレイ。あまりにも予想外な反応をされて若干思考が停止している。

「スッゲー！　人間頑張ればココまでいけるんだ！」

目をキラキラ輝かせる少女。完全に何にでも興味を示すお年頃な反応である。

「アタシ、フレイア！　フレイア・ローリング！　アンタは？」

「……レイだ」

レイの名前を聞いた少女ことフレイアは、名前に聞き覚えがあるのか首をかしげるポーズをする。記憶力はあまり良くないのだろうか。レイは溜息《ためいき》を一つついた。

「はぁ～、アンタが依頼をする予定の男だよ、迷子のフレイア・ローリングさん？」

「ん、依頼をする予定って……」

今更その事実に気づいたのか、見定めるような目でレイを見るフレイア。

「整備士さん？」

「いかにも」

「一目見た時から心に決めてました仲間になってください！」

「お断りします」

哀れフレイア、一秒で振られた。しかしめげないフレイア、頬を膨らませながらもレイに追撃をする。

「ダメ？」

「ダメ」

「どうしても？」

「どーしてもだ」

「ぶーぶー、何でよー」

ぶー垂れるフレイア。一方でこの質問の答えはレイにとってはシンプルなものであった。

「俺を仲間にしたところで、お前にも俺にも何の得も無いからだよ」

何を言っているのか分からないといった表情を浮かべるフレイア。だがレイにとっては分からないならそれで良い事だった。

「じゃあ次は俺の番だ、三つほどお前に言いたいことがある」

指を三本立ててレイが告げる。

「一つ、戦闘中も言ったが加減を覚えろ。常にオーバーキルを目指すような戦い方をすれば剣に負担がかかるのは当然だ。魔法の出力は必要最小限に抑える努力をしろ、それだけでお前の剣の寿命は延びる」

「ほー」

「二つ、魔法の術式はもっと丁寧に組め。火力強化の重ね掛けと魔刃生成をアホみたいな出力でブっ放すのは身体にも剣にも負担が掛かって良くない」

「おぉ、アタシの魔法の正体よく分かったね～」

「単純過ぎて一目で分かった。そして三つ目！　お前の腰にある剣、もうすぐ砕けるぞ」

「へ」と間抜けな声を漏らすフレイア。だが悲しい事に、彼女の耳にはピキピキと金属にヒビが走って行く嫌な音が聞こえていた。フレイアは青ざめた表情でペンシルブレードを引き抜くが、時は既に遅かった……。パリーーン！　あまりにも無情な音が響き渡り、フレイアのペンシルブレードは粉々に砕け散ってしまった。

「ノォォォォォォォォン！　今月十一本目ぇぇぇぇぇ！」

砕けた剣を目にして泣いて膝から崩れ落ちるフレイア。その姿を見たレイは思った、「こいつはアホだ」と。だがここでレイはある事に気づいた。

「……悪ぃ、言いたい事四つ目が出来た」

「ふぇ？」と涙目でレイを見上げるフレイア。

「加減をしないのもまぁ良い、術の構築が雑で火力任せなのもそれで戦えるなら良いと思う」

そう言いながら銃撃形態《ガンモード》のままであったコンパスブラスターに栞《しおり》を差し込むレイ。

「けどお前には足りないモノがあると思うんだ。後先考えず突っ込む事、他人の事情を考えない事……そして」

弾込《たまご》めを終えたレイは、コンパスブラスターの銃口をフレイアに向ける。

「え、ちょ、レイさん？」

突然銃口を向けられ焦るフレイアだが、そんな事は関係ないと言わんばかりに、レイは冷静な表情で引き金を引いた。銃口から魔力の弾丸が出ると同時に、フレイアは思わず目をつぶってしまう。

放たれた弾丸はそのままフレイアの頭部に直撃――することは無く、直前で軌道を曲げて、フレイアの肌を傷つける事無く、フレイアの背後から襲い掛かろうとしていたボーツの頭だけを貫いた。世にも珍しいカーブする弾丸である。「ボッ」という断末魔の声が背後から聞こえたフレイアは、目を開いて自分の後ろで絶命しているボーツを認知した。

「背後の敵にも、ご用心」

呆然《ぼうぜん》とした表情を浮かべるフレイア。軌道変化の弾丸でボーツの急所を的確に撃ち抜くという離れ技を前に「スッゲー」としか零《こぼ》せなくなっていた。そんなフレイアをよそに、レイは歩み始めて。

「何してんだ、事務所に行くぞ」

「え、でも仲間にならないって」

「仲間になるのはお断りだが、剣くらいは作ってやるよ」

ほら行くぞと言ってレイは男を引きずりながら、事務所へと進み始めた。

◆

セイラムシティ第八居住区。それが事務所の所在だ。

外観はレンガ造りの二階建てと、その真横に工房が併設された建物。周りに他の建物は無く、殺風景に見える。事務所の扉の上には『[redacted]なんでも事務所』と一部墨で塗りつぶした看板が掲げてある。ここがレイ少年の自宅兼事務所だ。

扉のすぐ横には『ＣＬＯＳＥ』の札と、無愛想な殴り書きで『出来る事なら大体何でもやる（魔武具《まぶんぐ》整備歓迎）』と書かれた札が吊《つ》り下げられている。

レイの本業は所謂なんでも屋だ。出来る事なら大体何でもこなすと謳《うた》ってはいるが、何時《いつ》も閑古鳥が鳴いている売れない事務所である。

男を引きずり、フレイアがはぐれないよう見張りながら、レイは事務所に到着する。

事務所の前には、二人の少女が待っていた。

「あっ、レイ君おかえりっス！」

「はいただいま。迷子の依頼主さんを連れてきたぞ」

まずレイ達《たち》を出迎えたのは黒髪と褐色肌で、活発そうな雰囲気が滲《にじ》み出ている少女だ。

「あっ、ライラ。先についていたんだ」

「先についてたじゃないっスよ、姉御！　いい加減迷子にならないで欲しいっス！」

黒髪で褐色肌の少女ことライラに叱られるフレイア。

そんな二人をレイが呆《あき》れたように眺めていると、ちんまりとしたシルエットの少女が近づいてきた。

「おかえり、レイ」

「ただいま、アリス」

「キュイ」

薄緑のシャツとスカート。そして少しウェーブのかかった銀髪と金眼が特徴的な少女。

アリス・ダンセイニ。レイの幼馴染《おさななじみ》である。

彼女に抱き上げられているのは緑色のウサギ型魔獣。カーバンクルのロキだ。

「怪我《けが》、しなかった？」

「……大丈夫です」

真偽を見定めるように、レイの顔を覗《のぞ》き込むアリス。

「…………レイ、服脱いで」

「断ったら？」

「裂く」

「脱ぎます」

ナイフ片手に言われては従う他ない。貴重な服だ、大切に扱わないと。

ジト目に怒りの感情を含んだアリスに見られながら、慣れた手つきで服を脱ぎ始めるレイ。レイとアリスにとって、このやり取りは初めてでは無い。故にレイはアリスが何故《なぜ》怒っているかも（若干だが）理解していた。

だがそれはそれとして、ライラとフレイアの注目の的にはなっていた。

あっという間に上半身裸になって正座するレイ。年齢の割には随分と鍛えられた肉体だが、真新しい傷が無数についていては美しさに欠ける。真人間ならドン引きモノだ。そんなレイの身体《からだ》を見たアリスは、ただただ深い溜息を一つついたのだった。

「レイ、この間アリスが言った事覚えてる？」

「……非戦闘員が無茶な戦闘をするな、です」

「よろしい」

上半身裸の男が身長146㎝の少女の前で正座している光景は、傍《はた》から見れば犯罪の臭いが漂っているが、おおよそレイの自業自得なので同情の余地は無い。

レイが口を尖《とが》らせて不貞腐《ふてくさ》れていると、そっとアリスがレイの手を取った。

「服着て、事務所で治療するから。痛かったら、レイのペースで歩いて」

アリスに言われて服を着て立ち上がるレイ。さっさと事務所に行こうとするが、レイの右手はアリスに握られたままであった。

「あの、アリスさん？　子供じゃ無いんだから手を離してくれると」

「あっちこっち走り回る子供、レイと同じ」

完全にわんぱく小僧を繋《つな》ぎとめる母親の握り方である。女の子に手を握られてここまで心ときめかないシチュエーションがあるだろうか？　三流喜劇でももう少しマシな演出をすると、レイは心の中で叫んだ。

「あっ、お前らも事務所に入れよ。紅茶くらいは出してやるから」

「レイ君、流石《さすが》にこの状況で言われても反応に困るっス」

「すごい鍛えてるんだね～」

少し赤面気味のライラに対して、フレイアは純粋にレイの筋肉を褒めていた。

レイはアリスに手を引かれてズルズルと事務所の中に引きずり込まれていく。

「はい、座って、服脱いで」

室内に入るや否や椅子に座らされ、服を脱ぐよう指示されるレイ。治療の為《ため》なのは分かっているので素直に従う。これから怪我の治療が始まるというのに、二人揃《そろ》って薬も包帯も用意しないのは些《いささ》か奇妙な光景かもしれないが、別に間違ってはいない。

少し、変わった治し方をするだけだ。

「ロキ、力を貸して」

「キュッキュイ！」

アリスがそう言うと、ロキの身体は光を放ちその姿を大きく変え始めた。

光が収まるとロキが居た場所にそれまでの姿は無く、ミントグリーンをした一枚の栞【獣魂栞《ソウルマーク》】が浮かんでいた。

アリスはロキが姿を変えた獣魂栞を左手に持ち、右手にはグリモリーダーを構えて、その言葉を唱える。

「Ｃｏｄｅ：ミント、解放」

アリスが獣魂栞に向けてＣｏｄｅ解放を宣言すると、獣魂栞からミントグリーンの魔力が滲み出してくる。魔力が出て来た獣魂栞をアリスはグリモリーダーに挿入。そして、グリモリーダーの中央に備え付けられた十字架を操作して、最後の呪文を唱えた。

「クロス・モーフィング」

装着と変身。グリモリーダーから解き放たれた魔力がアリスの全身を包み込み、その肉体を魔力に最適化されたモノへと変化させていく。強化された肉体の上から更に魔力で紡ぎだされたローブ、ベルト、ブーツが具現化されてアリスの身体に装着される。そして、最後に放たれた魔力で頭部を覆い隠すフルフェイスメットが形成される（何処《どこ》となくカーバンクルの意匠が見受けられる）。僅か一秒足らずの出来事。その一瞬間にアリスはミントグリーンの魔装に身を包んだ戦士へと姿を変えたのだ。

正式名称【変身魔本グリモリーダー】。

ラジオ機能はあくまでオマケ、本命機能は契約魔獣の魂の結晶、獣魂栞から出る魔力を用いた変身機能である。

「なー、ラジオ点《つ》けながらでもいいか？」

「いいけど、ジッとしてて」

「了解、便利で良いよな～操獣者ってのは」

一人ぼやきながらグリモリーダーを操作してラジオを点けるレイ。

身体についていた傷は、アリスの手から放たれている治癒魔法で徐々に消え始めていた。

『え～続きまして、ギルド本部からのお知らせです♪　禁制薬物の流通が確認されたので、見つけた人はスグに本部に通報して下さいとの事です☆　続けてもう一つ、最近セイラムシティ内でボーツの異常発生が――』

ラジオから流れてくる少女の声を耳にしつつ、レイは少々物思いに耽《ふけ》っていた。


人と魔獣が共存する時代と呼ばれ始めて八百年程が経過した。

長き年月の中で人間は魔獣と心を通わせ、魔獣の力を身に纏《まと》う術《すべ》を手に入れた。

それが魔法戦士『操獣者』。

八百年の時の中で操獣者となる者は世界中で爆発的に増えた。現に今こうして魔法でレイを治療しているアリスは別に何か特別な存在という訳ではない。この世界ではそれなりにありふれた存在なのだ。

しかし一方で、特別な者が存在するのもまた事実。

ただしレイにとっては、悪い方向でだが。

「あ、ここにも傷……なんでこんなになるまで？」

「だってよぉ、ボーツが居住区に来たら面倒じゃん」

「操獣者に任せればいいのに？」

「出来る事が目の前にあったんだから仕方ないだろ」

「レイ、操獣者じゃないのに？」

アリスに一番痛いところを突かれたレイ。その一方でアリスの発言を聞いたフレイアは、大きく驚いていた。

「えっ、レイって操獣者じゃないの!?」

「……厳密には、だよ」

顔を俯《うつむ》かせて呟《つぶや》くレイ。そんなレイにアリスが追い打ちをかける。

「だからレイ。非戦闘員は無茶しちゃダメ」

「うっセ！　絶対操獣者になってやるかんな！」

「魔核がダメで召喚魔法使えないのに？」

この女は淡々と心の傷に塩を塗り込む。

レイが忌々しそうな表情を浮かべて、心の中でそう呟くのも無理はない。

魔獣と共存する時代。操獣者でなくとも魔獣を召喚して魔法を使うのは当たり前の時代。

人間には召喚魔法と契約魔法を使う上で必要不可欠な霊体器官『魔核』という物があるの

だが、単刀直入に言ってしまうとレイという少年は生まれつき魔核を持っていない。

　これが悪い意味で彼が特別な理由だ。

「それに、操獣者になれなくても戦力は持ってるから問題無いだろ！」

「それは怪我せずに帰ってくる人が言う台詞《せりふ》……はい、治療終わり」

　アリスの治療が終わったので、腕や腰を動かし身体の調子を確認するレイ。治癒魔法のおかげで身体の痛みは引き、傷も跡形なく消えていた。

「じゃあレイはお仕事再開」

「へーい……見張られながらかよ」

「見張ってなきゃ、サボる」

　お前は母親か、と叫びたくなったが、レイはグッと堪《こら》えた。

「つーか、お前は自分の仕事しろよ」

　あたかもレイの事務所の職員のようにそこに居るが、アリスの本業は救護術士（所謂《いわゆる》フリーの医者みたいなもの）である。故に仕事をサボっているのはアリスも同じなのだ。レイがそれを指摘するも、当のアリスはどこ吹く風。

「レイ、アリスが居なくなったら誰が事務所を維持するの？」

　そう言ってアリスは床を指さす。脱ぎ捨てられた服が散乱し、工具が転がり、何時の物か分からない書類や設計図がぶちまけられている惨状と呼ぶに相応《ふさわ》しい床（及び室内）。

　レイを知る人間は皆口を揃えてこう言う。『アリスが居なかったら、この事務所は三日でゴミ屋敷になり、一週間で廃墟《はいきょ》になる』と。

それを自覚しているレイは何も言い返すことが出来なかった。

観念してレイは、目の前に居る依頼人に向き合う。

「で、魔武具《まぶんぐ》を作って欲しいのはそこの赤髪でいいのか？　今なら首輪とリードもオマケするぞ」

「フレイア！　アタシの名前はフレイアだから。あとそのオマケどういう意味!?」

「迷子対策だよ。どうする、ライラ？」

「……ちょっと考えさせて欲しいっス」

「ライラ!?」

じゃれ合う二人を見ながら、レイはフレイアの首元に目がいった。

正確にはフレイアとライラ。二人の首には炎柄の赤いスカーフが巻かれていた。

「レッドフレアか」

「お、レイ君ウチのチーム知ってるっスか？」

「あぁ、噂《うわさ》なら聞いてるよ。あっちこっちで派手にやってる暴れん坊チームだって」

「でも、期待のルーキー達って。ギルドで評判」

「いやぁ～、それほどでも～」

照れるフレイアを尻目に、レイの中では少々どす黒い感情が渦巻いていた。

これが夢に近づく者と、果てしなく遠い者の差なのだろうなと。

「でもでも！　レイ君の評判も色々聞いてるっスよ！」

「嫌みか？」

「違うっス、お父さんから聞いた話。難しい魔武具の開発依頼を難なくこなす凄腕《すごうで》だって、お父さん褒めてたっス！」

ライラの言っている事は真実だ。基本的に閑古鳥が鳴いているレイの事務所だが、これでも一応安定した収入源は持っている。それが操獣者用の魔法武器、『魔武具』の開発と整備である。魔核も愛想も無いレイだが、唯一魔武具の開発とそれに必要な術式構築の才能だけは持っており、度々ギルドの魔武具整備課からの依頼や下請けをこなしているのである。

そしてレイのもとに来る依頼の大半は、整備課ではどうしようもない程困難な魔武具の発注ばかりである。どんな無茶振り発注でも完成させてきたので、レイは整備課の面々から若干神聖視されている節がある。しかし……

「作る才能だけあっても……意味ねーんだよ」

小さな声で吐き捨てるレイ。アリスとライラは、彼が抱える事情を知っている数少ない存在であった。故に、思わず心の闇をこぼしてしまったレイに対して何も言う事が出来なかった。少しの静寂が場を支配する。

それを打ち破ったのは、フレイアであった。

「ねぇねぇ。アタシの剣作ってよ！」

「あぁ、剣だけは作ってやる。とりあえずさっき壊れたやつ見せてみろ」

レイはフレイアから柄《つか》だけになった剣を受け取る。

粉々に砕けても、残骸が少しでもあれば、どのような魔武具なのかは分かるのだ。

「あ〜なるほど。整備課で作れる最高硬度のやつか」

「レイ君、それ今月十一本目なんスよ。なんとかならないっスか？」

「これでもダメなバ火力となれば、必要なのは専用器だな」

「専用器？　なにそれ」

フレイアの発言に他全員がずっこける。

「あのなぁ。お前本当に操獣者か？　いいか、専用器ってのは」

「簡単に言えば細部まで個人に合わせた魔武具の事っス。この場合だと、完全に姉御専用の魔武具を作るって事っスね」

「ライラ、俺のセリフを盗《と》るなよ」

唇を突き出して文句を言うレイ。だが言いたい事は伝わった。

「つまり、アタシだけの最強ができると」

「そういう事だ。さっきの戦闘でお前の戦い方は何となく把握した。とりあえず、もう少し話を」

フレイアから話を聞こうとした次の瞬間。事務所の外からうめき声が聞こえてきた。

「あぁ、目ェ覚ましやがったか」

レイは椅子から立ち上がり、事務所の外に出る。

そこには先ほど拘束した中毒者の男が、のたうち回っていた。

「あぁぁぁぁぁぁ！　薬ィイィ！　俺のォォォォ！」

男の顔は二十代前半の若者。しかし、その手足は老人のように細く、皺《しわ》だらけであった。

「落ち着け。そんで黙れ。お前の魔僕呪《まぼくじゅ》は全部零《こぼ》れた」

「嘘《うそ》だ嘘だ嘘だァァァ！　あれが最後なんだ！　あの人に見捨てられて、もう手に入らないんだァァァ！」

「手足の老化に錯乱。典型的な中毒症状だな。アリス、ちょっとこいつ眠らせてくんねーか？」

「うん。りょーかい。ロキ」

「キュー！」

様子見に来ていたアリスは、抱きかかえていたロキにお願いをする。

アリスの意図を読んだロキは、額の紅玉を輝かせて、中毒者の男を照らした。

光を浴びた男は見る見る静かになっていく。

ロキの幻覚魔法を浴びて、眠ってしまったのだ。

「サンキュー。これで静かになった」

「あとで回収、してもらわなきゃね」

「ねーねーレイ君。その人なにやったんスか？　船乗りっぽい服装っスけど」

事情を知らないライラが聞いてくるので、レイは渋々答える。

「魔僕呪を使ってたんだよ。しかも永遠草が咲いてる地面に零して、ボーツを大発生させやがった」

「うわぁ、最悪っス」

ライラが顔をしかめるのも無理はない。

【魔僕呪】。

一時の快楽と超人的な身体能力向上、そして圧倒的な魔力活性を得られるが、依存性が極めて高く、服用した生物の肉体を徐々に喰《く》らい尽くしてしまうギルド指定の禁制薬物である。デコイインクの多い八区の地面に零せば、ボーツの発生は不可避の代物だ。

レイは男を外の倉庫に閉じ込めると、再び事務所に戻った。

「さて、とりあえずフレイアでよかったか？」

「うん！」

「術式作るから、少し待ってろ。アリス、紅茶入れてやってくれ」

「りょーかい」

アリスは台所へ、レイはデスクに向かって紙を広げ始めた。

カリカリとペンを走らせるレイ。そんな彼の姿を、フレイアはジッと見つめていた。

「ねぇライラ。レイって本当に操獣者じゃないの？」

「そ、それは……そうっス」

「でもレイって変身してたよね。なんで？」

レイの手に持つペンが止まる。

「操獣者になれなくても、変身する手段はあるんだよ」

そう言うとレイは鈍色《にびいろ》の栞《しおり》を一枚、フレイアに投げ渡した。

「これって、デコイインク？」

「デコイ・モーフィングシステム。魔獣と契約していない人間でも変身して戦えるようになる術式だ。俺はそれを使ってる」

へぇ、とフレイアが感嘆の声を出す。だがレイは紙に集中する振りをして、フレイアの顔を見ることができなかった。

魔獣と契約し、操獣者となって戦う事が普通の世界。レイの戦い方は軽くみられる事が多いのだ。きっとフレイアも同じだろう。そう思ったレイだが、フレイアの反応は予想外のそれであった。

「スッゴイ！　やっぱりレイってスゴい！」

「そうですかい」

どうせ心にもない発言なのだろうと、レイはかるく受け取った。

だが、フレイアの方はレイに対する期待値がグングン上昇しているようである。

「魔武具整備ができて、銃と剣が使えて、ボーツとも戦える」

「姉御？　もしかして」

「うん、見つけた。戦える整備士！」

それは宝物を見つけた子供のような表情だった。

それは一つの事を決心したリーダーの表情でもあった。

フレイアは立ち上がり、レイの前に移動した。

「ねぇレイ。アタシの仲間になってよ！」

「さっき言ったけど、断る」

ばっさりと切り捨てるレイ。だがフレイアも諦めない。

「絶対に仲間にするから。覚悟しててよね」

「絶対にならないから静かにしてろ」

フレイアを気にすることなくペンを走らせるレイ。

その心は、どこか黒いもので塗《まみ》れていた。

第二章 ▼ 操獣者の街

窓から朝日が射《さ》し込む。レイは自室のベッドの上で目覚めた。

「あぁ、そうだ。昨日ずっと術式組んでて」

結局あの後術式を組んだのは良いのだが、フレイアの熱烈なスカウトが鬱陶しくなり、レイはフレイアとライラを事務所から追い出したのだ。

とはいえ、依頼を破棄するという訳ではないのだが。

「あの女もしつこいんだよなぁ」

だが今日も夜は術式構築に追われるだろう。その他の雑務も必要だ。

レイがベッドから起き上がろうとすると、真横に何か大きな温《ぬく》もりがあった。

「……またか」

このパターンには覚えがあった。犯人も見当がついている。

レイはシーツを勢いよく剝がした。

「すぅ……すぅ……」

「アリス、やっぱりお前か」

レイの隣で寝ていたのは、幼馴染《おさなな》《じみ》のアリスだった。ご丁寧に寝巻姿で寝ている。

アリスがこうしてレイのベッドに忍び込むのは今日が初めてではない。

何が目的かレイには分からないが、朝起きたら同衾《どうきん》状態などしょっちゅうである。レイもいい加減慣れたのか、驚きは少ない。

「おいアリス。起きろ、アリス！」

「ん〜……やぁ」

「やぁ、じゃない！　俺のベッドから出ろ！」

「やぁ」

「抱きつくな！　つか起きてるだろ⁉」

必死にアリスを剝がそうとするレイ。だがアリスも寝ぼけた頭で思いっきりレイにしがみついてくる。中々剝がれない。

それはそれとして女の子の匂いが鼻をくすぐる。これは十七歳の男子には刺激が強いものだ。レイは必死に理性を働かせる。

「はーなーれーろー」

結局レイは数十分かけてアリスを剝がし、ベッドから脱出する事に成功した。

昨日から災難続きなので少しうんざりしているレイ。

せめて朝食は静かに食べよう。そう考えた時であった。

事務所の扉が勢いよく開いた。

「おっはよー、レイ！　仲間になって！」

朝からうるさい赤髪の少女、フレイアの登場である。

レイは露骨に嫌な顔をした。

「フレイア、お前……俺が昨日なんて答えたか覚えてるか？」

「えっと。快諾だっけ？」

「断るだよ！」

「そんなこと言わずにさ～、仲間になってよ～」

「絶対に嫌だ。つーか、朝っぱらから来るんじゃねー！」

レイは抵抗するフレイアをなんとか追い出す。

朝からなんとも疲れる一幕であった。

「おはよう。レイ」

「おはようアリス。お前は自分の家で起きるということを覚えような」

「やだ」

なぜ自分の周りには、こうも厄介な女が多いのか。レイは心の中で神様を恨んだ。

◆

今日の予定は術式構築だけではない。

レイは荷物を持って、八区にある小さな私立学校に来ていた。

父親がこの学校の校長と親しかった縁もあって、レイは定期的に魔法術式の構築学を子供達《たち》に教えに来ている。

今日も教室で年端も行かぬ子供達相手に（若干大人ぶって）教鞭《きょうべん》を執っているのだが……

「せんせー、お姉さんが窓の外からこっちをみてます」

「幻覚です。気にしてはいけません」

視界の端、窓の外にフレイアが映り込むがレイは必死に目を背ける。

『レイー！』

「せんせー、赤いお姉ちゃんがせんせーをよんでます」

「幻聴です。今夜は早く寝ましょう」

『無視すんなー！』

「せんせー、ボインなねーちゃんが手を振ってます」

「妖精さんです。目を合わしたら平穏を持っていかれます」

『レエエエエエエエイイイイイイイイイイイ！！！！』

校庭に生えている木に登って、レイにアプローチをかけてくるフレイア。

どうせスカウト目的だ。いい加減鬱陶しくなったレイは、無言でコンパスブラスター（銃撃形態《ガンモード》）を取り出し、フレイアに向けて引き金を引いた。

フレイアは「ギャン！」と可愛《かわい》らしさの欠片《かけら》もない声を上げて、木から落ちた。

「せんせー、赤いお姉ちゃんが頭からおちましたー」

「大丈夫です、この程度で死ぬ女なら俺は今頃苦労してねぇぇぇ！」

レイの魂からの叫びが、悲しく木霊するのだった。

その日の授業が終わり、放課後になる。

レイは念のため、フレイアが落下した場所に来ていた。

「生きてたか」

「生きてるよ～。痛いけど」

頭にできた瘤《こぶ》をさすりながら、フレイアは答える。

「何度も言うけど、俺は仲間になるつもりはないぞ」

「でも仲間になって欲しいんだもん」

「わがまま言うな」

レイがフレイアを叱っていると、子供達が挨拶をしてきた。

「せんせー、さようなら」

「はい、さようなら」

「せんせー、これ教えてー」

「あぁ、この魔法文字はな」

夕日の空の下、走って帰る子供もいれば、レイに勉強を教えてもらう子供もいる。

レイを慕う子供達を見て、フレイアは自然と笑みを零《こぼ》していた。

「……なんだよ」

「ん？　いやぁ、レイってさ良い人なんだなーって思ってて」

「そう思いたいなら、勝手に思ってろ」

「でも前評判よりは、ずっと良い人だと思うもん」

「どんな前評判を聞いたんだよ」

「やさぐれていて不愛想で気難しい、人間嫌いの職人」

あっけらかんと答えるフレイアに、レイは何とも言い難い表情を浮かべた。

だが否定する気は起きなかった。

「……だいたい正解だ」

自覚がある分、レイは余計にそう思うしかなかった。

そんなレイの事を知ってか知らずか、フレイアはブツブツと呟《つぶや》き始める。

「魔《ま》武具《ぶんぐ》整備士で、戦えて、人間性もよし……うん」

レイは嫌な予感がして、逃げようとするが、フレイアに先回りされてしまった。

「レイ、合格！　ようこそチーム：レッドフレアへ！」

「勝手に合格判定を下すな！　あとチームには入らない！」

「そんなこと言わずにさぁ、ちょっとだけでいいから」

「嫌だ」

「お願い！」

「絶対に嫌だ！」

結局この日はスカウトしたいフレイアと、お断りしたいレイによって、八区を舞台にした追いかけっこが繰り広げられるのだった。

◆

レイがフレイアと出会ってから一週間が経過した。

結論から先に言うと、レイはフレイアの専用器開発の依頼だけは受けた。……受けたのだが、一つ問題が出てしまった。

専用術式の構築は試作第一号を完成させたので良いのだが、肝心の魔武具本体を作る為《ため》の材料が不足していた。材料取り寄せに三週間も待つ必要がある。故にレイは、少なくとも後二週間はフレイアの顔を見ずに済むと安心できる……筈《はず》だったのだが。

現在、レイの胃はひたすらに痛かった。

八区を出て、レイは賑《にぎ》やかな中央区へと行く。

ここは【セイラムシティ】。通称『操獣者の街』でもある。

街を歩くと度々嫌悪の視線が向けられている事に気づくレイだが、今に始まった事ではないので気にせず歩いていく。今日の目的地はギルド本部だ。

乗合馬車の御者に三ブロン分の硬貨を渡してレイは乗り込む。馬車の中は人間がぎゅうぎゅう詰めになっていて、息苦しい限りであった。

その後ろからは「ギャウ！」とか「ゲフゥ！」といった聞き覚えのある声と視線が刺さってくる。もしかしなくても、馬車慣れしていないフレイアのうめき声だ。

これがレイの胃痛の原因。フレイアの剣の依頼を受けたのは良いが、フレイアはレイを仲間にする事を諦めきれず、この一週間ずっとレイに熱烈なスカウト活動《ストーキング》をしていた。

最初は直接文句を言いに行っていたレイだが、フレイアの強すぎる粘着故にここ二日程は全力で逃げ続けているのだ。

馬車を降りて、フレイアを撒《ま》くように駆け足で向かうレイ。目的の建物はすぐ目の前だった。いや、建物というよりは城と呼んだ方が適切な程に巨大な建造物であった。

この城と見間違える程に立派な建物こそがセイラムシティの心臓部。

世界最大の操獣者ギルド【ゴールデン・オブ・ドーン】通称【ＧＯＤ】の本部だ。

入り口のドアを開けて入ると、すぐそこは受付兼大食堂となっている。多くの操獣者達が飯を食いながら己の武勇を語り、チームミーティングをし、はたまた情報交換をするなどして喧騒《けんそう》に包まれていた。

しかしそんな事はレイにとってはどうでもいい。

レイは迷う事なく『魔武具整備課』と書かれた扉の前に辿《たど》り着く。そして一切躊躇《ため》らう事なく、力一杯にその扉を蹴破った。

「親方ァァァァァァァァァァァァァァァァァァァァァァァァァァァ！」

レイの怒号が整備課の部屋に響き渡る。突然の事に整備課の整備士達が一斉にレイの方へと視線を向けた。その奥から身長二メートルはあるスキンヘッドの大男、モーガンがレイのもとに来た。ヘラヘラした表情もしている。

「おうレイどうした？　ヒヒイロカネの在庫ならウチには無いぞ」

「どうしたもこうしたもねェェ！　なんつー女を紹介しやがった、ここ一週間ずっとつけてくるんだぞ！」

「よかったじゃねーか、モテ期だぞモテ期」

「脳筋バカ女のストーカーなんざ、こっちから願い下げだッ」

狂犬の如《ごと》くモーガンに食ってかかるレイ。そんなレイを、じゃれつく子供をあしらうように扱うモーガン。まるでこうなる事を想定済みであったかのような対応に、レイは心の中で「確信犯だな……」と吐き捨てるのだった。

「まさかアレ、親方の指示じゃないだろうな？」

「いんや、俺はただ『しつこいスカウトの方がレイには効くかもな』って言っただけだぞ」

「ほぼ自白じゃねーか！」

ここ一週間フレイアの休みなきストーキング＆スカウト活動で碌《ろく》に休息出来ていないレイの眼《め》には大きな隈《くま》ができていた。流石《さすが》に堪忍袋の緒が切れたのか、今日は何時《いつ》もより強気に苦情を叫ぶレイ。

「けどよ～、お前もそろそろ身を固めたらどうだ？」

「だからそういうのが色々大きなお世話だっつってんだよ！」

「あのな、レイ」

モーガンは何時になく真剣な眼差《まなざ》しでレイを見る。

「フレイアは、お前が思っている程いい加減な気持ちでスカウトしている訳じゃない。アホだけど悪い奴《やつ》じゃねぇ……一度でいい、俺に騙《だま》されたと思ってアイツを信じて」

「それは裏切らない保証にはなんねーだろ」

諭すような声で語るモーガンに、どす黒い闇を含んだ目で応えるレイ。

「どれだけ一方的に信じても、肝心な時に誰も応えてくれないんじゃあ意味ないだろ」

「レイ……」

「それに何度も言ってるだろ、俺は仲間なんて必要ないって」

レイの瞳の奥からどす黒いものが見え隠れする。モーガンはそれの正体を知っているからこそ、レイに何も言い返せなかった。

「必要なのは仲間じゃねぇ……必要なのは……」

小さな声で、何かを吐き出そうとするレイ。しかしその直後、レイの視界に見覚えのあるシルエットが映り込んだ。モーガンの娘であるライラである。

「あ、レイ君来てたんだ〜。こんちゃーっス！」

「ライラァァァァァァァァ、お前んとこのバカリーダー何とかしやがれぇぇぇ！」

「無理っス」

キッパリと無情な宣告をするライラ。だがこれで引き下がれるレイではない。

「無理とかノーじゃなくて、はいかイエスで答えろ」

「いや本当に無理っス。一度姉御にロックオンされたが最後、地獄の果てまで追跡されるっす！」

「ガッデム！　ふざけんなよ！」

「あ、レイ君」

ライラがレイの後ろを指さすと同時に、誰かがレイの背中をツンツンと突《つつ》いてくる。

レイは覚悟と諦めを含めて、振り返った。

「かむひあ～、レッドフレア～」

そこには満面の笑みで入隊を進めてくるフレイアが居た。

そうか、これが……この追跡能力こそが、人間が秘める野性なのだな。

「神様……俺が何をしたんだ」

げんなりした表情と力なき声で、レイはそう零すのだった。

◆

結局その後、ライラとモーガンを説得（脅迫ともいう）してフレイアを縛り上げてもらったレイ。これでしばらくはフレイアの追跡から逃れられると安心したレイは整備課を後にした。これで本日の要件一つ目が終了。レイは次の目的地に向かうことにした。

　ギルド本部の中を歩むレイ。世界最大の操獣者ギルドの肩書は伊達《だて》では無い。建物には上層部や職員の執務室だけで無く、美味《うま》い食堂もあれば派手に暴れても壊れない模擬戦場、童話から魔法専門の書物まで何でも揃《そろ》った巨大図書館。至れり尽くせりなギルドである。

　だがレイがこれから向かおうとしている場所は、そんな街の誰もが知る華美な場所ではない。そこへの入り口は、ギルド本部の最中央部にある。道中人を避けられる道筋は無い。

　なので道中、レイが顔見知り達《たち》とすれ違うのも必然であった。

「あ、クロウリー君こんにちは」

「はいこんにちは」

「おぉレイ、この間の魔武具整備はマジでサンキューな。調子が良いったらありゃしねー」

「そりゃよかったな」

「レー君、こんちゃ～。また爆破魔法の式教えてな～」

「ちゃ～。たまには自分で考えてな～」

　顔見知り達が親し気に声をかけてくるが、言葉の意味まではレイの中に伝わってない。レイは面倒くさそうな表情で、適当に応える。実際レイにとっては面倒くさい限りなのだ。親しく接触されても困る。いや、声をかけてくるだけならまだマシか。

　本当に面倒くさいのは――

「おやおや？　レイ君～、誇り高きギルド本部に何か御用かな？」

「ここは君のようなトラッシュが来る所ではないんでちゅよ～」

――こういう輩《やから》である。

大柄で太ましい男が一人と、小柄で骸骨のような細身の男が一人。見覚えのある顔だ、レイが養成学校に通っていた頃の同期だ。こうやって絡んでくるのも今日が初めてでは無いので、レイは淡々と対応する。

「あぁそうかい、悪いけど今日は急いでるんだ。通してもらうぞ」

レイが二人の男の間を通ろうとすると、大柄な男がレイの肩を掴《つか》んで引き留めた。

「まぁそう言わないで。同期のよしみだ、少しくらい話でもしようじゃないか」

「マナー知らない君に、僕達がセイラム流のマナーを教えてあげようというんだ」

「ワーオ、そりゃありがたいね。手短に頼むよ、センセイ？」

心底馬鹿馬鹿しい。どうせ下らない因縁なのは分かりきっているが、ここで断れば余計に粘着してくると思ったレイは、素直に聞くフリをする事にした。だが大柄な男は何も言い始めず、地面を指さすのみであった。

「靴ひもでも解けたか？」

「違う違う、マナー講座その一だ。誰かに教えを乞う時はそれ相応の態度を見せねばならない」

「何だ、頭でも下げればいいのか？」

品の無い奴らだと、レイは心の中で悪態をつく。早期決着できるなら頭の一つくらい下げてやってもいいかと思うレイだったが、男達の要求は予想の遥《はる》か下を突き抜けていた。

「靴を舐《な》めるんだよ、薄汚いトラッシュに相応《ふさわ》しい物乞いのポーズだ」

「そうだそうだ、人獣以下のトラッシュがすべき正しい姿だ」

レイは大きな溜息《ためいき》を一つついて、心底後悔をした。この類に砂粒程でも「品性」というものを求めた自分が馬鹿らしくなった。

「あぁ悪いけど、糞《くそ》を踏ん付けた靴をエサと間違えて食う習慣は無いんだ。お前らと違ってな」

それを聞いた男達は、見る見るうちに顔を赤く染め上げていった。

連日のフレイアによるストーキング被害で、レイは心底機嫌が悪かったのだ。

「あとお前らこそ、こんな場所に何の用だ？　ここは犬小屋じゃないぞ」

「何だとッ!?」

「ん？　豚小屋と鶏小屋《とりごや》の方が適切だったか？」

「貴様ァァァ！」

大柄な男は怒りに任せて、衝動的にレイに殴り掛かる。しかしレイは動じない。男の拳が眼前に迫ってきても、焦りの様子一つ見せなかった。浮かび上がった表情は、呆《あき》れを含んだどこか黒いものであった。そしてレイは、淡々とした様子で小さく「馬鹿が」と呟《つぶや》いた。瞬間、レイは眼前に迫っていた男の腕を掴み取り、流水の如く滑らかな動きで男を背負い投げにする。途中で腕を離された男はそのまま一瞬宙を舞い、頭から床に落ちた。

「喧嘩《けんか》売ってくるのは良いけど……変身無しの模擬戦闘で、お前らが俺に勝ったこと一回でもあったか？」

レイは汚れを落とすように手をパンパンと叩《はた》くと、細身の男の方へ振り向いた。

「続けてやるか？」

細身の男は勢いよく首を横に振り拒否の意志を示す。こうなっては態々《わざわざ》追撃する必要も無い。これに懲りて当分は自分に絡んでくれなければ良いのだが……そんな事を考えてレイが立ち去ろうとした時だった。

「クソッ、親の七光りが」

瘤《こぶ》の出来た頭を擦《さす》りながら大柄な男が吐き捨てた言葉、レイはそれを聞き逃さなかった。思わず歩みを止めてしまう。

「何だって？」

聞き返すレイに、嘲笑《あざわら》うような態度で大柄な男は続ける。

「親の七光り、お情けでセイラムに置いてもらえてるって言ったんだよ！　聞こえなかったのか、ゴミ屑《くず》野郎！」

それは、レイにとって本気で抜刀するに事足りる言葉であった。

レイは剣撃形態《ソードモード》のコンパスブラスターを横なぎに振る。大柄な男が居る場所スレスレを切り裂いたので、男の前には一文字の浅いクレバスが出来ていた。

「親の……何だって？」

明確な敵意を瞳に宿して、大柄な男を睨《にら》みつけるレイ。

一方で男は正当防衛の理由が出来たと考えたのか、嬉々《きき》として腰の剣に手をかける。

「あ、兄貴ここじゃ流石に――」

「うるさい！　トラッシュ程度に馬鹿にされたままでいられるか！」

細身の男が止めようとするが、大柄な男は頭に血が上りすぎて碌に聞いてない。レイと男は共に殺意と狂気を宿して剣を構える。制止の声は届くことなく、二人は同時に動き始めた。

「こんの糞ブタ野郎がァァァァ！」

「トラッシュ風情がァァァァ！」

お互い剣を振りかぶり、鍔迫《つばぜ》り合いの音が鳴り渡る……事はなかった。男とレイの間に一人の老人が割り入っている。二人の剣は老人の指先によって固く押さえ込まれていた。

いつの間に現れたのか、誰にも彼が二人の間に割って入った瞬間を認識する事が出来なかった。それどころか、切り傷一つ作ること無くたった二本の指で剣を掴み取っている。

レイは何とか剣を動かそうとするが、びくともしない。一方で大柄な男は老人の姿を確認すると、先程までの威勢はどこへ行ったのか、顔を青白く染め上げていた。

「ふぉっふぉ。怒りに任せて剣を振るうとは、まだまだ青い証拠じゃのう」

「あ、あの……これは、その」

「喧嘩するのは良いが、老い先短い老人の前で若人が命のやり取りをせんでくれ」

大柄な男は力なく剣を離す。後ろで見ていた細身の男も顔を真っ青にして震えていた。

細身の男の制止で我に返った大男は、剣を放置したまま一目散に逃げて行った。

「己の魔武具《まぶんぐ》を置いて逃げるとは、情けない若者じゃのう」

床に落ちた剣を見つめて、呆れ果てる老人。その一方でレイは、腰を大きく仰《の》け反《ぞ》らせて剣を抜こうとしている。とても老人の力とは思えない。そんなレイの様子を見た老人は、剣を挟んでいた指を唐突に離した。突然剣を離されたレイは、そのまま頭から床に落ちた。

「ふぉっふぉ。まだまだ修行が足りんようじゃのう」

「だからっていきなり離さないで下さいよ、ギルド長」

愉快そうな声を上げながら、口から顎にかけて生えた真っ白な鬚《ひげ》を弄《いじ》る老人。

この老人こそGODの長《おさ》にしてセイラムシティのトップに立つ男、ウォルター・シェイクスピアその人である。その老い果てた外見からは想像もできない力の持ち主だが、今年で百歳だというのだから本当に想像の向こう側に存在する老人である。

「しっかし、レイがここまで激怒するのも久しぶりじゃのう。今回は何言われたんじゃ、言うてみ」

「……親の七光りだってさ」

「ほぉ〜、それはまた久しく強烈なのが来たのう」

色々縁があってギルド長とは割と親しい間柄であるレイ。そしてレイの事情を知る側であるギルド長は、男達が口にしたその言葉がどれほど強烈にレイの地雷を踏みぬいたのか、想像するに容易《たやす》かった。コンパスブラスターを仕舞い、服に付いた埃《ほこり》を叩き落とすレイ。ギルド長はそんなレイの手を掴み、上着の裾を捲《まく》って見た。

「まったく、生傷ばかり増やしおって」

露出したレイの腕には無数の傷跡がついていた。定期的にアリスに治療して貰《もら》っているとはいえ、傷跡までは完全に消えてはいなかった。

「夢に走るのは若人の務めじゃが、身体《からだ》を粗末にするもんでない」

「目の前に出来る事があったからやっただけです、その結果だから後悔はない」

「お主が悔やまんでも、お主の隣人が悔やむのじゃよ」

二人の間に沈黙が流れる。レイはギルド長の言葉を理解しかねていた。いや、理解する事を拒んだという方が正しいだろう。とにかく話題を変えたかったレイは懐から取り出した一枚の紙をギルド長に渡した。後で済ます予定だったもう一つの用事。

「まぁいいや後で執務室に行く手間も省けたし、はいコレ。例の依頼の経過報告書です」

「おぉスマンのお……してレイ、もう一つの依頼の方は？」

「女湯専用遠隔投影機とか作った日にゃ、ギルドの女子に殺されかねないから断ったはずですけど？」

「カァーーーッ！　そんなもんギルド長権限でどうにもなるわい！」

「そう言って何時《いつ》も秘書に締め上げられてるだろーが、性欲ジジイ！　もう少しましな動機で開発依頼持って来い！」

「エロが無くて何が人生かァァァッ！　つーか、私欲でうっかり大発明をしたドルオタが言えた義理か！」

「ナディアちゃんは特別枠です」

一年前、セイラムシティのアイドルこと広報部のナディアちゃんの声を無限再生したい一心でこの世界に録音技術を産み落とした男、レイ・クロウリー。

「てかギルド長、仕事はいいんですか？」

仮にも世界最大の操獣者ギルドのマスター。その多忙っぷりは世界有数のものの筈《はず》である。

レイの指摘を受けたギルド長はハッとした表情を浮かべた。

「そうじゃ、此処《ここ》でのんびりしておったらヴィオラの奴《やつ》に見つかってしまう」

そう言うとギルド長はその場で足踏みを始める。

「じゃあのうレイ、無理せんでなー！」

素早い駆け足でその場を立ち去るギルド長。レイはその背中を見ながら「あのジジイ、またサボりだな」と呟く。恐ろしい事に、ＧＯＤでは日常の光景なのであった。

◆

ギルド長の姿が見えなくなったので、レイは当初の目的地に向かって歩みを進めた。

辿《たど》り着いたのは人気のない、ギルド本部最中央区。目の前には古びた木製の扉。しかし見た目こそ木製だが、その実幾多にも及ぶ複雑な術式の封印魔法がかけられているのだ。

ここはギルド内でも有名な開かずの扉。巷《ちまた》では『凶悪な魔獣が封印されている』だとか『ギルド秘伝の古代兵器が隠されている』だとか根も葉もない噂《うわさ》が流れているらしいが、そんな大層なものは無い。

いや、人によっては大層に思うかもしれない。しかし扉の向こうに何があるのかを知る者は、セイラムシティ中を探し回ってもレイやギルド長などごく少数の人間しかいない。

「はぁぁぁ〜〜〜」

扉の前で鍵を出し、ため息を吐き出すレイ。

フレイアのストーキングだとか、喧嘩だとか、サボりのギルド長だとか、短時間で濃密すぎる内容を経験したレイの心は疲れ切っていた。

「何してるの？　早く開けて」

「キュー」

「りょーかーい」

投《な》げ槍《やり》に返答したレイは、手に持った鍵で扉を数回叩く。すると扉はジクソーパズルのようにバラバラになり、壁の内側へと綺麗《きれい》に収納されていった。扉が消えて、向こう側が見える。噂に出てくるような物は存在せず、あるのは普通の螺旋《らせん》階段だけであった。この階段の先がレイの目的地である。だがここでレイはある事に気が付いた。

「レイ、狭いから早く行って」

「……アリス、お前いつからいた？」

後ろを向いて視線を下ろすと、見慣れた銀髪の少女と緑の小魔獣。

アリスは人差し指を頭につけて、レイの質問に答えた。

「ん～、ギルド長と別れたあたりから？」

「心臓に悪いからせめて一声かけてくれ」

追手なんぞはフレイアだけで十分だ。幸いアリスは階段の先に何があるかを知っている側なので、見つかった所で何も問題ない。

「キュッキュー！」

「おいおい、そんなに急《せ》かすなよ」

アリスの足元にいたロキは、レイ達《たち》の間をすり抜けて一足先に階段を上り始めた。

それを見たアリスは「ほら早く」とレイの背中を押して進むのだった。

長く高く続く螺旋階段。最初はレイも上るだけで息が切れたものだが、今では涼しい顔で上りきっている。それはアリスも同じだ。美しい銀の髪を揺らして、トテトテとレイの後ろをついて行く。

道中、他愛のないやり取りをする二人。そうこうしている内に螺旋階段の果てに到達した。小さな踊り場の奥にある扉を開けて目的の場所へと進む。ここはギルド本部の屋上にして、セイラムシティで最も高い位置の場所である。一見すると悩める若人が好んで足を運びそうな場所だが……残念な事に、此処には古くからの住民がいる。

「よッ、スレイプニル！」

「レイか……飽きもせず、よく来るものだ」

「こんにちは」

「キュー！」

「ふむ、アリス嬢とロキ殿は久しい訪れだな」

美しい白銀の毛と雄々しき一本の角を生やした、一頭の馬が屋上に鎮座している。

レイ達の何倍もの大きな身体を持つ、この銀馬の名はスレイプニル。

セイラムシティでその名を知らぬ者は居ないとさえ言われている、高位の魔獣である。

「ほら、差し入れ」

そう言うとレイは持っていた麻袋を開けて、スレイプニルに投げてよこした。

「うむ、恩に着る」

投げられた麻袋をタイミングよく口で摑《つか》んだスレイプニル。袋には大量の栞《しおり》が詰め込まれていた。全てデコイインクを含んだ物である。スレイプニルは袋の中から数枚の栞を取り出し、口の中に含んだ。

「あんまし屋上から出て無いみたいだけど、ちゃんと飯食ってんのか？」

「問題無い。必要な時に必要な分だけ狩りはしている」

「なら良いけどよ」

そう言うとレイはスレイプニルの隣に腰掛けて、一緒に持ってきていた望遠鏡を取り出した。望遠鏡越しに街の様子を観察するレイ。獣と街を歩く者、井戸端会議に勤《いそ》しむ婦人達、噴水の前で楽しそうに一服しているカップル。なんとも代わり映えのしない光景である。

「何が見える？」

「ん〜〜、普遍の体現？」

「……そうだな、何も変わりはしない」

二人には飽きる程、交わし続けた定番のやり取り。

街は変わらぬ、人は変わらぬ、諦めの感情を含みながらも心のどこかで「もしかしたら」を求めてしまう。街を包む変わらぬ平穏。街に響く変わらぬ笑顔。誰かの手で守られておきながら、自分だけは永久の平穏を享受できると錯覚しているように見えて、レイはどこか危うさを覚えた。

「……スレイプニルには、見えてたか？」

「何をだ？」

「俺の戦い」

望遠鏡を覗《のぞ》きながら、スレイプニルに問うレイ。

スレイプニルの視力であれば、此処から八区の果てまで見る事は容易い。

「あぁ見えていたさ……ボーツの群れ相手に、随分と無茶な事を繰り返していたようだな」

「辛辣だなぁ。前よりは善戦できてるだろ」

「血まみれで帰ってくるのを善戦とは言わない」

背後からアリスの指摘が刺さる。

「それでも前よりは怪我《けが》も少なくなってきただろ！」

「確かに、前に比べれば幾分かマシにはなっただろうが……」

「レイ、三日連続両手足複雑骨折は論外」

「頼むから成長したって言ってくれ」

八区で度々ボーツが頻出するようになって早一年と少々。最初の頃は十数体のボーツを相手にし、殆《ほとん》ど相打ちのような形で狩っていたレイ。その度に大怪我をして、アリスにお説教をされていたものである。

それはともかくとして。レイは望遠鏡で街を覗きながらスレイプニルに問う。

「スレイプニル、次は第三居住区辺りに出そうな気がするんだけど……お前はどう思う？」

「我も概《おおむ》ね同意だな」

「やーりぃ。俺の眼《め》も随分鍛えられてきただろ？　これで後もう少し力があったら、スレイプニルも俺に魔力をくれる気になるんじゃないか？」

「…………まだ、程遠いさ」

評価の言葉が返ってこなかったせいか、不服そうな表情でスレイプニルを睨《にら》むレイ。そんな視線を物ともせず、スレイプニルは言葉を続けた。

「確かに、技は磨き抜かれた。力も以前と比べれば、随分ついただろう……しかし、お前は少し眼が悪すぎる」

「……どういう事だ？」

「それは自分で考えるのだな」

レイはスレイプニルの言葉の真意を理解しかねた。答えの存在しない問い掛けをされたようで、頭が痛くなるレイ。しかし、この言葉の向こうに何か大きな成長があるのだという事だけは本能的に理解した。

「それからレイ、お前はもう少し勘の鋭さを鍛えた方がいい……主に背後のな」

そう言って屋上の出入口に視線を向けるスレイプニル。そんな筈はない、それだけは有り得ない、そう思いながらレイがゆっくりと振り向くと……

「ヤッホー！　レイー！」

「神は死んだ」

扉の向こうからフレイアが顔を出して手を振ってきた。

おかしい、鉄の鎖で縛り上げていた筈なのに。

「鎖なら気合で千切った！」

「そっか〜、気合か〜」

「レイ、本当に気づいて無かったの？　下で扉開けた直後からずっとつけられてたよ」

「直感と匂いで余裕でした！」

「クソッ！　この野生児め！　つーかアリスも気づいてたなら教えてくれよ！」

「まぁまぁ、そうカッカしないで」

「誰のセーだと思ってんだッ誰の！」

あっという間に距離を詰めて来たフレイアがレイの眼前に現れる。これがライラ仕込みのシノビスキルなのだろうか。逃がした件も含めて後でライラに文句を言おうと決心したレイだった。

「ところで、こっちの大きな方は？」

「フレイア……お前マジか……」

セイラムシティに住む者として、今のフレイアの質問はこの上なく脱力ものであった。

だが当のスレイプニルはそんな反応が珍しかったのか柄にもなく笑い声を上げた。

「ハハハハハ、こちらから自己紹介をするのは何十年振りか」

そう言うとスレイプニルは立ち上がり、フレイアの方へと向いた。

「では自己紹介をさせて頂こう。我が名はスレイプニル、このセイラムの地に陣取る王である」

「王様？」

「そうだ、他者からは【戦騎王《せんきおう》】等と呼ばれる事が多い」

「…………あの、レイさん……いまアタシの耳にスゴイ二つ名が聞こえたんだけど、空耳？」

「空耳じゃねぇよ。スレイプニルは正真正銘ランクA以上の王獣だ」

鳩《はと》が豆鉄砲を食ったような表情で口をパクパクさせるフレイア。無理もない、【王獣】とはその名の通り王として君臨するだけの力を備えた高ランクの魔獣を指す言葉である。

普通は遭遇する事はおろか、人間の前に姿を見せる事さえ珍しい存在だ。

「フフ、そう畏れなくとも良いフレイア嬢。見たところ君も高位の獣を従えた操獣者ではないか？　炎の香りがする。闘志に……暴魔の気配……年若いが実力を持ったイフリートだな」

「おぉぉ、匂いでそこまで分かるんだ」

「年の功というヤツさ」

スレイプニルの答えに「スッゲー」と漏らすフレイア。そして何かを思いついたのか、懐から赤い獣魂栞《ソウルマーク》を取り出した。

「せっかく王獣に会えたんだ。イフリート、アンタも挨拶しな！」

そう言ってフレイアが獣魂栞を投げると、獣魂栞は赤い輝きを放ち一体の魔獣へと姿を変えた。炎の如《ごと》く赤い体毛に、悪魔を彷彿《ほうふつ》とさせる鋭利で巨大な二本角。剛腕と呼ぶに相応《ふさわ》しい筋肉質な腕を地面に着け、獅子《しし》のような顔が咆哮《ほうこう》を上げる。

これがフレイアの契約魔獣。暴炎の魔獣、イフリートである。

「グォオオオオオォ！」

「違う違う。イフリート、今日は戦いじゃなくて挨拶」

闘争本能が相当強いのか、傍《はた》から見てもバトルジャンキーだという事が分かる魔獣である。だがフレイアに指示されてスレイプニルの姿を認識したイフリートは見る見るうちに大人しくなってしまった。

「ほら、こちら戦騎王のスレイプニルさん」

「…………グオン!?」

「ほう。中々見込みのある獣ではないか……未来の王を争う器だな」

「グ……グ、グオン!?　グオグオォォォォォン!?」

「え？　『何気軽に王獣の前に出しやがるんだ、このバカ娘！』って失礼な！」

「いや、イフリートの主張が正しいと思うぞ」

「レイに同じ」

「キュ」

本来魔獣にとって王獣とは畏れ敬うべき存在である。故に今のフレイアの行動を分かりやすく例えると、しがない平民を玉座に座る王様の前にいきなり放り出したようなものである。ビビるのも当然だ。ちなみにロキも最初は畏《かしこ》まっていたが、最近は馴染《なじ》んだのか気軽にスレイプニルに接している。

結局、イフリートは全身をプルつかせたまま「グォォォォォォン！」と叫びながら赤い獣魂栞に戻ってしまった。イフリートの言葉が分からないレイでさえ、今の叫びが「失礼しましたァァァァァァ！」と言っていたのは何となく理解できた。

「もぉ～、せっかくヒーローのパートナーに会えたってのに～」

手に持った獣魂栞を前に頬を膨らませるフレイア。

「ほう、よく知っているな」

「名前だけはね。ヒーローの契約魔獣、最強の戦騎王って！」

「ハハ、そう大層なモノでもない……手痛い黒星も随分付いてしまったからな」

自嘲気味に自分を評するスレイプニルと、目線を逸《そ》らし顔を伏せるレイ。

そんな空気を知ってか知らずか、フレイアは子供のように目を輝かせて話を続ける。

「じゃあさじゃあさ、スレイプニルってヒーローの話色々知ってるんだよね!?」

「まぁ、そうだな。仮にも契約を交わした仲だからな」

スレイプニルの言葉を聞いたフレイアは一段と目を輝かせ、機関銃のように質問をするのだった。フレイアの質問に快く答えるスレイプニル。その様子をレイは不機嫌な表情で見つめる。子供に英雄譚《たん》を語るようなスレイプニルの言葉がレイの耳に入ってくる。ヒーローの武勇伝がレイの耳に届けば届くほど、レイの心はキリキリと痛んだ。

「……レイ？」

「好きにさせてやれ」

アリスが心配げに声をかけてくるが、構わずレイは望遠鏡を覗き込む。

ただひたすらに耳に意識が行かないように、街を見つめ続ける。心に潜む黒いモノから目を逸らすように、一秒でも長く音を遮断するように、変わらぬ街の様子を見続けるのだった。

◆

望遠鏡を覗くのにも飽きてきた頃、レイの腹が音を立てて空腹を知らせた。

フレイアとスレイプニルの様子を見ると、未《いま》だにフレイアの質問攻めが続いており、スレイプニルが律儀に応え続けていた。なんだか水を差すのも可哀《かわい》そうに思ったレイは、アリスに鍵を預けて食堂へと足を運んだ。

食堂の喧騒《けんそう》に包まれる中、目の前に運ばれて来たパスタを食べているとレイの視界に一人の女性が映り込んだ。

「お食事中失礼いたします、ミスタ・クロウリー」

「何ら急用でふか……ングッ……ミス・ヴィオラ？」

声をかけてきた女性はギルド長の秘書、ミス・ヴィオラ。

「単刀直入に要件を申します、ギルド長を見かけませんでしたか？」

「……いや、屋上から戻ってきてから一度も見てないですね」

「そうですか、それは失礼しました。全くあの人は」

ブツブツと文句を言いながら去って行くミス・ヴィオラ。悲しい苦労人の姿が見えなくなった事を確認すると、レイはテーブルの下で丸まっているソレに軽く蹴りを入れた。

「アウッ！」

「怖～い秘書さんは居なくなりましたよ、ギルド長？」

「ふぉっふぉ、スマンのう。じゃがもう少し丁寧に扱ってくれんかのう」

「サボり常習犯のギルド長には相応しい対応かと？」

ブツブツ言いながらテーブルの下からギルド長が姿を見せる。実はレイがテーブルに着いた段階で既に潜んでいたのだ。

「つーか、テーブルの下で何やってたんですか？」

「決まっておる……アレじゃ」

そう言ってギルド長が力強く指さした先をレイは見る。指さした先には、食堂の若い女性店員達《たち》が見えた。

「あの艶肌！　あの桃尻！　見ているだけで寿命が延びるとは思わんかね!?」

「仕事サボってまでガールウォッチかよ、このエロジジイ!?」

しかしそれではテーブルの下に潜んでいた理由が分からない。レイがその件についてギルド長に聞くと……

「決まっとる、ワンチャンパンツが拝めるかもしれんじゃろ」

「今すぐ執務室を地下牢《ちかろう》に移しやがれ、セクハラジジイ！」

「カァーーーッ！　女子からの叱責が怖くてエロを探求出来るかァ！」

ちなみにこれが初犯では無いからか、食堂の女の子のスカートの中は鉄壁の守りで隠されている。苦労したんだろうな。サボり癖と女好きにさえ目を瞑《つぶ》れば、これでも歴代有数の超有能ギルド長だと評されているのだから、世の中分からないものである。

「フンッ！」

「あ、こりゃ！　何をする!?」

ひと先《ま》ずギルド長のスカート覗《のぞ》きだけは阻止する為《ため》に、レイはギルド長を（無理やり）椅子に座らせた。

「あぁぁぁ、おパンツ様がぁぁぁ……」

「アンタは便所で自分の下着でも見てろ」

不服そうな表情のギルド長を睨《にら》んで黙らせるレイ。そこでふとレイは先日の事を思い出した。

「そういえば、ギルド長」

「ぐすん、なんじゃ？」

完全に涙目のギルド長だが、同情の余地は無いのでレイは話を続ける。

「この間引き渡した中毒者、アイツどうなったんですか？」

「あぁあの男か、囚人用の救護室でまだ治療中じゃな。意識が戻らん事には何にも聞き出せんから、特捜部の奴《やつ》らがヤキモキしとるわい」

「あぁ、運ぶ最中に散々揺らしたのに一度も起きなかったから、もしやとは思ったけど……やっぱり長期服用者だったか」

「そうらしいのう。まったく、年若いもんが一時の快楽の為に薬に手を出すなんぞ、情けない限りじゃ」

魔僕呪《まぼくじゅ》の長期服用者が昏睡《こんすい》状態になるのは、そう珍しい事では無い。むしろ命があるだけまだマシというものだ。

今まで魔僕呪の服用者は何人も捕まって来たが、短期服用者は皆末端の末端売人から購入しているので大本には辿《たど》り着けず。長期服用者は皆中毒症状による昏睡か死かのどちらかである。

「ひと先ずは所持品と服装から商船で働いとった若手という事は分かっておる。今はその筋から調査しとるんじゃが……これが全然尻尾を摑《つか》めんでのう」

「結局は治療結果待ちってやつですか……ギルド長、起きたらキツめに尋問してやって下さいね。アイツのせいでエライ目に遭ったんだからな！」

「ほほ、そういえばそんな報告をしとったのう」

愉快そうにギルド長が笑うが、レイは全くもって愉快では無かった。

「しかしのうレイ」

突然。ギルド長は笑みを消し、真剣な眼差《まなざ》しでレイと向き合う。

「ようやった。被疑者を守っただけで無く居住区にボーツが行かんよう戦ったそうじゃないか」

「別に好きでやった訳じゃないです。男に死なれても困るし、ボーツが居住区に来たらもっと面倒――」

「それじゃよ。どれだけ勇猛の言葉を並べる強者がおっても、他者の為に一歩を踏み出せる者には決して敵《かな》わん」

「はぁ、結果的には殆《ほとん》どフレイアの活躍でしたけどね」

「だとしてもじゃ。お主が最初に戦おうとしなければ、フレイア君が間に合う事は無かった。お主が戦い作り出した時は、間違いなく勇気ある時じゃった」

「…………なら結局、俺は弱いままですね」

レイの中にどす黒いモノが蠢《うごめ》き、眼《め》に濁りが出てくる。

「必要なのは力なんですよ……全部倒して、全部背負える、そういう力が……」

レイの様子に若干の困惑を覚えるギルド長。

だがギルド長はすぐに、レイの闇の正体を理解した。

「まったく……要らぬ所ばかり似おって」

やれやれと言った様子で呆《あき》れるギルド長。

レイを見るその眼には、彼の闇に関係する者の面影が重なっていた。

「お主は些《いささ》か、眼が悪い」

「……アンタ達よりは、良い眼を持ってるって自負してるよ」

「見方を変えれば……そうやもしれぬな。じゃがのうレイ」

ギルド長はビシッとレイの眼の前に一本指を立てる。

「道も光も一つでは無い。一度立ち止まって隣を見てみてはどうじゃ？」

「そんな余裕無いですよ。俺は、人より劣り過ぎた……他の奴が十歩進む時間で、俺は一歩進めるかどうかすら分からない。だったら多少の無茶くらいしないと、夢が離れて行くんですよ」

「そうしてまた、怪我《けが》を繰り返すのか？」

「……それしか道が見えないから……」

「強情じゃのう」

そう言うとギルド長はポケットから一枚の紙を取り出す。

先ほどレイがギルド長に渡したメモだ。

「いつもこのメモ用紙くらいは、友を信じてやって欲しいもんじゃがのう」

「そういうのは必要ないです。後、そのメモは緊急性が高めだから――」

「分かっとる分かっとる。ちゃんと巡回の操獣者に通達済みじゃ」

「なら良いんですけど……」

「そしてお主はもう少しレディに優しく生きてみたらどうじゃ？　聞いとるぞ～、中々え乳した娘からラブコールを受けとるって」

突然の言葉に思わず吹き出すレイ。

「は!?　ラブコール!?」

「しっかし、アリス君だけでは無くもう一人娘を侍《はべ》らすとは……中々ヤル男じゃのう」

「勘違い！　それ絶対盛大な勘違いだから！　俺は専属整備士のスカウトしか受けてねぇ！」

「専属……整備士（意味深）じゃとッ!?　それはあんな所やこんな所を整備して、ハァンッ!?　最近の若者はマニアックなプレイをするのう」

よし制裁しよう今すぐしよう方法はどうしよう。

間抜けな衝撃顔を晒《さら》しているギルド長を見て、レイの中で「尊敬の意」の文字が粉々に砕け散った。どうやって目の前の色ボケジジイを懲らしめようか考えていると、レイの視界にある人物が映り込んだ。その人物を見つけるや否や、レイは無意識に右腕を高く上げて、そのままゆっくりゆっくりとギルド長の頭上を指さした。

「そうして貴方《あなた》専用に整備された私を～～……って、何じゃレイ。その指は？」

「ギルド長、お迎えの時間です」

「ふぇ？　グフォウ！」

突然背後から首根っこを摑まれたギルド長。ギルド長の背後にいる人物、レイがギルド長の位置を伝えた相手であるヴィオラが居た。

「探しましたよ……ギルド長」

「ヴィ、ヴィオラ!?　これは、その」

無表情ながらも、ヴィオラが放つ怒りを肌で感じ取ってしまうレイ。

「ご協力感謝します。ミスタ」

「いえいえ」

「さぁ執務室に戻りますよギルド長！　仕事は山のように積み上げられていますので！」

ギルド長の首根っこを摑んでズルズルと引きずって行くヴィオラ。

この光景も別段珍しいものでは無いので、食堂の者達は誰も気に留めない。

「何故《なぜ》じゃゃぁぁぁぁぁぁ!?　レイ、何故ワシを売ったァァァァァァァァ!?」

「俺がサボっても困るのは俺だけですが、貴方がサボるとギルドと街が困ります。なら仕事をサボっている貴方を秘書さんに引き渡すのは、善良な市民として当然の義務です」

笑顔でそう答えるレイに、ギルド長はただ「ノォォォォォォォン！」と叫ぶのみだった。

◆

「見つけた！　レェェェイィィィィィィ！」

ギルド長を見送り食事を終えたと思った矢先に、レイの耳にフレイアの叫び声が聞こえてきた。頰を膨らませて両腕を上げて、プンプンと擬音が見えそうな顔をしている。

「もーー、仲間を勝手に置いてくなよー！」

「そのまま戻らなくても良かったし勝手に仲間認定するな」

「いーじゃんかー！　一緒にヒーロー目指そうよー！」

この街では決して珍しくもない誘い文句。意訳すれば「頂点を目指そう」というニュアンスで使っているのだろうが、レイにとっては心をザラつかせる以外の意味を持ち合わせていなかった。

「……嫌だ」

「え～何でさ～」

「簡単な話だ。俺はお前みたいな夢見がちで口先だけは一流の人間が嫌いだからだよ」

「いーじゃん、どうせ叶《かな》えるんだし」

「は？」

「夢は叶えるから夢なんだよ。みんなで一緒なら更に倍速でドン！」

曇りない眼で語るフレイアを前にレイは呆れ果ててしまう。どれだけ足掻《あが》いても、夢の方から離れてしまう事もある。それを知っているレイだからこそ、フレイアの言葉が戯言《たわごと》にしか聞こえなかった。

「という訳で～～、仲間になって」

「嫌だ」

「……どうしても？」

「断る」

「ヤーーーダーーーー！　仲間になってくれなきゃヤーーーダーーーー！」

「えぇぇぇい、くっつくな！　駄々っ子かお前は！」

駄々をこねてレイの腕にしがみつくフレイア。レイは鬱陶しそうに腕を振るうが、年頃の娘が抱き着いている腕を振ればどうなるかは大体予想出来るのでありまして。

　むにょん。ふわん。

「～～～～ッッッ」

　レイの腕を挟みながら潰れる二つの果実。オレンジだとかレモンなど比ではない。これはメロンだ、それも羽毛のように柔らかな果肉が詰まった甘美すぎるメロンだ。そんなたわわメロンちゃんが今、レイの腕の上でコネコネと形を変えている。十七歳思春期童貞には刺激が強すぎる光景だった。

「……ほほ～う」

　赤面するレイを見て、何かを察した表情をするフレイア。いや、正確には悪巧みをした表情が正しいか。

　むにゅぅぅぅん。意図して押しつぶされるビッグメロン。レイの鼻の血圧は急激に上昇していた。決壊まで秒読みである。

「おまッ！　フレイア、押すな！　引け！」

「いいや、引かないね！　ライラから聞いたことがある、東国のくノ一は男を仲間にする為に『ぼーちゅーじゅつ』なる方法を使うとか！」

　キラキラお目々と発音で分かった。コイツ房中術をちゃんと理解してない。

「……フレイア、房中術って何か分かってるか？」

「イケイケスキンシップで男仲間ゲット！」

ライラさんお仲間の性教育はしっかりとお願いします。

それはともかく。今はこの無知無知ハニートラップを何とかしなくてはいけない。

「はーなーれーろー！」

「いーやーだー！」

フレイアの頭を摑んで引きはがそうとするレイと、抱きついて抵抗するフレイア。

何とか腕に意識が向かないように努力するレイだが……哀れ思春期男子、鼻の下は伸びていた。必死に抵抗するレイ。腕を挟んでいるロマンスメロンに未練は無い。レイがフレイアと攻防を繰り広げていると、レイの背中にチクチクと何かが刺さって来た。

「……レイ、何してるの？」

振り向けばアリスが居た。フレイアが下りて来たのだ、一緒に屋上に居たアリスが下りて来るのは当然の事なのだが。二つ当然とは言い難い事がある。一つはアリスが手に持《も》ったナイフでレイの背中をチクチクした事。もう一つは、アリスの眼に光が灯《とも》っていなかった。

「鼻の下を伸ばして……何してたの？」

「ア、アリス……これは、その」

「勧誘の為《ため》の『ぼーちゅーじゅつ』！」

「お前ちょっと黙ってろ」

「…………へぇ」

アリスの眼から更に光が消える。もはや光を通り越して闇とか深淵《しんえん》とかそう呼ばれる類のモノになっている。

圧が……圧がすごい。

片やブリザードと形容しても差し支えないアリスの眼とオーラによる圧。

片や幸せプリンちゃんと形容しても差し支えないフレイアのたわわによる圧。

正の圧と負の圧、二つの圧の狭間《はざま》でレイは死にそうになっていた。

「房中術……へぇ……そういうのが好きなんだ……」

表情はいつも通りの無表情だが、明らかに全身から出てはいけない闇が溢《あふ》れ出ているアリス。気が付けば周囲から人が消えている上に、なんだか気温まで下がったように錯覚するレイ。そして全くそれらを気にしていないフレイア。

「アリス、これは決して俺の趣味とかそんなのでは無いゾ。むしろ今こうして引っぺがすのに苦労している最中なんだゾ」

「腕裂かなくても大丈夫？」

「大丈夫です！　すぐ剝がします！　だから裂かないでぇぇぇ！」

底無き深淵の眼でプレッシャーをかけられたレイは恐怖におののいていた。

グイグイとフレイアの身体《からだ》を剝がそうとするが、押せば押す程フレイアも抵抗して強く腕を圧迫してくる。

むにゅにゅんんん。ブツン！

フレイアが追撃と言わんばかりに、レイの腕にたわわを押し付けた瞬間、フレイアを除く食堂の者達《たち》とレイの耳に何か切れてはいけない一線が切れた音が聞こえた気がした。

「…………フレイア、レイから離れて」

「えぇ～、今勧誘活動の途――」

途中と言い切る前に、フレイアの頬を高速で飛来したナイフが掠《かす》めて行った。薄皮が切れたフレイアの頬から、少量の血が滲《にじ》む。振り向くと、フレイアのちょうど真後ろにあった柱に一本のナイフが突き刺さっていた。

「レイから離れて」

「あ……あのぉ、アリスさん？」

突然の事に身体が硬直したフレイアが、抱き着いた体勢でアリスに問うが……

「次は、耳を落とす」

「はい離れました！　今離れました！」

両手の指全てでナイフを挟み込んで凄《すご》むアリス。

圧倒的負の感情を含んだ眼《め》とナイフで凄まれては、流石《さすが》のフレイアも顔面蒼白《そうはく》である。

フレイアは両腕を上げて、残像を残す勢いでレイから離れた。

アリス・ダンセイニ、救護術士だがその特技はナイフ投げである。

「と、とりあえず一安心……か？」

フレイアが居なくなって軽くなった腕を回しながらレイはつぶやく。

　さて、フレイアが片付いたら次はアリスだ。

「アリス。とりあえずそのナイフ仕舞おうか。物騒すぎてフレイアが小鹿みたいになってる」

　そう言ってレイが指さした先では、生まれたての小鹿の如《ごと》くフレイアが全身をプルプルさせて怯《おび》えていた。しかしアリスは一向にナイフを仕舞う気配を見せない。

「………レイ？」

「なんだ？」

「大きいのは……気持ち良かった？」

　レイにナイフを向けながら淡々と問うアリス。

　正直気持ち良かったです。だがここで本音を漏らせば命が無い。

「レイ？」

「ノ、ノーコメントで、お願いします」

　童貞少年は嘘《うそ》がつけなかった。そんなレイをアリスはジーっと見つめ続ける。無言の圧を前にレイの心拍数は急上昇していた。

　無言でナイフを仕舞うアリス。レイがホッとしたのもつかの間、アリスは突然レイの手を摑《つか》み、そして………ふにゅ。自分の胸に強引に押し当てた。

「ア、アリ、アリスさん!?」

「房中術が、いいんだよね？」

レイの手をグリグリと自分の胸に押し当てるアリス。女の子の胸を合法的に触れるという字面だけ見れば魅惑のシチュエーション。しかし悲しいかな、先程の豊満メロンと比較してしまうとアリスの胸はせいぜいサクランボの種粒。絶壁もいいところである。

しかしながら絶壁なりに女の子の柔らかさは有る訳でして。レイの思春期ハートを刺激するには十分な威力を持っていた。

「アリスも……その気になれば……」

何やらブツブツと呟《つぶや》いているアリス。

「あのさ～、アリス。とりあえず手を離してくれると――」

嬉《うれ》しいのだが、とレイが言おうとした瞬間。アリスはレイの顔を見上げて、こう言った。

「鼻の下……伸ばさないんだ」

どうやらフレイアの時と反応が異なるのが相当不服らしい。不味《まず》い、このままではアリスのナイフで腕が裂かれてしまう。なんとかして機嫌を治さねばならない。

「アリスのじゃ……ダメかな？」

「そ、そうでもないと思うゾ」

「………ホント？」

「ホントホント。その、アレだ。とってもスレンダーで魅力的だと思います」

物は言いようである。レイの答えに満足したのか、アリスは小さく笑みを浮かべた。

「そっか……魅力的、か」

レイの手を離すアリス。その全身から放たれていたプレッシャーが徐々に消えていくのをレイは肌で感じていた。ほんのりと顔を赤らめているアリスを見て、レイは素直に可愛《かわい》いと思うのだが……懐に大量のナイフを仕込んでいるとあってはトキメキも糞《くそ》も無い。

「死ぬかと思った死ぬかと思った」

「言っとくけど九割方お前のせいだからな」

床にへたり込んで震えるフレイアに対して苦言を呈すレイ。

アリスが完全に鎮静化したのを確認したレイは、ひと先《ま》ず危機は去ったと判断した。

一山去って気が緩んだせいか、レイの耳に騒がしい声が聞こえてくる。

いつもの食堂の喧騒《けんそう》とは違った騒ぎ声が気になり、レイが辺りを見回すと出入口付近に人が集まっている様子が目に入った。

「あれ？　レイ君と姉御、なにしてるんスか？」

「色々あったんだ、深く追及はしないでくれ」

アリスやレイ達の様子を見て何かを察したライラは、それ以上追及する事は無かった。

一方レイは人だかりの正体が気になって目を凝らして見る。

人だかりは老若男女入り乱れているが、殆《ほとん》どの者にある共通点があった。

「剣の金色刺繍《ししゅう》……グローリーソードの奴《やつ》らか」

「あれ、レイ君知ってて降りて来たんじゃないんスか？」

「何がだよ。つか俺がアイツら苦手なの知ってるだろ」

近年チームを組む操獣者の数は増加の一途を辿《たど》っているが、それはＧＯＤも例外ではない。世界一の操獣者ギルドの肩書は伊達《だて》ではなく、ギルド内に存在するチームの数も相当数に上る。そういう時に象徴兼肩書として機能するのがチームシンボルである。

例えばフレイアのチーム、レッドフレアであれば炎柄のスカーフ。今話題に出て来たグローリーソードであれば剣の金色刺繡が入った衣服等々。ギルドに関わる人間はチームシンボルを見れば何処《どこ》のチーム所属かがすぐに分かるのだ。

「ふぇ～～、アレもしかして全部同じチームの人？」

「刺繡入ってる奴らはな」

「いーなー、仲間いっぱいで。頼んだら一人くらい分けてくれるかな？」

「止《や》めとけ止めとけ。アイツら数と肩書ばっかで、中身は馬の骨がほとんどだ」

「ここ最近のグローリーソードは特にっスね。ＧＯＤ最大規模の操獣者チーム。幹部は実力者揃《ぞろ》い、高難易度の依頼も数多く達成してきて実績はあるけど、下部メンバーの素行の悪さが目立つチームっス」

「アリスもよく知ってる。偉そうに文句ばっか言うから、救護術士の間でもあまり評判は良くない」

露骨に嫌悪感を出すアリス。普段感情をあまり表に出さないタイプなので、レイは「珍しいな」と呑気《のんき》に考えていた。

「正直あんまり関わりたくないんだよな～」

「でもチームリーダーは人格者っスよ。レイ君もよく知ってる人」

頭の上に疑問符を浮かべるレイ。

次の瞬間、人込みから大きな歓声が沸き始めた。

「隊長、おかえりなさいませ！」

「支部局長の任、ご苦労様です！」

「ありがとう。とは言っても定期報告に来ただけだから、またすぐに戻るけどね」

歓迎する人込みの奥から、眼鏡をかけ白い手袋を着けた物腰の柔らかそうな男性が姿を現す。

「あの人は……」

「キース先生。レイ君も養成学校の時に授業受けてたっスよね」

(ほとんど聞いてなかったけどな)

グローリーソードの面々に歓迎されている男性をレイはよく知っていた。

キース・ド・アナスン。レイやライラ達が通っていた操獣者養成学校で教鞭《きょうべん》を取っていた人物だ。担当科目は魔法術式構築論。教科書の内容を二カ月でマスターしたレイにとっては退屈過ぎる授業だったので、ほとんど聞いている振りだけをしていた。

「つーか、グローリーソードのリーダーってキース先生かよ」

「レイ君知らなかったっスか？　先生と仲良さそうだったのに」

「術式構築の意見交換を何回かしただけだ。特別仲が良い訳じゃないし、親が知り合いだった縁で話しかけられたんだよ」

　ライラとレイがそんなやり取りをしていると、人込みの中から出て来たキースがこちらにやって来た。

「おやおや、やっぱり。レイ君じゃないか！　久しぶりだねー、卒業式の時以来か」

「……お久しぶりです。キース先生」

「ボクもお久しぶりっス」

「おぉキャロル君！　君とは離任挨拶の時以来だねー」

「……離任？」

「うん。レイ君が飛び級卒業した直後に、オータシティの支部局に異動になったっス」

「ハハ、まだまだ未熟者だというのに大任を任されてしまったよ」

　ＧＯＤは世界各地に支部局というモノを持っているのだが、支部局の長《おさ》に任命されるのはほんの一握りのエリートだけである。故に、支部局長の肩書はセイラムにおいて非常に強力な物として認知されているのだ。ここまでの話を聞いてレイは一つの納得をしていた。

（なるほどね……支部局長がチームリーダーって看板を掲げれば、ピンからキリまで人材が山ほど集まるのも当然ってヤツだな）

　実際チーム：グローリーソードの規模はＧＯＤの中でも最大である。所属する操獣者の質こそピンからキリまで様々だが、結論だけを見てしまえばその実績はギルドの中でも上位に入る。

「いーなー仲間いっぱいのチームで」

「おや、君は初めましてだね」

「チーム：レッドフレアリーダー、フレイア・ローリング！　ヒーロー目指して頑張ってまーす！」

「元気な子だなぁ、これはギルドの未来も明るいね」

有名なチームの長に褒められたからか、照れくさそうに喜ぶフレイア。

「……でも、少し安心したよ。レイ君に友達が出来たようで」

「いや、別にこいつらは友達じゃ――」

「お父さんの事もあったからね。色々と心配してたんだよ」

キースの言葉を聞いて、レイは思わず歯《は》ぎしりをする。

それを見たキースは、自分がレイの逆鱗《げきりん》に触れた事を自覚した。

「……どの口がッ！」

「すまない、気に障ってしまったのなら謝るよ。あの時、君のお父さんを助けられなかったのは全て我々の責任だ。どうやっても償う事は出来ないと重々承知しているよ」

苛々《いらいら》が頂点に達したレイがキースを強く睨《にら》みつけた次の瞬間、キースの部下達チーム：グローリーソードの面々が様子を見に来た。

「隊長、何をしてるんですか？」

「む、彼はトラッシュの……」

「我がチームの隊長に、トラッシュ風情が何の用だ」

レイの姿を確認した途端グローリーソードの操獣者達《たち》は隠すこと無くレイを蔑み始めた。

「勘違いしないで欲しいんだけど、話しかけて来たのはアンタらの隊長だからな」

「フンッ、どうだか」

「トラッシュ如きが吐いた言葉を信用しろと？　無いね、それは無い」

「隊長、トラッシュなんかに構う必要は無いですよ。こんな恥さらしのゴミに関わっては生物としての品位を損ねてしまいます」

「ッ！　アンタ達！」

レイに好き勝手罵《ば》詈《り》雑言《ぞうごん》を投げつけるグローリーソードの面々を見かねたライラ。感情的に怒鳴りつけようとするが、レイによって制止されてしまった。

「レイ君！　なんで!?」

「相手するだけ無駄だ……ここはそういう街だ。後アリス、お前もナイフ仕舞え」

レイの背後でナイフを構えていたアリスは渋々といった様子で構えを解く。

「どうやら、俺が居ると都合が悪いみたいですね」

「レイ君……違うんだ、これは」

「安心して下さい、トラッシュはサッサと消えますよ」

そう言うとレイは出口に向かって静かに歩き出した。

「レイ君！」

「悪い、一人にさせてくれ」

　ライラがレイを呼び止めるが、レイはそれを拒否して歩みを進める。

「行きましょう隊長。トラッシュだけではありません、トラッシュに関わる輩《やから》など碌《ろく》な者達で」

　碌な者達では無い。一人の男がそう言い切るより先に、小さな魔力の弾丸が男の頬を掠《かす》めて行った。弾《たま》の軌道を辿ると、上半身を振り向かせて銃撃形態《ガンモード》にしたコンパスブラスターを構えたレイが立っていた。表情は無い。だがその瞳の奥には、静かに怒りの感情が浮かび上がっていた。

「…………悪い、誤爆した」

　そう言い残すとレイはコンパスブラスターを仕舞い、再び出口へと歩き始めた。

　ライラとアリスは、去っていくレイの背中をただ見る事しか出来なかった。

　だが、たった一人。フレイアだけは違った。

「あ、姉御！」

　ギルド本部から出ていくレイを追いかけて、フレイアもギルド本部を後にした。

◆

　ギルド本部を出て、馬車に乗る事無く、ただフラフラとセイラムの街を歩き続けるレイ。

「…………モヤモヤする」

レイの心はただひたすらにモヤモヤしていた。先程のようにトラッシュと罵られる事自体は別に珍しい事でもなく、レイ自身も疾《と》うに慣れてしまっている。だが今日は違う。最後にグローリーソードの男が放った言葉。レイではなく、その周りの人間を罵倒したあの言葉が、レイの心に言い表しようの無い後味の悪さを残していた。

「もっと……強くならなきゃな…………もっと……」

濁り切った眼《め》でそう呟《つぶや》きながら進むレイ。

すると後ろから忌々しくも聞きなれた声が聞こえて来た。

「レーーーイーーー！」

レイを追って来たフレイアだ。いつもなら全力疾走で逃げる所だが、今のレイにその気力は残っていなかった。というか、しつこすぎて最早《もはや》力尽くで引き離す事を若干諦めていた。ひと先ずレイは立ち止まって、フレイアの相手をする事にした。

「……なんだよ。一人にしてくれって言っただろ」

「一つ伝えたい事があって」

「あん、仲間にはなんねーぞ」

「違うよ～」

では何を伝えたいのか、レイには皆目見当がつかなかった。

フレイアは真《ま》っ直《す》ぐな目でレイを見、それを伝える。

「ありがとう」

「…………は？」

「さっき。ライラとアリスがバカにされた時に、怒ってくれてありがとう」

「礼を言われるような事をした覚えは無いんだけど」

「そんな事ない。仲間がバカにされたんだ、ホントだったらチームリーダーのアタシが怒るべき場面だったのに、レイにそれを任せちゃった……だから、ありがとう」

　レイはむず痒《がゆ》さを感じた。人から罵詈雑言を浴びる事は多々あれど、こうして感謝の言葉を告げられるのには慣れていなかった。

　だからこそ、こういう場面ではどのような対応がベストなのかもレイには分からなかった。

「……そうか」

　素っ気無い返事だけを残して再び歩き始めるレイ。

　その後ろをフレイアがトコトコとついて来る。

「ついて来るなよ」

「いーじゃん、仲良くしようよ！」

　フレンドリーに接してくるフレイアだが、レイにとっては鬱陶しい事この上なかった。

　やはり何処《どこ》か適当な場所で撒《ま》くべきか、レイがそう考えているとフレイアの方から質問が飛んできた。

「ねーレイ。ずっと気になってたんだけどさぁ、トラッシュってなに？」

こいつ分かってなかったのか……レイは心の中で少し呆《あき》れた。

「……よい子は知らなくていい言葉だ」

「教えて」

「意味は分からなくても、レイがバカにされてるってのは分かる。アタシはそういうの我慢できないの」

いつになく真剣な表情で訴えるフレイア。

「はぁ……トラッシュってのはな、要するに魔核が無い人間の事だよ」

「魔核が無いって……それだけ？」

「大事な事だ、特にこの街ではな。セイラムは良くも悪くも操獣者の街だ。魔獣と契約して操獣者になる事があたり前であり普通の世界。操獣者である事が至上であり絶対って考えてる奴《やつ》も多いんだよ」

具体的には先程のグローリーソードの面々がいい例だ。あれは決して彼らが特別歪《ゆが》んでいるのでは無い。彼らと同等の考えを持つ者は街にもギルドにも少なからず居るのだ。

「底辺操獣者にもなれない産業廃棄物以下のゴミ、だからトラッシュって言うんだ」

「……なに、それ」

レイの説明に絶句するフレイア。恐らくはセイラムシティの光の部分ばかり見て来て、暗部には触れた事が無かったのだろう。夢を壊して申し訳ないがこれも現実だ、この流れで大事な忠告もしようとレイは話を続けた。

「いい機会だからこれも言っておく。この街で蔑まれるのはトラッシュだけじゃない、トラッシュに関わる人間も漏れなく侮蔑の対象だ」

「もしかして……仲間にしても得が無いって……」

「そういう事だ。さっきの奴ら見ただろ、俺を仲間にしたところでチームにはデメリットしかない。剣ならちゃんと作ってやるから、あまり俺に関わるな」

流石《さすが》にこれだけ言えばフレイアも理解して離れていくだろう。

そう考えたレイの予想に反して、何故《なぜ》かフレイアは笑みを浮かべていた。

「……………なんだよその顔」

「レイってさ、優しいんだね」

「……ハァッ!?」

フレイアの反応が予想外すぎて、レイは思わず変な声が出てしまう。

「さっきもそう。なんだかんだ言ってレイって自分よりも周りが傷つく方が嫌なんだよね。だから自分が傷つく事よりも、ライラやアタシ達が傷つく事の方に怒る。それってさ、すごくヒーローっぽいと思うな」

ヒーローっぽい。フレイアの口から出たその言葉を聞くと、レイの中で蠢《うごめ》いていたモヤモヤとした感情がゆっくりと霧散していった。身体《からだ》の中で心が軽くなる実感を、レイは掴《つか》み取っていた。

「ヒーロー……かぁ……」

無自覚の内にレイの頬が僅かに緩むのをフレイアは見逃さなかった。

「あ、笑った。レイが笑ってるとこ初めて見たかも」

「やっぱお前黙ってろ！」

顔を真っ赤に染めて意地を張るレイは、とにかく何か紛らわせたくなった。

「つーか、気になってたけど。お前なんでヒーロー目指してんだ？」

「だってカッコいいじゃん。色んな人を助ける、優しくて最強の操獣者！」

「まぁ憧れる奴なら、この街にはいくらでも居るからなぁ」

「アタシね、目標があるんだ。強くなってヒーローになって、先代のヒーローが潰せなかったっていう『ゴエティア』って組織をぶっ潰すの！」

その組織の名を聞いた瞬間、レイは大きな溜息《ためいき》をついた。

「あのなフレイア。ゴエティアなんて組織は都市伝説だぞ」

「そんなこと無いもーん。ぜったいどこかに居るはずだもん」

「お前、騙《だま》されやすいとかよく言われるだろ」

レイの言葉が気に障ったのか、フレイアは頬を膨らませた。

そんな他愛ない会話をしていると、気が付けば二人は、ギルド本部から随分離れた場所まで移動していた。活気のある人々の様子が目に入ってくる。ここは商店等が建ち並ぶ繁華街だ。レイが特別関心を持つこと無く進んでいると、ふとフレイアがある行列に興味を

示した。

「お、新作やってんだ」

フレイアが視線を向けた先に在ったのは、街の小さな劇場だ。行列の正体は演劇を見に来た客のようだ。レイは何気なしに劇場に掲げられた演目の看板へと目をやる。

「『ヒーロー伝説～エドガー・クロウリーの戦い～』ねぇ……捻《ひね》りの無いタイトルだな」

「そっかな？　アタシは王道で好きだけど」

フレイアの言う通りだった。実際セイラムではヒーローは定番の題目であると同時に流行のジャンルでもある。特に今は亡き先代のヒーロー、エドガー・クロウリーを題材にした演劇は満員御礼が常である。

列に並んで劇を心待ちにする人々の姿を、レイはどこか冷めきった眼で見ていた。

「ねー、レイはヒーローって好き？」

「は？」

「アタシは好きだな。強くてカッコよくて、すんごく優しいヒーロー」

「…………どちらかと言えば好きだよ」

レイの小さな返事に目を輝かせて食いつくフレイア。

「だよねだよね！　憧れるよね！」

「随分大層に憧れるんだな」

「夢だからね、ヒーローになるの！」

「へぇ、舞台上で美化されてるような英雄様になりたいのか？」

「うん。悪を討って弱きを救う強くて優しいヒーロー。アタシはそういうのになりたいの」

「そうだな、舞台の上ではそういう風に描かれてるな……けどなフレイア」

レイは自嘲するような表情を浮かべて、フレイアに告げる。

「お前が憧れているヒーローってのはな、今お前が口にしてきた『妄信』ってやつに殺されたんだぜ」

再び歩き出すレイ。フレイアはレイが発した言葉の意味を理解しかねた。

「殺されたって……どういう事？」

「言葉の通りさ。強すぎる力と実績は民衆から妄信を生み出す。あの人なら勝てる、あの人なら絶対大丈夫……そういう歪んだ信仰を使って、助けを求めたヒーローを見殺しにしたんだ」

「…………」

「ん、夢でも壊れたか？　悪いけどこれが現実だ。信じる信じないはお前の勝手だけどな」

「ん〜〜、レイは嘘《うそ》つくような奴に見えないから信じるけど……詳しいんだね。もしかしてマニア？」

「……色々あったんだよ」

思い出したくない事がレイの頭を過《よぎ》る。

フレイアの顔を見ないように進み続けると、周囲の音が鮮明にレイの耳に入り込んでくる。商店の多い地区なので、客を呼び込もうとする商人達《たち》の大きな声が聞こえてきた。

「お、そこのお兄さん！　綺麗《きれい》に輝く永遠草、お一つどうだい？　彼女さんへのプレゼントに」

通りすがった花屋の店主が、美しい光を纏《まと》う花を片手に声をかけてくる。

フレイアを彼女だと思われた事もあるが、店主がススメてきた花がフレイアと出会った場所に咲き乱れていたあの花だったのでレイは心底不快な顔になった。

「悪いけど遠慮しとくよ。後コレはただのストーカーだ」

「失礼な！　未来の仲間だぞ！」

花屋の営業を華麗にスルーするレイ。

一方フレイアは歩きながら振り向いて、花屋が持っていた永遠草に関心を寄せていた。

「なんだ、光り輝くお花が好きなのか？　意外と乙女趣味？」

「違う違……って、意外とって何さ意外とって!?」

「意外な事にパワー系ゴリラじゃなかったんだな」

「なにおう！　パワーこそジャスティスだ！」

「そうですかい……」

「そうじゃなくて、あの永遠草って花割とその辺に生えてるよね。何でわざわざ売ってるんだろ？」

恐らく八区の森の中で見た光景を指しているのだろうと、レイは思った。

「あれが自生してるのは八区だけの話だ。この辺りじゃ基本的に自生出来ないからだろ」

「でもセイラム中で見かけるよ」

「それは植木鉢に植えたやつだろ。花弁が綺麗に光るから、プレゼントやインテリアとして三年くらい前から流行してるからな」

　そう言ってレイが周囲の建物を少し見やれば、輝く花を植えた植木鉢がいくつか視界に入ってくる。

　永遠草。三年前からセイラムシティに船で輸入されるようになった魔法植物。魔法植物といってもボーツとは違って害は無い、ただの観葉植物である。特徴は幾色にも光り輝く花弁と、栄養源であるデコイインクの補給が続く限り枯れず根を伸ばし続ける性質。無限の時を生きる植物、故に永遠草なのである。

「それにアレは結構な量のデコイインクを吸い取るから、八区くらいじゃないと自生できないんだよ」

「そうかな？　割とどこにも生えてる気がするけど……あ、ほらアソコとか！」

　そう言ってフレイアが指さした先はなんて事の無い路地裏。少し違う点があるとすれば、建物の影で暗い筈《はず》なのに意外と明るい事だ。レイは目を凝らしてその路地裏をよく見る。

　影を光で消していたのは輝く花、先程から街中で散々見ている永遠草であった。永遠草の光で道が照らされる。最近のセイラムでは珍しい事では無く、これも例外ではないだろう。ただし、その永遠草が地面から生えている事を除くが。

「ほらね。生えてるでしょ……レイ？」

「……なんで」

フレイアの言葉は耳に入らず、顔面を蒼白《そうはく》にするレイ。大抵の者は此処《ここ》で永遠草が自生していても気にも留めないだろう。しかし、その性質を知っている者であれば話は別だ。

レイは慌ててその路地裏に駆けこんだ。路地裏に入るや否や、レイは地面から生えている永遠草を一本、力いっぱいに引き抜く。無理矢理引き抜かれた永遠草は根っ子が千切れており、その断面からは鈍色《にびいろ》の液体を漏らしていた。

「レーイー、いきなりどうしたの？」

「……デコイインクだ」

「デコイインク？　それがどうしたの？」

「永遠草が自生出来る程のデコイインクが、この下に有るんだよ」

「いやいや、セイラムはデコイインクの産地なんだから有るのは当然でしょ」

「それは八区の採掘場に限った話。この辺の土地にはそこまで多くのデコイインクは無い」

「でもデコイインクが有るなら永遠草が生えるのもおかしくは――」

「そうだな。ここの地中にデコイインクが有る、だから永遠草が自生している。何も不自然では無いな」

だが問題はそこではない。レイは千切った永遠草の根っ子をフレイアに見せる。

「大量のデコイインクを必要とする永遠草の根からインクが漏れ出てる。それだけ大量のインクが地中を流れてるって事だ」

「へー」と察し悪く能天気な返事をするフレイアに呆《あき》れるレイ。

「フレイア、今この街ではボーツの発生が問題になっているが……ボーツの発生条件は分かるよな？」

「それくらい知ってる！　土の中を移動する胞子とデコイインクが混ざって出てくる――」

そこまで言うと、フレイアは顔をハッとさせた。

レイが何を言おうとしているのか、これから何が起こるのかを理解したのだ。

「永遠草が咲いたらデコイインクがいっぱい。つまりボーツが出てきてヤバい」

「語彙力」

だが正解だ。デコイインクが大量にあれば永遠草は自生できる。そしてデコイインクが大量にあればボーツの発生も可能になるのだ。

「こんな街中で永遠草が生えているって事は、何時《いつ》ここらでボーツが出てきてもおかしくないって事なんだよ」

路地裏の道を見渡すレイ。自生している永遠草は今引き抜いたものだけでは無かった。

獣道を照らし出すように、道なりに満遍なく咲いていた。

「なんか、結構生えてるね……ってレイ、ちょっと待って！」

レイは何も言わず永遠草が咲いている場所を辿《たど》り始める。フレイアは慌ててそれについて行った。あまり人の寄り付かない場所だからか、お世辞にも道は清潔とは言い難かった。

しばらく進むと路地裏を出て、開けた場所に出て来た。第六地区の噴水広場であった。

噴水の周りでは人々が一時の休息を取っている姿が目に入る。

「へ～、セイラムにこんな場所あったんだ」

「この辺はカップル御用達《ごようたし》の場所だからな。独り身には縁のない所だ」

「確かに。あっちもこっちもお熱いね～」

ヒューヒューと口笛を鳴らしながら周囲を見渡すフレイア。そんなフレイアを尻目に、レイはひたすら周りの地面を観察していた。

路地裏を出ると同時に永遠草は一旦途切れたが、周辺にも存在しないとは限らない。レイが少しずつ視線をずらしていくと、噴水の近くに二～三本生えているのを見つけた。

同時にフレイアも「あっ」と声を上げ指をさす。

「レイ。あれ生えてるよね」

「あぁ、生えてるな」

「こう人の多い場所でだと……マズいよね」

「何時発生するかは分からんが、よろしくは無いな」

流石《さすが》にこの状況を放置する訳にもいかないと判断したフレイアは、巡回担当の操獣者を探して知らせようとする。レイも賛同した。

だが、二人が行動に移そうとした次の瞬間。噴水付近の地面から鈍色のインクがゴポゴポと湧き出始めた。

「ねぇレイ。あれはもっとマズいやつだよね？」

「あぁ……最低のタイミングで最悪なやつだ」

レイの言葉を聞くなり、フレイアは息を大きく吸い込み、そして………

「みんな逃げろォォォォォォォ！　そこ、ボーツが出るぞォォォォ！」

力いっぱいに叫ぶ。大きく叫んだフレイアの声に気づいた民衆達。インクが湧き出ていた場所に近かった者達はすぐにその異変に気づいた。気づいた者達が顔から血の気が引いた瞬間。地面から灰色の人型、ボーツが一斉に姿を現した。

「ボッツ！　ボッツ！」

特徴的な鳴き声を上げて周囲の人間や獣に狙いを定めるボーツ。

突然の出来事に人々は混乱し悲鳴を上げて、我先に逃げ惑い始めた。

「ボォォォォッツ！」

混乱の最中、逃げ遅れた女性に一体のボーツが襲い掛かる。

鉤爪《かぎづめ》状に変化させた腕を振り下ろし、獲物の肌を無残にも引き裂こうと企《たくら》むボーツ。女性は思わず目を閉じる……が、その鉤爪が女性に到達する事は無かった。

「ギリッッッ、セーフ！」

ボーツが振り下ろした腕を、レイは剣撃形態《ソードモード》にしたコンパスブラスターで受け止めていた。目の前の光景に、考えるより先に身体《からだ》が動いてしまったのだ。

「早く逃げろ！」

「は、はい」

顔に恐怖心がこびりついたまま、女性は一目散にその場を逃げ出した。

「さーて。マズいな」

女性を逃がす事に成功したは良いが、変身せずに突っ込んだせいでレイは碌《ろく》に身を守れない状態になっていた。ひと先《ま》ず切り払いで距離を取り体勢を立て直す他無い。

「ボ～～ッツ♪」

「ヤベッ！」

レイが距離を取ろうと考えた次の瞬間。ボーツはもう片方の腕を槍《やり》状に変化させて、嬉々《きき》としてレイの身体に狙いを定めた。変身していない今の身体で攻撃を喰《く》らえばタダでは済まない。レイは全身から血の気が引いていく感覚に襲われた。

「ドォオリヤァア！」

間一髪。ボーツの腕がレイの身体に触れる寸前に、フレイアの飛び蹴りがボーツの身体を吹き飛ばした。

「大丈夫!?」

「大丈夫、ってか反撃の邪魔すんなよ！」

「まーた強がっちゃって～」

バツの悪い顔になるレイ。ボーツは今さっきフレイアが蹴り飛ばした一体だけでは無い。

粗方逃げたとはいえ、周囲にはまだまだ人が残っており面倒な状況に変わりは無かった。

「ざっと見るだけでも六体くらいいるな」

「これだけ騒ぎになってるんだから、巡回の操獣者も来ると思うけど……呑気《のんき》に待っているのは性に合わないんだよね～」

そう言うとフレイアはグリモリーダーと赤い獣魂栞《ソウルマーク》を取り出して構えた。

「ボーツを撃破しつつ、逃げ遅れた人達の避難誘導もする。できるのか、フレイア？」

「そういう器用な事はできないから、逃げ遅れた人達に近づく前に、ボーツを焼き切る！」

「雑だなぁ」

「だからさぁレイ。半分力貸してよ」

手柄を半分譲ると言われているようでレイは若干癪《しゃく》に思ったが、うだうだ文句を言っている暇がない事も重々理解していた。

「共同戦線とか癪なんだけどな」

「いいじゃん。仲良しの第一歩♪」

フレイアの「仲良し」発言をスルーしつつレイはグリモリーダーと鈍色の栞《しおり》を取り出した。

「俺もそこまで器用な事はできないからな、好きにやらせて貰《もら》うぞ！」

「オーケー……それじゃあ、行くよイフリート！」

『グォォォォォォ！』

手に持った栞を、レイとフレイアは同時に構えて呪文を唱える。

「起動《ウェイクアップ》：デコイインク！」

「Ｃｏｄｅ：レッド、解放ォ！」

レイの栞からは鈍色のインク、フレイアの栞からは真っ赤なインクが滲《にじ》み出てくる。二人は間髪容《い》れず、手に持った栞をグリモリーダーに挿し込み操作十字架を操作した。

「デコイ・モーフィング！」

「クロス・モーフィング！」

偽装・魔装同時変身。

グリモリーダーから解き放たれた魔力がレイとフレイアの身体を包み込み、その姿を変えていく。レイは灰色の偽魔装に、フレイアは赤色の魔装に身を包んだ姿に変身した。

「オッシャ！　行くぞォ！」

フレイアは掌《てのひら》に拳を思いっ切りぶつける。

気合を入れるやいなや、フレイアは右手に装備した巨大な籠手《こて》（イフリートの頭部を模している）を構えてボーツに殴り掛かった。

「オラァ！」

拳を振りかざす。ボーツはフレイアの攻撃を回避しようとするが、強力な炎を纏《まと》った一撃がボーツの腕を肩ごと抉《えぐ》り飛ばした。

「ボォォ、オッ、ツ……」

「逃がすか！」

右肩から先が無くなり、ボーツは撤退しようとする。だがそれをフレイアが逃がす筈《はず》も無く、フレイアは籠手の口を展開しボーツに狙いを定める。

籠手の口から強力な魔力の炎が噴射される。背を向け逃げようとするも虚《むな》しく、炎の直撃を喰らったボーツはその場で消し炭と化した。

「オッシ！　まず一体！」

「おいフレイア、こんな街中で炎を吐くな！　延焼したらどうすんだ！」

「大丈夫、火力調節には自信があるから！」

「説得力皆無だなァ、オイ！」

フレイアが一体目のボーツを倒した横で、レイは二体のボーツと交戦していた。

「ボッツ！」

「ボォォォツ！」

一体は腕を大鎌に、もう一体は腕を蛇腹剣のような形状に変化させてレイに襲い掛かる。

最初に動いたのは蛇腹剣のボーツだった。中距離地点から腕を鞭《むち》の如《ごと》くしならせて、レイに振りかざす。

「遅いッ！」

着弾前にコンパスブラスターで断ち切る。腕を切断された蛇腹剣のボーツは怯《ひる》んだが、レイに隙を与える事無く大鎌のボーツがレイの眼前に迫って来た。

「ボォォォォォォォォォォッツッッッ！」

「チッ！」

レイの首を刈り取るように、左から横薙《よこな》ぎに一閃《いっせん》。だがそれと同時にレイは左腕に魔力を込めて、襲い掛かってくるボーツの大鎌に裏拳をぶつける。

接触と同時に魔力爆破。

至近距離で発生した爆風によってボーツの大鎌は粉々に砕け散り、そのまま全身を弾《はじ》き飛ばされ転げ落ちる。

レイは足を踏ん張ったおかげで立っていたが、左腕の偽魔装に大きなヒビが入っていた。

血も少し滲んでいる。

「ッ〜〜〜、流石に痛いな」

爆破の衝撃で骨が軋《きし》むが、今はボーツの方が先決だ。幸い目の前のボーツは二体共怯んで倒れ込んでいる。レイは痛みを押し殺しながら、コンパスブラスターを銃撃形態《ガンモード》に変形させる。

「動かない的なら、簡単に当てられる！」

魔力を込めて、引き金を二回引く。腕の再生を終えようとしていたボーツ達《たち》が起き上がるよりも先に、レイが放った魔力弾がボーツの額を貫いた。

「これで後二体！」

そう叫んだレイが後ろを振り向くと、フレイアが呆然《ぼうぜん》と立ち竦《すく》んでいた。

だがレイはそんなフレイアに言葉を投げかける事が出来なかった。

フレイアの視線の先に広がっていた光景を見て、レイも啞然《あぜん》となったのだ。

「ねぇ……レイ。なんかメッチャ出て来たんだけど……」

「ハハ、こんな街のど真ん中で……冗談じゃねーぞ」

二人の視線の先には、ボーツ達がいた。

それも最初に出て来たボーツだけではない。

今まさに地面から発生したばかりのボーツ達も含めて、目算約三十体はいた。

「これはかなりマズいな。被害が及ぶより先にこの数を倒すとか、無茶にも程があるぞ」

「そうだね……レイ、ちょっと時間稼ぎに協力してもらっていい？」

「まさか巡回の操獣者が来るまでとか言わねーよな？」

「それも一つ。本命はもっとスゴ腕の奴《やつ》」

その言葉を聞いたレイはフレイアの意図を理解した。本当は嫌だったが、成功するなら今はそれが最善手だという事も理解していた。

「好き好んでこんな面倒に首突っ込んで来るとは思えないけどな〜」

「大丈夫、仲間の事ならアタシはどこまでも信じられる」

信じると言い切るフレイアを、レイは仮面の下で訝《いぶか》しく思っていた。

「まぁどの道か、アイツらを足止めして、逃げ遅れた人達を逃がす時間を作らなきゃな」

「プラン変更でＯＫ？」

「さっきも言ったけど、俺は好きにさせて貰うぞ」

「じゃあアタシも」

そしてレイとフレイアは各々行動を開始する。

先ずフレイアはグリモリーダーの十字架を操作して通信機能を起動した。

「ライラ！　すぐに第六地区の噴水広場まで来て！」

フレイアが連絡をしている間、レイは迫り来るボーツの軍勢を足止めする事だけを考えていた。

銃撃形態では全てを足止めするのは難しい。

剣撃形態で『偽典一閃《ぎてんいっせん》』を撃とうにも、発動後の余波で変身していない周囲の人間に怪我《けが》をさせる恐れがある。

二つが駄目なら、選ぶべきは第三の選択肢。

「形態変化《モードチェンジ》、コンパスブラスター棒術形態《ロッドモード》！」

レイは銃撃形態のコンパスブラスターを、銃口を中心に大きく展開させる。するとコンパスブラスターは二メートルはあろうかという、細長い棍棒《こんぼう》へと姿を変えた。

「スッゲー！　第三形態とかあるんだ！」

「トリプルチェンジャーなんだよ！」

そう言いながらレイはコンパスブラスターに栞を挿入する。

コンパスブラスターに鈍色《にびいろ》の魔力が纏わりついていく。

「「ボッツ！　ボッツ！　ボッツ！　ボッツ！　ボッツ！」」

「どらァァァァァァァァァァァァァァァ！」

　ボーツが一斉に進攻し始めた瞬間、レイは魔力を纏わせたコンパスブラスターを用いて、ボーツ達の足元を一気に薙ぎ払った。纏っていた魔力が斬撃と化し、ボーツ達の足を切り落とす。文字通りの足止めである。だが止められたボーツは精々半分程度。残り半分はレイの一撃を避《よ》けて、進攻を続けた。

「どりゃぁ！　レイ、こぼしたのは任せてレイは思いっきり足止めして！」

「言われなくてもそうする！」

　再び棒術形態のコンパスブラスターでボーツの足を切り裂くレイ。

　攻撃範囲から漏れたボーツは、フレイアが炎を纏った籠手で次々に殴り飛ばしていた。

「足止めしつつ、燃やせる奴は燃やす！」

　レイが薙ぎ払い、フレイアが殴り燃やす。一体たりとも他の人間に近づけさせまいと、二人は戦い続ける。だが決して、ボーツの数を減らしている訳では無かった。

　最初に足を切断したボーツは、既に足の再生を終え始めていた。再生を終えて動けるようになったボーツが、キョロキョロと獲物を探し始める。そして一体のボーツが獲物を見つけ、歪《ゆが》んだ笑みを浮かべた。先にその事実に気づいたのはレイだった。

「ッツ、マズい！」

　そのボーツの視線の先には、一人の幼い少女がいた。混乱の中で親とはぐれたのだろうか、少女は建物の柱の陰に隠れて一人身を震わせていた。

ボーツは嬉々《きき》として腕をグネグネと変化させ始める。槍《やり》か蛇腹剣か、殺して食えればどちらでも良い。ボーツは唾液を垂らしながら、じわりじわりと少女に歩み寄る。

「やだ……こないで」

恐怖に涙を浮かべる少女。レイは目の前のボーツの胴体を雑に薙ぎ払うと、自然と少女のもとへ駆け出していた。

「レイ!?」

突然の事に困惑したフレイアだが、レイの向かう先を見て全てを理解した。ボーツの腕は大きな鉤爪《かぎづめ》を形成し、今まさに少女の身体《からだ》を引き裂こうとしていた。ここからではフレイアは間に合わない。だが駆け出しているレイがそのまま腕を攻撃しても完全に防げるかどうか。

瞬間、レイは足に魔力を込めて自身の脚力を強引に強化した。強化した足で、少女とボーツの間に割って入るレイ。そして……

「ガッ――ハッ!」

振り下ろされたボーツの鉤爪が少女に到達する事はなかった。

しかしその爪は、レイの肩に深々と突き刺さっていた。強引な脚力強化も相まって、仮面の下で少し吐くレイ。肩と両足に激痛が走る。

思わずコンパスブラスターを落としてしまうが、レイは意地でも崩れ落ちようとはしなかった。

「あ……あ……」

目の前で重傷を負った人間を見た少女が顔を青ざめさせる。レイは動く方の腕を使って、少女の頭に優しく手を置いた。

「大丈夫。ちゃんと守るから」

頭を撫《な》でながら、少女に優しく語りかけるレイ。少女の頭上から手を離すと、そのまま肩に食い込んでいる鉤爪をレイは強引に引き抜いた。

振り返り、仮面の下からボーツを睨《にら》みつけるレイ。

「痛てぇだろうが……雑草野郎……」

レイの殺気を感じ取ったのか、ボーツは鉤爪の腕を引っ込めようとするが、レイが力いっぱいに握っているせいでビクともしない。レイはボーツの腕を摑《つか》んだまま、その懐目掛けて駆け出した。

「ボ、ボ、ボッツ！　ボーツ！」

「フンッ！」

ボーツの眼前に迫って来たと同時に、レイは摑んでいた腕を放し、魔力を込めた拳でボーツの顔面を貫いた。ボッと短い断末魔の声を上げて絶命するボーツ。

ボーツから腕を引き抜くと、レイは少女の方へ振り向き叫んだ。

「今の内に逃げろ！」

レイは大人達が避難した方角の一つを指さす。

少女は小さく頷《うなず》きその方角へと逃げて行った。

「レイ、大丈夫!?」

「こんくらいなら大丈夫だ。それより巡回の操獣者はどうしたんだ？　こんだけ騒ぎになってんのに来ないのかよ」

傷の痛みを悟られないよう強がるレイ。既に大騒ぎと言っても差し支えない状態であるにも拘《かかわ》らず、援軍は来る様子を見せない。二人の前には再生を終えたボーツが次々と起き上がり始めていた。このままではジリ貧になるのは目に見えている。万事休すと思われたその時、ボーツの軍勢に一体の魔獣が飛び掛かってきた。

「姉御ォォォ！　レイ君！　お待たせっス！」

空から聞こえた声に、レイとフレイアは思わず空を見上げる。

黄色い羽を備えた巨大な鳥と、その足に掴まっている少女の姿が見えた。

「ライラ！」

「ガルーダ！　ちょっと電撃お見舞いしてやるっス！」

「クルラララララ！」

巨大な鳥、ガルーダが口を開け地上のボーツに向かって電撃を放つ。

「ボッ！」

直撃したボーツがその場で黒焦げになり、崩れ落ちる。鳥の足に掴まっていた少女ことライラが地上に飛び降りてくる。摑まっていたのは彼女の契約魔獣であるガルーダだ。

「よっと。着地成功っス……って～なんすか、このボーツの量!?」

「まぁ見ての通り。アタシとレイじゃ戦闘と避難誘導を同時にできないから力貸してよ」

「そうゆう事なら、ボクに任せるっス」

ライラは腰に下げていたグリモリーダーを取り出し、自身の契約魔獣に呼びかけた。

「ガルーダ、お仕事タイムっス！」

契約者の言葉を聞いてガルーダは黄色い獣魂栞《ソウルマーク》へと姿を変える。獣魂栞を摑み取り、ライラは呪文を唱え始めた。

「Ｃｏｄｅ：イエロー、解放っ！」

インクが滲《にじ》み出した獣魂栞をグリモリーダーに挿入して、最後の呪文を唱える。

「クロス・モーフィング！」

十字架を操作、グリモリーダーから魔力が解き放たれて魔装を形成していく。ライラはガルーダの意匠を持った仮面と、ノースリーブのローブが特徴的な黄色い魔装に身を包んだ。これが彼女の操獣者としての姿である。

「ライラ、漏れ出たボーツのフォローに回って、民間人に被害が出ないようにして！」

「了解っス」

フレイアの指示のもと、ライラが行動を始める。

レイはフレイアのチームリーダーらしい姿を見て少々驚いていた。

「アイツ……ちゃんとリーダーやってたんだな」

「しまった、ライラ！」

「任せるっス！　固有魔法【雷刃生成《らいじんせいせい》】起動！」

両手に雷を纏《まと》い、逃げ出したボーツに向かって駆け出すライラ。フレイアが取り逃がしたボーツからは四十メートル程距離があったが、ライラにとってこの程度の距離は無に等しかった。

「逃げ足遅すぎっス」

ライラの手に纏っていた雷がクナイのような形状に変化する。ライラがそれを素早く振るうと、ボーツの身体は断面を焦がしてバラバラに崩れた。だが逃げたボーツはこれだけでは無い。

「お次はそこっスね！」

今度は手に纏った雷を手裏剣の形に変えるライラ。複数枚作り、そのまま流れる水の如《ごと》く他のボーツに向けて連続投擲《とうてき》した。

「ボッ!?」

「ツッ!?」

放たれた手裏剣は全て外すこと無くボーツの額に命中する。雷で出来た手裏剣なので、着弾箇所から強力な電撃を浴びたボーツはその場で絶命していった。

「数が多い所はこれっス！　ボルト・ネット！」

ライラは雷を網目状に形成し、ボーツ達《たち》に向けて放った。電撃の網に捕らわれたボーツがまとめて感電し動きを止める。だが一体、ライラの捕縛魔法を逃れたボーツがいた。

「あっ！」

思わず声を上げるライラ。逃れたボーツは逃げ遅れた人間に牙を向けんとしていたのだ。すぐに次の手裏剣を生成しようとするライラだが、それを投擲する事は無かった。

ボーツが襲い掛かるよりも早く、一発の魔力弾がボーツの頭を貫いた。

「まだ片腕なら動かせるんだよ！」

「レイ君ナイス射撃！」

銃撃形態《ガンモード》に変形させたコンパスブラスターを構えたレイだった。先程落としたのを拾って何とか片手と足で変形させたのだ。

「ライラ、そのまま縛っといてね！」

そう叫びながらフレイアが走り出す。

フレイアは腰からペンシルブレードを抜刀し、その柄《つか》に獣魂栞を挿入した。

「インクチャージ！」

籠手《こて》の口でペンシルブレードを咥《くわ》えるように掴むフレイア。若干威力は抑え気味で、ペンシルブレードに大きな炎の刃を作る。

ライラの電撃網から逃れようともがくボーツ達だが、炎の刃は容赦なく振るわれた。

「バイオレント・プロミネンス！」

高い火力でボーツ達を一気に焼き切るフレイア。縛られたボーツ達は残さず消し炭と化した。前回レイの前で見せた時程とんでも火力では無かったが、爆風と余波で噴水にいくつかヒビが入っていた。

「よし、今回は耐え抜いた！　十二本目！」

「……火力抑えてアレかよ」

高らかに剣を掲げて喜ぶフレイアに、レイは思わず乾いた声を漏らした。

「流石《さすが》にこれで全部っスよね？」

「全部だ。そうであって欲しい」

だが無情にも、その願望は打ち砕かれる事となった。戦闘の余波でひび割れていた地面から、鈍色《にびいろ》のインクが再び湧き出す。

「ちょっとちょっと〜、まだ出てくるの!?」

「流石に追加発注はご遠慮願うっス！」

フレイアとライラの叫びも虚《むな》しく、湧き出たインクよりボーツが一斉に姿を現した。それも先程以上の数である。

「これは派手目に一掃した方がいいのかな？」

「街が壊れるから最終手段にして欲しいな」

ペンシルブレードを籠手に咥えさせてぼやくフレイアと制止するレイ。

レイは片手と足を使ってコンパスブラスターを剣撃形態《ソードモード》に変形させ、逆手に構える。

「俺が偽典一閃《ぎてんいっせん》で一掃する。これだけ数がいれば建物まで到達する余波も少ないはずだ」

「そのダメージで!?　無茶っスよ！」

未《いま》だ肩の傷口から血が流れているレイを止めようとするライラ。だがレイはそんなライラの制止を無視して突っ込もうとした。

「ッッッ！」

ここまでの戦闘で蓄積されたダメージが、レイの全身に襲い掛かる。

脳裏を一瞬ホワイトアウトさせる程の激痛に、レイは膝から崩れ落ちた。

それと同時に、耐久限界を迎えた偽魔装が光の粒子と化して、レイの変身は強制解除されてしまう。

「レイ！」

「レイ君！」

フレイアとライラはレイのもとに駆け寄るが、レイはそれを払い除《の》けようとする。

「止まってられるか………こんな所で……怪我《けが》してでも、戦って……力をつけなきゃあ、夢に逃げられるんだ……」

眼《め》の奥に濁りを浮かべて、呪詛《じゅそ》を吐くようにレイは呟《つぶや》く。コンパスブラスターを杖《つえ》にして立ち上がり、ボーツを睨みつけるレイ。その背中からは「執念」が漏れ出していた。

あまりにも壮絶な姿に、二人は言葉を失う。レイは鈍色の栞《しおり》を取り出し、再び変身しようと試みる。

「起動《ウエイクアップ》：デコイ――」

レイがデコイインクを解き放とうとした瞬間。レイの目の前で数体のボーツが串刺しにされた。それも何か剣や槍《やり》では無い。地面から突如として生えて来た木の根が、巨大な棘《とげ》を形成してボーツを下腹部から貫いたのだ。

「む、少しズレましたか」

レイ達の背後から男の声が聞こえる。振り向くとそこには、ウッドブラウンの魔装に身を包んだ、一人の操獣者がいた。

「……誰？」

フレイアが訝《いぶか》しげに聞くが、レイやライラは彼の正体を知っていた。

「キース先生」

「騒ぎが起きていると聞いて駆けつけたのだが、どうやら出遅れてしまったようだね……皆、レイ君を連れて下がってなさい」

怪我で倒れ込んでいるレイを一見した後、後方に下がるよう指示を出すキース。フレイアは不服そうだったが、ライラに諭されて渋々下がって行った。

「私が来たからには、もう大丈夫だ……早急に終わらせよう」

そう言うとキースは全身に魔力を巡らせて、魔法術式を構築していく。ボーツ達はそんな事知るかと言わんばかりに、キースに向かって進攻し始める。だがそれこそがボーツ達が犯した最大のミスだった。少し距離を縮めただけで、そこは既にキースの攻撃範囲だったのだ。

「構築完了……術式発動、ニードル・フォレスト」

キースが魔法名を宣言して魔力を解き放つと、先程と同じ木の根で出来た棘が大量に現れ、ボーツ達を次々に串刺しにしていった。それも一発も外すこと無く、正確にボーツを狙い打っていったのだ。

「スゴっ人間技じゃ無いっスね〜」

ライラが驚くのもつかの間、キースが地面から生やした根の棘を消すと絶命したボーツがボトボトと落ちていった。

「これでもう大丈夫でしょう。地中のデコイインクも根っ子に吸わせて回収しました」

そう言って変身を解除するキース。フレイア達は念のため辺りを見回すが、キースの言う通りボーツが出てくる気配は無くなっていた。本当にもう大丈夫なのだろう。そう判断したフレイア達は皆、変身を解除した。

戦闘が終わったので建物の中に隠れていた人達も、続々と姿を現し始める。

「終わったのか？」

「おい、あれキースさんじゃねーのか？　チーム：グローリーソードの！」

「本当だ、キースさんだ」

姿を見せた民衆達がキースの姿を見るや否やそのもとに駆けつけてくる。集まった民衆にはじき出されるフレイア達。民衆は続々とキースに向けて感謝の言葉を投げかけていた。

「イタタ……キース先生人気っスね～」

「まぁ、流石大規模チームのリーダーって言ったところだね」

民衆に囲まれるキース。その姿を見てライラは感心するが、フレイアはどこかモヤっとしたものを感じていた。

一方レイはコンパスブラスターを杖にしつつ、その場を去ろうとしていた。

「あ、待ってよレイ！　先に怪我を――」

フレイアがレイに怪我の治療が優先だと言おうとした瞬間、フレイアの耳に民衆の声が聞こえて来た。

「あんな一瞬で倒すなんて、やっぱりトラッシュとは大違いだ」

「バッカ、トラッシュなんか比較対象にもなりゃしねーよ」

「…………え？」

フレイアは民衆の言葉に耳を疑った。

「まさかレッドフレアの娘がトラッシュなんかと共闘するとは」

「血迷うにも限度がありますわ」

何故《なぜ》彼らはレイを貶《おとし》めているのだ、何故彼らは街を守る為《ため》に大怪我をしたレイから目を背けているのだ。そういった思いが頭の中でグルグルと渦巻き、同時にフレイアは急激に頭に血が上って行くのを感じた。

「～～ッ、アンタ達ね――！」

「やめろフレイア！」

　民衆に向かって声を荒らげようとしたフレイアをレイが止める。

「レイ。なんで止めるの!?」

「言っただろ、ここはそういう街だって」

「けどアイツらレイに」

「感謝されたくて戦った訳じゃない。俺が勝手にやった事だ…………これで分かっただろ、俺を仲間にしても何の得も無いって」

　フレイアはなにか言葉を紡ごうとするが、レイに対して何と言えば良いのか分からなかった。レイは何も言わずフレイア達に背を向けその場を去り始める。

　フレイア達はその背中に、何も言う事ができなかった。

　道中、小さな人影がレイのもとにやって来た。先程の戦闘でレイが身を挺《てい》して守った少女であった。

「あ、あの……守ってくれてありがとうございました」

　ペコリと可愛《かわい》らしいお辞儀をする少女。レイはしゃがみ込んで優しく頭を撫《な》でた。

「怪我は無かったか？」

「うん。でもお兄ちゃんは……」

「こんくらい大丈夫。だって俺、ヒーローの息子だかんな」

　ニッと精一杯の笑顔を少女に向けるレイ。その心は少しばかり軽やかになっていた。

第三章 ▼ 孤独ノカクゴ

街中で突然起きたボーツの大発生。

セイラムの住民達の間ではチーム：グローリーソードのリーダー、キース・ド・アナスンの活躍によってその事態は収束したと伝えられていた。

だがこれは始まりに過ぎなかった。

第六地区でのボーツ大発生から五日が経過した。

あの日以来、セイラムシティでは連日同規模のボーツ発生が頻発。幸いにして何者かがボーツの発生予測を作ってくれているおかげで、今のところは対処しきれているが……発生した被害も小さいとは言い切れず、ギルド操獣者達の悩みの種と化していた。

今宵《こよい》も街中で湧き出たボーツに対処する為、操獣者達が四苦八苦しているなか、レイは一人セイラムの外れにある丘でジッと待ち続けていた。様々な印を書き込んだ地図を片手に、レイは周囲を見渡す。

「……来たか」

手に持った地図を仕舞い、変身の構えを取るレイ。視線の先にはゴポゴポと音を立てて湧き出る鈍色のインクが見えていた。

「「「ボッツ、ボッツ！」」」

「デコイ・モーフィング！」

偽魔装に身を包み、コンパスブラスター（剣撃形態）を握りしめてボーツ達《たち》に挑むレイ。数は四体、街から離れた位置ならそれ程強くはないはずだ。レイは恐れる事無くコンパスブラスターを振るう。しかし……

「どらァ！」

「ボッ♪」

人気のない丘にガキンッ、と音が鳴り響く。レイが振り下ろしたコンパスブラスターを、ボーツはその腕で容易《たやす》く受け止めていた。レイは慌ててそのボーツから距離を取る。

「な、効いてない!?」

レイは目の前のボーツを注視する。斬りつけた筈《はず》の腕には傷一つ付いていなかった。

腕を軽く振り、ボーツは余裕の笑みで攻撃を開始する。

「だったら！」

レイはコンパスブラスターに栞を挿し込み、内部に閉じ込められたデコイインクを攻撃魔力に変換して刀身に纏《まと》わせた。

「これでどうだァァァ！」

魔力を多分に含んだ斬撃をボーツの腹部に叩《たた》きつける。高威力の一撃を受けたボーツは後方に吹き飛ばされ、腹部は皮一枚繋《つな》がった状態で二つに切り離された。

「この威力でやっとかよ」

空になった栞を抜き捨ててぼやくレイ。今の一撃で栞を一本消費してしまった。必殺技相当の威力でようやく一体倒したのは良いが、まだボーツは三体残っている。

（……こいつら、普通のボーツじゃない）

構えを維持しつつ、冷静にボーツを観察するレイ。よく見れば目の前のボーツ達は、これまでのボーツと異なり所々鎧《よろい》のような部位がある。だが全ての個体が同じ部位に鎧を持っている訳ではない。鎧化していない箇所は通常のボーツと何ら変わらぬように見えた。

「だったら柔らかい所を狙い撃つ！」

レイはすぐさまコンパスブラスターを銃撃形態《ガンモード》に変形させた。新たな栞を挿入して引き金を引く。放たれた魔弾は的確にボーツの鎧を避けて身体《からだ》を貫いていくが、その悉《ことごと》くが急所には至らなかった。僅かに怯《ひる》んだボーツ達だが、それも一瞬。傷を再生したボーツが苛《いら》立《だ》った声を上げてレイに襲いかかった。

「ボーツ！　ボォォォォォォォォォツ！」

「クソッ！　形態変化《モードチエンジ》、インクチャージ！」

若干賭けではあったが、レイは剣撃形態《ソードモード》にしたコンパスブラスターに栞を挿入し、瞬時に術式を構築した。

「銀……」

最後の術式を組み込み、魔法名を宣言しようとするが、その名前が喉に引っかかって出ない。躊躇《ためら》ってしまう。レイは歯を噛《か》み締め、最後の工程を省いた形で術を放つ。

「偽典一閃《ぎてんいっせん》！」

巨大な魔刃がボーツ達の身体にめり込み、吹き飛ぶ。だが致命傷には至らない。

それどころか、技の反動でレイの身体に激痛が走った。

「ッッッ！」

崩れ落ちるレイ。先日の戦闘でのダメージがまだ完治していないのだ。

「こんなッ……時に……！」

一方のボーツ達はすぐさま再生を終えて、再びレイに狙いを定める。

「ボ～ツ♪　ボ～ツ♪」

腕を鋭利な剣に変えたボーツが嬉々《きき》としてレイに襲い掛かったその時だった。

突如飛来した手裏剣が、ボーツ達の動きを止めた。

「しばらく感電してるっス！　姉御！」

「任せろォ！」

「……お前ら……なんで」

レイが振り向くと、そこには変身したフレイア達がいた。ボーツを感電させたのはライラの魔法だ。二人はすぐさまボーツに攻撃を開始する。

「ブレイズ・ファング！」

「ボルト・パイル！」

フレイアの籠手《こて》が牙を剝《む》き、大量の火炎と共にボーツの頭を噛み砕く。時を同じくして、ライラは固有魔法で生成した雷をボーツの身体に勢いよく埋め込む。強力な雷撃を受けてボーツが海老反りになったと思った直後、内側から肥大化した雷によってボーツの身体は風船のように弾《はじ》け飛んだ。

「「ボッ!?」」

短い断末魔の声を上げて絶命するボーツ二体。

「やっぱ出力高めで殴らないとダメか〜」

「姉御ぉ〜、こいつら固すぎるっスよ〜！」

通常よりも出力高めでようやく倒せた事を愚痴る二人。しかしその向こうで残った一体のボーツが、感電していた身体を引きずり攻撃を仕掛けて来た。

「ッ!?　フレイア、ライラ！」

「ボォォォォォォォォォォッッツ！」

拘束から逃れたボーツは、腕を槍《やり》状に変化させてフレイア達に向け、勢いよく伸ばす。急いで回避行動に移ろうとする二人だったが……それを実行するよりも早く、一本のナイフがボーツの腕に突き刺さった。

「エンチャント・ナイトメア【停滞】」

ナイフが刺さったボーツの腕は、時が止まったように動かなくなった。その場に居た者達は皆、ナイフが投げられた方向に視線を向ける。そこに居たのはミントグリーンの魔装に身を包んだ一人の操獣者。

「アリス！」

「サポート。動けない幻覚……植え付けた」

「サンキュー、アリス！」

フレイアはアリスに礼を言うと籠手に炎を纏わせ、ボーツに向かって走って行った。

「ブレイズ・ファング！」

高出力の炎の牙がボーツに向けて振り下ろされる。牙はボーツの身体を貫き、砕き、その高熱で内部を焼き尽くしていく。あまりにも勢いよく振り下ろしたものだから、ボーツの身体を粉々にすると同時に、勢い余ってフレイアの拳は地面に墜落。まだまだ籠手に残っていた破壊エネルギーが放出されて、地面に大きなクレーターを創り出してしまった。

「アイツはまた、バ火力を……」

「レイ、大丈夫？」

レイが軽く呆《あき》れていると背後からアリスが声をかけて来た。

「アリス……てかお前ら何でココが分かったんだよ」

レイが疑問に思うのも無理はない。現在レイ達が居る場所はこんな夜中に人が立ち寄るような場所ではない。加えて、この場所はボーツの発生予報が出ていない地区でもある。誰かに居場所を告げずに来たレイのもとに、フレイア達が来るのは不自然なのだ。

「あぁ……それはっスね」

「アリスがバラした。またレイが無茶してると思ったの」

「余計な事を……」

「ちなみに場所は事務所にあった地図で分かった。レイ、机に置きっぱなしだった」

失策だった。思わず頭を抱えてしまったレイにフレイアが近づく。

「まぁまぁいいじゃん。みんな無事で済んだんだからさ」

「良くない。ってか関わるなって言っただろ」

「言われたね～」

「だったら加勢なんてするな」とレイがフレイアに言おうとするが、静かな丘の上で、レイの腹の虫が大きく鳴り響いた。

「……怒るより先に、ご飯にしたら？」

変身を解除してそう言うフレイア。他の者達も続いて変身を解除させていく。それを見てレイも渋々と言った様子で変身を解いた。偽魔装が消え、赤く腫れあがったレイの顔が露出する。

「ちょっレイ君!?　どうしたんスかそれ、未知の魔法攻撃!?」

「まさか、あの強化ボーツにやられたのか!?」

レイの顔を見て心配の声をかけるライラとフレイア。レイは遠い目をしてこう答えた。

「覚えとけ。残像が出るスピードでビンタされたら……めっちゃ痛いんだぞ」

「……アーちゃん？」

「懲りずに怪我《けが》するレイの自業自得」

額に汗を浮かべてアリスを見るライラ。

先日のボーツとの戦闘後、負傷したまま街を歩いていたレイはアリスに見つかり、お説教の後もの凄《すご》い勢いで往復ビンタを喰《く》らったのだ。

その時の腫れが未《いま》だに引いていないレイであった。

◆

丘から少し離れた場所で焚火《たきび》を囲む面々。最初に切り出したのはフレイアだった。

「レイ・クロウリー……アンタのお父さん、ヒーローだったんだな」

「正確には養父だけどな…………なんだ、ヒーローの息子って肩書にでも惚《ほ》れ込んだか？」

「違う違う、アタシが惚れ込んでスカウトしてるのはヒーローじゃなくてレイ」

「どうだか」焚火に枝を焼《く》べながらレイはそう吐き捨てる。

「最高の名声、至上の肩書……この街の住民にとってヒーローなんてそんなもんだ。当然ヒーローの息子って肩書はチームにとっても良い箔《はく》になる。今まで俺をスカウトしに来た奴《やつ》らも、そんな有象無象ばかりだった」

良くも悪くもレイの存在はセイラムでは有名だ。当然その技術や肩書欲しさに、欲を出して近寄ろうとした者も少なくはない。まぁ大抵はトラッシュである事を知った瞬間に去って行くのだが。レイはフレイアの眼《め》に視線をやって、話を続ける。

「お前はどうなんだ？　肩書に目が眩《くら》んで俺がトラッシュである事を忘れた馬鹿なのか？」

「馬鹿って言うな！　それから、肩書だとかトラッシュだとかアタシにとっては心底どうでもいい！」

どうでもいい。それを聞いたレイは呆気《あっけ》にとられてしまう。

フレイアが発した答えが、レイにとって想定外が過ぎるものだったのだ。

「アタシが欲しいのは肩書だとか名声だとかそういうのじゃ無い。ヒーローになるって夢を一緒に叶《かな》えてくれる仲間なの！」

胸を張って答えるフレイアだが、レイの心にはいま一つ響いては来なかった。

「レイはヒーローになりたいって、思ったことはないの？」

「……あるさ、数え切れない程な……」

ギリッと歯を食いしばり、眉間にしわを寄せるレイ。

「父さんは一番強かった、父さんは一番優しかった、世界の危機だって救った事のある父さんを一番尊敬しているって自負しているさ！」

「だったら……」

「俺はお前らと違ってスタートラインにも立てないんだよ！」

レイは感情を爆発させ、肩を震わせる。

「夢が遠すぎるんだよ。召喚魔法が使えなきゃヒーローって夢の方が俺から離れちまうんだ。だから多少無茶をしてでも近づこうとするしか無いんだよ。スレイプニルに認められる為《ため》にも」

突然スレイプニルの名前が出て来た事に首をかしげるフレイアだったが、ライラは数秒考えた後にレイの言葉の真意に気が付いた。

「そっか、疑似魔核っスか」

「ぎじまかく？」

「ボクも昔本で読んだだけだからうろ覚えなんスけど、確か王獣クラスの魔獣になると人間の霊体に新たな魔核を創り出す事ができるらしいッ……てことはレイ君、戦騎王《せんきおう》と契約するつもりなんすか!?」

「それしか道が無いってだけだ。望みは限りなく薄い……だったらせめて、少しでも父さんの背中を追えるように動くしかないんだよ」

俯《うつむ》き気味に答えるレイ。ライラの言う通り、スレイプニルに疑似魔核を移植して貰《もら》えばレイも操獣者としての契約を行う事ができる。だがその為には当のスレイプニルに認めて貰わねばならない。

先代を超えるヒーローとは何か？

スレイプニルが条件としてレイに出した問い。レイの中で未だ答えが出ない問いかけだ。だからと言って夢に向かって停滞している事を良しとしなかったレイは、せめて自分に出来ることをしようと戦い続けているのだ。

「ふ～ん、じゃあ何時《いつ》もボーツと戦っているのも夢に近づくため？」

フレイアの言葉に、レイは俯いていた顔を上げる。

「レイってさ、何時もボーツが出てくる場所にいるよね。何で分かるの？」

「ただの予測だ……的中率そこそこのな」

「予測？」

「これのこと」

そう言うとアリスは一枚の地図を取り出した。アリスが広げた地図をフレイア達《たち》が後ろから覗《のぞ》き込む。

「これ……セイラムの地図？」

「と～、魔法陣っスね」

地図の各所にはフレイア達に馴染《なじ》み深い地名が書き込まれている。だが普通の地図と少し異なるのは、地図上には幾つもの赤い印や膨大な魔法文字が書き込まれており、その外周を大きな円で囲っている事である。

「あ、コラ！　返せアリス！」

慌ててアリスから地図を引《ひ》っ手繰《たく》るが既にフレイア達に大凡《おおよそ》の中身を見られた後だった。

「この印……全部ボーツが出た場所？」

「うん。レイは全部地図に記録してる」

「マメだね～。案外ボーツの発生予報作ってんのレイ君だったりして」

「……そうだって言ったら？」

レイの返答に、フレイアとライラは目を丸くする。

「……マジっスか」

「マジだよ。一応ギルド長からの依頼で作ってる」

言葉の通り、レイはギルド長からの依頼でセイラムシティ内のボーツの発生予報を一人で作っているのだ。先日ギルド長に手渡したメモもその予報内容である。

「意外っスね。レイ君にこんな生態調査みたいな事が出来るなんて」

「そんなスキルは元から持ってない………ただ、法則性っぽいものが有っただけだ」

「それ見つけるだけでも十分スゴいと思うっス……」

「ねぇレイ。地図に描いていた魔法陣……あれって何？」

フレイアの問いにレイの心臓が一瞬大きく跳ね上がる。

「ボーツの分布や生態を調べるだけだったら、あんな複雑な魔法陣書く必要ないよね？」

何故《なぜ》バカとは不意に核心を突いてくるのだろうか、レイは心の中でそう愚痴るのだった。

「……何でもない。言ったところで誰も信じないからな」

濁った眼と自嘲気味の声でレイは吐き捨てる。『信頼に値せず』それはセイラムで生きるトラッシュにとって常に付きまとう評価だ。たとえ正しい事を述べようとも、トラッシュの発言というだけで価値は無くなる。レイはその事実を嫌という程理解していた。

だからこそレイは、地図に描いた魔法陣の説明を長々としたくなかったのだ。言ったところで聞き入れてくれる訳がない、そう自分に刷り込んでいたのだ。

「信じるよ。この間も言ったでしょ、アタシはレイが嘘《うそ》をつくような奴じゃないって思ってる。だから信じる」

レイは何故か、その眼と言葉が光を持っているように錯覚した。一点の曇りも無い眼。純粋な信頼を宿したフレイアの眼は、不思議と説得力を感じるものだった。

「教えて。今セイラムで何が起きてるの？」

微《かす》かに心が揺れるのを感じる。だが鵜《う》呑《の》みにするのも危険だ。

レイはほんの僅かに警戒を解いて、フレイアの疑問に答えた。

「…………相当に荒唐無稽な話だぞ」

念のために予防線を張ってから、レイは語り始める。

「お前ら、今セイラムで異常発生しているボーツが全部人為的に発生させられたヤツだって言ったら……信じるか？」

シンと静まり返る。当然だ。この世界においてボーツとは自然発生するものでありそれが常識。そもそもボーツの大本となる極小の胞子は地中深くを移動し続けているので、捕まえて栽培するというような事も出来ない。故に人為的にボーツを発生させるなど前例も無く、レイの発言はあまりにも突拍子の無い話にしか聞こえないのだ。

「人為的って……そんな事出来るの？」

「理論上は可能だ。魔法植物と言ってもボーツは最低ランクの魔獣に近い霊体を持ち合わせている。とはいえ厳密には魔獣じゃないから、正しい術式構築と養分となるデコイインクさえ何とかなれば誰でも召喚する事ができる」

「ふぇ～。流石《さすが》レイ君詳しいっスね」

「そりゃそうだ。大本の術式と理論を作ったの俺だからな」

えっ、と声を漏らしてレイに注目するフレイア達。

「三～四年くらい前の事だ、セイラムシティの防衛システムにできないかと思って『低級霊体の召喚術式』ってのを作ったんだよ。と言ってもまぁ、膨大なインク供給やら倫理面やらですぐにポシャったんだけどな」

だがそれ以上に、とレイは続ける。

「術式に大きな欠陥があったんだ。展開した魔法陣の一部を意図的に破壊すると、ボーツが召喚できてしまう」

「えっとつまり。レイ君が作った、その術式を悪用している奴がどこかに居るって事っスか？」

「………………多分な」

ライラの疑問に対して、煮え切らない返事をするレイ。フレイアはそこを突いた。

「多分って？」

「確証が無いんだよ。本当にその術式を使っているのかどうか……」

「でも実際街中でボーツが出てるっス」

「確かにそうかもしれない。不定期かつ疎《まば》らに出てくるのも中途半端な術式を起動させた時のバグだとも思ってる」

「なら」

「肝心の魔法陣が見つからないんだよ」

それを聞いたライラの顔がハッとなる。レイが地図に描いていた魔法陣は、セイラムシティを覆い囲む形で描かれていた。しかし、それ程大規模な魔法陣を誰にも気づかれること無く描くなど、現実的に考えて不可能でしかない。

「それに、俺が作ったシステムのもう一つの欠点は、大規模すぎて魔法陣が破損しやすい事だった」

「これだけ連日ドンパチしてれば、全体的に壊れてもおかしく無いいって事っスね」

「あぁ。けど壊れる事無く順調にボーツを召喚し続けている」

「そうなんスよね～。ボーツの発生は止まらないし、なんか強いのも出てくるし」

「そう、それだよ！　なんだよあのボーツ、初めて見たぞ！」

「あれ？　レイ君にも分からないんスか？」

口をあんぐり開けるライラ。どうやらレイなら正体を知っていると踏んでいたのだろうが、当てが外れたようだ。

「となると……あれって自然発生っスか？」

「それは無い」

「じゃあやっぱり、人為的に起こされている？」

「多分な……でも結局証拠は何もないんだよな～」

分からない事が多すぎるので、レイ達は項垂《うなだ》れてしまう。

その一方で、フレイアはレイに向けて何故か優しい笑みを浮かべていた。

「なんだかんだ言って、レイってセイラムが好きなんだね」

「……は？」

「アタシさ、レイはギルドを一番恨んでる奴《やつ》だって聞いてたから、最初はどんな憎悪の化身なんだろうって思ってたの」

「姉御、憎悪って……」

「けど違った。アンタは心優しいし、自分から街を守ろうとしている……悔しいけど一番ヒーローらしい心を持ってると思うよ」

フレイアの言葉を聞いて、レイの心がむず痒《がゆ》くなる。レイが街やギルドを恨んでいるという評価は決して間違ってはいない。ただ、ほんの僅かにヒーローという夢がレイの中で勝っていただけである。しかしそれでも、レイの中では誰かを信じるという事に強い抵抗感が残っている。それがレイの中で、フレイアの言葉に対する拒絶反応を示していた。

「でもねレイ。一人の力って意外と限界があるの……街一つ守るなんて、一人の力じゃどうにもならない。だから――」

無能者へ送る否定の言葉か。そういう言葉には慣れたつもりのレイだが、心の中ではどす黒い物が滲《にじ》む感覚に襲われていた。どうせこの後は「余計な手出しはするな」とでも言うのだろう。そう思い込んで構えたレイだが、フレイアが発した言葉はその予想を大きく外れてきた。

「一緒にやろう。守る力は一人より皆の方がいいでしょ」

　そう言って手を差し出すフレイアを、レイは呆然《ぼうぜん》と見つめていた。フレイアはレイの言葉を信じた。それだけで無くレイに協力すると手を差し伸べて来たのだ。それは、トラッシュと蔑まれて来たレイにとって初めての感覚であった。

「アタシはレイの言葉、信じるよ！」

　ニッと笑みを浮かべるフレイア。それを見たレイは、心が微かに綻んだように感じた。信じられるのか。レイは一瞬手を伸ばそうとするが、その脳裏を三年前の記憶が過《よぎ》っていく。本当に信じて良いのか。信じたところで、またあの時のように見捨て、裏切られるのが関の山ではないのか。父親が死んだ日の記憶がこびり付いてくる。レイは何も言わず手を下げて、立ち上がった。

「……それは、裏切らない保証にはならないだろ」

「裏切るって、そんな……」

「そう言って仲間面した奴らが、三年前に父さんを見殺しにしたんだ」

　心の奥底に黒いものを感じながらレイは吐き捨てる。

「ボーツの出現予測ならギルド長にでも聞け、俺は一人でいい」

「レイ！」

フレイアが呼び止めるが、レイは聞く耳を持たず彼女達に背を向け立ち去っていく。

「俺に仲間は必要無い…………必要無いんだ……」

誰にも聞こえない程小さな声で、レイは自分に言い聞かせるようにそう呟《つぶや》くのだった。

◆

レイが立ち去った後、フレイア達は焚火《たきび》の始末をして帰路についていた（アリスはレイが心配だと言って先に帰った）。星空が広がる夜のセイラムにフレイアのため息が響き渡る。

「はぁ～～～」

「姉御ー、元気出すっス」

ライラに背中を擦《さす》られて慰められるフレイア。連日のスカウトが失敗続きに加えて、先程レイに拒絶された事で流石に心にきたのか、フレイアは深く項垂れていた。

「だから言ったんスよ～。レイ君は難しいって」

「想像していた通り」といった風な反応を見せるライラ。レイがこのように他者を拒絶する場面をライラは何度も見て来た。故に現在の状況に対して何ら疑問を抱くこと無く、ストンと腑《ふ》に落ちていた。しかしフレイアの中では何か引っかかる物が多数発生しており、項垂れながらも頭の中では疑問が出てくるばかりであった。

「……なんか、分からない事だらけだよね」

「ん。強化ボーツの事っスか？」

「それもだけど、レイの事」

姿勢を正して、フレイアは自身の中に生まれた疑問を述べていく。

「今日の話を聞いて、アイツは本当にスゴイ奴なんだって改めて思ったの。だからこそ……なんでレイをバカにする奴が多いのか、それが分かんない」

「それは……」

フレイアの疑問に言葉を詰まらせるライラ。分かっているのだ、レイに向けられている悪意《かんじょう》が何かを。だがそれを上手《うま》く言い表す術《すべ》を彼女は持ち合わせていなかった。

気持ちの良くない静寂が僅かに流れる。だがその静寂は、突如響き渡った声によって破られた。

「それの正体は、お前達《たち》人間が『逃避』や『嫉妬』と呼ぶものだ」

突然割り入って来た声に驚くフレイア達。

反射的に周囲を見回すが、真夜中なので人影一つ見つからない。

「上だよ……フレイア嬢」

声の主に従うままにフレイア達が上を向くと、そこには魔力で作り出した足場に乗り、こちらを見下ろすスレイプニルがいた。

「スレイプニル」

フレイアが名を呼ぶと、スレイプニルは空中の足場から跳躍し、フレイア達の前に降り立った。平然としているフレイアとは裏腹に、ライラは目の前の出来事にただ呆然とするばかりだった。

「戦騎王《せんきおう》……スレイプニル。な、何で王獣がいるんスか!?」

「大した理由では無い。レイにここまで粘り強く接触してきた者は初めてでな……柄でも無く興味が湧いたのだよ」

すれ違った知り合いと世間話をするように、あっさり答えるスレイプニル。その王獣らしからぬ言葉を聞いてライラは更に唖然《あぜん》とした。その一方で、フレイアは臆することなくスレイプニルに語り掛けた。

「ねぇスレイプニル。逃避とか嫉妬って何?」

「言葉の通りだ。この街の民は己がレイという劣等種にも劣っているという事実を受け入れようとはしないのだよ」

「劣等種って……そんなこと無い、レイはスゴいよ！　優等生だよ！」

「……知っているさ。誰もがその事実を知っている。だからこそセイラムの民達はその事実から逃げ、御門違《おかどちが》いな妬みを孕《はら》むのだよ」

スレイプニルの返答に言葉を失うフレイア。事実を認識した上で、レイを妬み悪意を向ける。フレイアにとって、その感覚は理解し難いものだったのだ。

「古来より人間とはそういうモノだ。己が下級と認めた存在に出し抜かれる事を良しとしない。たとえそれが、己が胡坐《あぐら》をかいた隙に出し抜かれたものだとしてもな……己の非を認める勇気を持つ者は常に僅かだ。多くの有象無象は己が非を認めず、自分は卑劣な罠《わな》に掛かったのだと叫んで、その末に内に醜い妬みを孕み、悪意と成すのだ」

スレイプニルは達観しきったような眼《め》を浮かべて、淡々と語っていく。

フレイア達はただ黙って、それを聞くのだった。

「まして。この操獣者の街に於《お》いて魔核を持たぬ小僧に何か一つでも劣るとあっては、歪《ゆが》んだ思想の持ち主は死の方がマシだと恥じる者も少なくないだろう。そのような悪意と狂気を持ち合わせた輩《やから》どもが、レイ・クロウリーの敵なのだ」

「優秀だから……嫌われる……」

「そうだ。この街の民が年月をかけて育てた闇だ。その闇を前に変われる人間などおらんのだよ」

諦めを含んだ声で漏らすスレイプニル。長くセイラムを見守って来たからこそ、ヒーローの契約魔獣として様々な人間を見て来たからこそ、人の闇の根深さを思い知っているのだ。故に「変わらない」と断言する。「逃避」も「嫉妬」も変わらず人間の内に在り続ける。その感情が己に忘れえぬ黒星をつけた事実を、スレイプニルは酷《ひど》く痛感していたのだ。

「……変われるよ」

「なに？」

「確かに心の弱い人間は多いと思う……けど、人も街も変われる。ただほんの少し勇気が足りないだけ」

澄んだ瞳でスレイプニルを見据えて、フレイアは言葉を紡ぐ。フレイアが自分の言葉に、一切の迷いや曇りを含んでいない事を察したスレイプニルは、己の中で彼女に対する関心が微《かす》かに高まっていくのを感じた。

「人は弱い。その勇気はお前が想定している以上に困難な物だぞ」

「そうだね、人は強くない……けど、どれだけ闇が深くてもどこかで終わりが来る。夜の向こうには絶対に朝日があるんだよ」

「ほう。つまりお前は大多数の人間は、自ら光に向かえる強さを持っているというのか？」

「アハハ、流石《さすが》にそれは無理だよ」

あっけらかんとして笑うフレイア。

「だけど……光を見失っているヤツがいたら、迷わずソイツに手を差し出す。それが出来るヤツをヒーローって言うんじゃないの？　少なくともレイは変わろうとしている。アンタに認められて、操獣者として親父《おやじ》さんの遺志を継ごうと必死で足掻《あが》いてる」

「知っているさ……長く見守って来たからな」

過去に思いを馳《は》せるように答えるスレイプニル。

フレイアは自身が抱いていた大きな疑問の一つを、スレイプニルにぶつける事にした。

「ねぇ。なんでレイと契約しないの？　疑似魔核ってのを使えばできるんだよね？」

「そうだな……だが彼は少し、眼が悪すぎるのだ」

スレイプニルの言葉の意図を理解しかねたフレイアは、頭に疑問符を浮かべる。

「……メガネ必要なの？」

「絶対違うっス」

恍《とぼ》けた回答をするフレイアに、ライラは思わず突っ込んでしまう。

二人のやり取りを見て、スレイプニルは小さく笑みを零《こぼ》す。

「レイは少し、我が強すぎるのだよ。結果的にそれが周囲の助けになっていたとしても、己の身が滅びていく事に気づいていないのだよ」

スレイプニルの言葉を聞いて、これまでのレイの戦い方を思い出すフレイア達。確かにレイは自分の身を顧みない戦いをする男だ。そのスタンスを貫くのは責められる事と言えるだろう。

「己が身を顧みず、父親を模倣し続けた結果が今のレイ・クロウリーだ」

「ヒーローの模倣？」

「あぁ。レイの父にして我が盟友、エドガー・クロウリーもそういう男であった……フレイア嬢には以前話しただろう？」

スレイプニルの言う通り、フレイアは以前初めて屋上で出会った時にレイの父親……エドガー・クロウリーの話を幾ばくか聞いている。

フレイアの脳裏に、その時の記憶が鮮明に蘇《よみがえ》って来た。

「『目に見える範囲が、手を伸ばせる範囲で救える範囲』。ヒーローがよく言ってたんだって」

「そうだ。エドガーとその息子であるレイも、強欲が過ぎるのだ。己が目に映る弱者を一切零さず救おうとする。その思想が民衆に妄信を抱かせ己の破滅に繋《つな》がると理解してなお、信念を崩そうとはしなかった」

若干の怒気と自責を含んだ声でスレイプニルは語る。

「その結果があの様だ……エドガー・クロウリーの敗北など存在しないと過信した人間は、エドガーが放った救難信号弾を信じることは無かった」

そこまで聞いたフレイアは、以前レイが言っていた事を思い出した。

「『妄信』、『見殺しにした』って、そういう事だったんだ」

「ふむ。既にレイから聞いていたか」

「うん……なんか色々と納得いった。レイが『この街で一番、ギルドを恨んでる奴《やつ》』って呼ばれた理由とかね」

フレイアの中でパズルのピースが繋がっていく。なるほど、父親を見殺しにされたのだ。恨みの一つでも抱くのは自然な事だろう。だが同時に、フレイアは改めてレイという人間の優しさを再認識するのだった。

「それでもアイツはこの街を守ろうとしてる。恨みとか色々持ってるかもしれないけど、街と人を守って、夢に向かって足掻き続けるアイツの心はすごくヒーローらしいと思うよ」

「……そうだな、その通りだ……だが一手足りない」

「一手？」

「そうだ。その最後の一手を己の心に宿すのであれば、我はレイと契約するのも吝《やぶさ》かではないのだよ……尤《もっと》も――」

スレイプニルは見定めるように、ジッとフレイア達を見つめる。

「――意外と、その日は遠くないのかもしれんな」

次に会う時は、この若者達と共に剣を執っているかもしれない。そう考えるとスレイプニルは、少しばかり未来が楽しみに感じた。未来を想像して微笑《ほほえ》むスレイプニルをよそに、フレイアは腕を大きく上げて質問を投げようとしていた。

「ねぇスレイプニル。ちょっと質問いいかな？」

「なんだ？」

「スレイプニルは、ずっとセイラムを見守って来たんだよね？　だったら、街に出てる強化ボーツの事とか、ボーツを召喚してる犯人の事とか何か知らない？」

「ほう……そこまで辿《たど》り着いているのか」

スレイプニルの返事を聞いて「レイは間違ってなかった」とフレイア達は確信を得た。

「…………期待している所悪いが、お前達に有益な情報は持ち合わせていない」

「ありゃ、ダメっスか。でも人為的に召喚されている事は確かなんスよね？」

ライラの言葉に頷《うなず》き、肯定するスレイプニル。

それが分かっただけでも、彼女達にとっては大きな進歩だった。

「という事は、犯人捜しの時間っスね！　そういう捜査はボクに任せるっス！」

方針が定まったので今後の計画を考えるライラとフレイア。

そんなフレイアに、スレイプニルは一つの質問を投げかけた。

「フレイア嬢よ、質問をしても良いか」

「ん。なに？」

「何故《なぜ》そこまでレイを求めるのだ。フレイア嬢であれば、他にも当てはあるであろう」

一瞬の沈黙。だがフレイアは軽く笑みを浮かべながら、答えた。

「なんていうかさ、レイって放っておけない感じがするんだよね」

「ほう」

「目を離したら、消えそうなくらい危なっかしい、そんな感じがする。だから手を離したくないの。ここで離したら、アタシはきっと後悔するから」

フレイアの答えを聞いて納得したのかはわからない。だがスレイプニルは小さく「そうか」と返した。

そんなスレイプニルに、フレイアも質問を投げかける。

「ねぇ。スレイプニルはセイラムを助けてくれないの？」

「……我がか？」

「うん。街が狙われてるけど、ヒーローのパートナーは助けてくれないのかなって」

　一瞬の静けさが場を支配する。悪意はない、ただ純粋なフレイアの疑問だった。だがその言葉が、スレイプニルの心に小さな痛みを与えたのだ。

「……迷っているのだ」

「迷い？」

「この地は、本当に我が護《まも》るべきものなのか、な」

　空を仰ぎ、そう答えるスレイプニル。星々が瞬くセイラムの夜空が眼に映るが、心が晴れる訳ではない。視線を下ろし、スレイプニルは再びフレイアを見据える。

「フレイア嬢よ、一つ問いを出してもよいか？」

「ん？　いいけど」

「ではフレイア嬢よ――」

　それは、何かを試すような問いかけであった。

　それは、何かを渇望するような問いかけであった。

「悪が無辜《むこ》を殺すように、民が自ら祭り上げた英雄を殺すのであれば……お前達《たち》人間に護る価値などあるのか？」

　ただの問いかけ。だが溢《あふ》れんばかりの王の威が、周囲に重い空気を作り出す。

　ライラは強い緊張に言葉を失った。これは人間を見定める為《ため》の問いだと、本能的に感じ取ったのだ。回答を間違えれば取り返しがつかなくなる。だがフレイアは臆する事なく、堂々とスレイプニルの前に立つ。無限にも錯覚する沈黙が夜のセイラムを包み込む。

「どうだ、フレイア・ローリングよ」

永い一瞬が終わる。フレイアは口を開き、スレイプニルの問いかけに答えた。

「わかんね」

あっけらかんと回答するフレイア。あまりにもあんまりな回答を聞いて顔面蒼白《そうはく》になるライラ。そしてスレイプニルは予想外な答えに、少々面食らっていた。

「ちょ、姉御ォ！　もうちょっと何か無かったんスかァァァ！」

「だって実際分かんないんだもん～」

子供のように唇を突き出して答えるフレイアに、ライラは酷く頭を抱えた。

そんな二人を余所《よそ》に、スレイプニルはフレイアに回答の真意を尋ねた。

「……分からないとは、どういう事だ？」

「言葉の通りだよ。護る価値がどうとか、そういう難しい事はアタシにはよく分かんない」

スレイプニルの眼を見つめ、「だけどさ」とフレイアは続ける。

「守れる命から目を背けたら後味が悪いでしょ。だからアタシには価値とかそういうのは分からないし、多分これからも分かろうとしない」

嘘《うそ》偽りの無い真の言葉。純粋に己の心に従った答えに、スレイプニルは心が満たされていくのを感じた。

「フフ……フハハハハハハハハハハ！」

柄でも無く笑い声を上げるスレイプニル。

だがそれは決して嘲笑の声では無く、満たされた者の笑い声だった。

「そうか……だから『分からない』か……良い、実に良い答えだ」

スレイプニルはフレイア達を愛《いと》おしそうに見つめる。それはまるで、長年求めていた存在に出会えたかのような眼《め》であった。

「お前のような者がもう少し多ければ、過去も変わったのだろうな」

どこか悔いの混じった言葉を零すと、スレイプニルはフレイア達に背を向けた。

「スレイプニル！」

「一つ忠告しておこう……よからぬモノが湧き出ようとしている。明日は特別気をつけるのだな」

スレイプニルはそう言い残すと、空中に魔力の足場を連続形成してその場を去って行った。後に残された三人は呆然《ぼうぜん》と、スレイプニルの背を見続けていた。

「行っちゃったっスね」

王獣との邂逅《かいこう》という、希少すぎる経験が未《いま》だ現実だと実感できないライラ。

一方のフレイアは、スレイプニルが最後に残した言葉が気になっていた。

「明日……よくないモノ……？」

様々な思いが入り混じりながら、セイラムの夜は更けていくのだった。

◆

翌日。レイがセイラムシティを歩いていると、背後から聞きなれてしまった声が呼びかけてきた。

「レーーーイーーー！」

「お前アホだろ。散々俺に関わるなって言った傍《そば》から声かけて来るとかアホの極みだろ」

「アホって言うなー！」

可愛《かわい》らしく頬を膨らませるフレイア。諦めの悪い人間だとは思っていたが、ここまで無鉄砲直球勝負な性質だとは流石《さすが》のレイも予想外だった。

「俺トラッシュ。君未来あるルーキー。関わるメリット無い、分かる？」

「分かってる分かってる。だから自分の意志でレイに絡んでるの」

「なんだそりゃ……」

あっけらかんと言ってのけるフレイアを前に、レイは「こいつに特別な思慮なんて無い。絶対理解してないだけだ」と思わずにはいられなかった。

「レイは今日も魔法陣散策？」

「ただの散歩だ。まぁ……それも出来たら御の字かな」

「なんだ、アタシと一緒じゃん」

「ライラが居ないって事は……分かれて魔法陣探しか？」

「そんな所。それにスレイプニルの言葉も気になってね」

「スレイプニル？」

フレイアの口から突然スレイプニルの名前が出て来た事を訝《いぶか》しく思うレイ。

「うん。昨日レイと別れた後に会ったんだ」

「街に下りて来たのか？　珍しいな」

「ライラ達もビックリしてた。それでね、別れ際にスレイプニルが言ったの『よくないモノが湧き出そうだから、今日あたり気を付けろ』って」

反射的に、フレイアが告げたスレイプニルの言葉を考えるレイ。スレイプニル程の高ランク帯魔獣ともなれば、広域の魔力探知が出来てもおかしくはない。恐らくスレイプニルはそれでセイラムシティを流れる魔力を調べたのだろう。

「……レイ？」

顎に手を当てて考え込むレイにフレイアが声をかけてくる。

「…………まぁ、強化ボーツの事もあるし、警戒するに越したことは無いか」

「そういえばレイ。あの強化ボーツの事なにか分かった？」

「なんにもだ。今の所思いつく限りの術式を組み合わせて考えてみたけど、今までに発生したバグと全然一致しない」

「ありゃ、詰まってたか」

「残念ながら……スレイプニルは他に何か言ってたか？」

首を横に振るフレイア。相変わらず抽象表現ばかり使う王獣である。

「こりゃ本人に聞いた方が早そうだな」

そう言うとレイはギルド本部がある方角へと足を動かし始めた。

「あぁ待ってレイ！」

一人でギルド本部に向かおうとするレイを、フレイアは慌てて追いかけ始める。

そんなフレイアを背中に感じつつ、レイの中で彼女を拒絶する気持ちが湧いてくる事は無かった。

いつもと変わらぬセイラムシティの光景。だがレイとフレイアは、ある違和感を覚えた。

「なんか……人の流れが妙だな」

「あ、レイもそう思う？」

この辺りに来る人間は大抵ギルド所属の人間かギルドに依頼をしに来る者達なので、自然と人の流れはギルド本部に向かって行く筈《はず》である。しかし現在、周りの人間の流れを見てみると、大多数がギルド本部とは真逆の方向に進んでいる。それも早足でだ。

「ねぇねぇレイ！　あれ見て、あれ！」

レイが違和感の正体について考えていると、フレイアがレイの袖を引っ張って、近くにあった建物の屋根を指さした。フレイアに言われるがままに指さされた場所を見るレイ。

視線の先には、建物の屋根を軽快に渡り駆ける一匹の猿が見えた。だがよく目を凝らすとそれが普通の猿ではない事はすぐに分かった。形こそ猿だが、その身体《からだ》は無数の木の根が絡まり合って構成されていた。

「アタシあんな魔獣初めて見た」

「あぁ、ありゃドリアードだな。ランクこそ低いけど植物操作を得意としている、かなり希少な魔獣だよ」

「へぇ～レアモンなんだ。誰かの契約魔獣かな？」

「多分キース先生とこのだろ」

「キース先生って……あの問題児集団のリーダー？」

「あぁ。フレイアもこの間見ただろ、キース先生の植物操作魔法」

「あ～、あの木の根で串刺しにする魔法。あれがドリアードの能力なんだ」

その通りだと、レイが肯定しようとすると、レイの耳に周囲の人間の声が聞こえてきた。

「早く行けー！　避難しなきゃ巻き込まれるぞー！」

「……これは、ただ事では無いみたいね」

「らしいな」

屋根の上を移動するドリアードはまだ見えている。レイ達の身体は自然と、ドリアードを追っていた。避難行動に移っている人々の流れに逆らいながら、ドリアードを追う二人。

ギルド本部近くの広場に入った所で、ドリアードは建物から飛び降りた。

「…………アレは」

思わず建物の陰に隠れてしまう二人。ドリアードが降り立った広場を覗《のぞ》き込むと、そこには杖《つえ》を突いたキースと剣の金色刺繍《ししゅう》を付けた集団が十数人程居た。

「あれって、グローリーソードだよね」

「だな……こんなとこで何やってんだ？」

どうにも気になったレイは、見つからないように聞き耳を立てる。

「隊長、招集をかけた者達は全員集まりました」

「よし。皆の者聞いてくれ。予報が正しければ、もうすぐここでボーツが大量発生する筈だ。街と街の住民に被害が及ばないよう早急に事態を収束させる。皆変身の準備はいいか」

「「「応ッッッ！」」」

声を上げて気合を入れるグローリーソードの面々。

どうやらボーツの発生予報を元に、先回りして対処しようとしているだけのようだ。

「なーんだ、先回りしてボーツを叩《たた》こうとしてるだけか。ちょっと拍子抜けかな」

「…………してない」

「ん？」

拍子抜けと言わんばかりに、頭の後ろで両腕を組むフレイア。だが対照的にレイはグローリーソードのやりとりを聞くなり、みるみる顔を青ざめさせていった。次の瞬間、レイが発した言葉はフレイアの度肝を抜く事となった。

「俺……こんな場所に、予報出してない」

「え？」

なんとも気まずい静寂が一瞬流れる。フレイアが「どういうこと」とレイに問おうとした次の瞬間、人ならざる者のけたたましい鳴き声が辺りに響き渡った。

「「「ボォォォォォォォォォォッツツツツツツツ！」」」

グローリーソードの面々が居た広場に、数十体は居ようかという強化ボーツの大群が姿を現していた。

「前衛部隊はボーツを一カ所に集中させろ、一体たりとも零《こぼ》すな。ガンナーは後方から援護しろ」

グローリーソードの操獣者達《たち》がキースの指示に従い、行動を開始する。

大量の強化ボーツの事もあるが、キースの言葉の通りにボーツが発生した事にレイ達は驚きを隠せないでいた。

「ワーオ、本当にボーツが出たよ。しかも大量に」

呑気《のんき》な言葉を発するフレイアを余所《よそ》に、レイはグローリーソードの戦いを注視し続ける。

名のある大規模チームは伊達《だて》では無く、グローリーソードの操獣者達は早々に強化ボーツを数体倒していた。前衛の剣士が中心に追い込み、後衛の銃撃手がサポートをする。そして一カ所に集められたボーツは、キースの植物操作魔法によって次々と串刺しにされていく。まるで教科書のお手本。流れるように無数のボーツが討伐されていく。

「第二波、来るぞ！」

最初のボーツを倒し終えたと思った矢先に、再び地面から大量の強化ボーツが現れる。

グローリーソードの面々は先程と同じようにボーツを倒していく。しかし――

「ねぇレイ……あれマズいんじゃない？」

「あぁ。前衛の奴《やつ》ら初《しょ》っ端《ぱな》から全力で行き過ぎだ、このままじゃ息切れするぞ」

第二波を討伐し終える。しかし前衛で戦い続けた操獣者達は、既に息も絶え絶えといった様子であった。だがまだ終わらない。ほんの一瞬の間を置いて、再び強化ボーツが湧き出て来た。前衛の操獣者が「嘘《うそ》だろ」と叫ぶ声が聞こえてくる。グローリーソードの面々は再び同じ作戦でボーツを討伐しようと試みるが、前衛の体力切れが祟《たた》ってしまった。

「しまった！」

数匹のボーツがグローリーソードの猛攻を抜けきり、広場の外に向かって走り出した。

「フレイア！」

「言われなくても！」

意識的なものは無かった。二人の身体は勝手に動き始めていた。

グリモリーダーと栞《しおり》を構えて、二人は逃げ出したボーツに向かって走り出す。

「起動《ウェイクアップ》：デコイインク！」

「Ｃｏｄｅ：レッド、解放ォ！」

走りながらグリモリーダーに栞を差し込み、二人は同時に変身の為《ため》の動作を行った。

「デコイ・モーフィング！」

「クロス・モーフィング！」

変身を完了した二人は、そのまま逃げ出したボーツに向けて攻撃を開始した。

「燃えちゃえェェェェェェェェ！」

フレイアは巨大な籠手《こて》の口を開き、内部に溜《た》め込まれていた炎をボーツに向けて放つ。

直撃を受けたボーツは致命傷こそ免れたものの、逃げるどころの騒ぎでは無くなったのでその場で悶《もだ》え転がっていた。だがこの一撃で、逃げ出したボーツを全て止められた訳ではない。炎を逃れた二体のボーツが、一目散にその場を離れようとする。

「させるかよ！」

銃撃形態《ガンモード》のコンパスブラスターから、二発の魔力弾が撃ち出される。

魔力弾はそれぞれ、鎧《よろい》化していないボーツの脚部を貫き、その逃走を食い止めた。

「強化されてない箇所なら撃ち抜ける」

レイ達の突然の登場に、グローリーソードの操獣者達は目を丸くしていた。

「あれは、チーム：レッドフレアの……」

「その隣はトラッシュか」

「取りこぼしたボーツはこっちに任せて！」

「アイツらの手助けとか滅茶苦茶《めちゃくちゃ》腹立つんだけどな……」

「贅沢《ぜいたく》言わない、出来る事最優先！」

「分かってるよ！」

フレイアとレイは、再生を終え始めたボーツに攻撃を再開する。

何か文句でも言いたげな雰囲気を出していたが、グローリーソードの操獣者達も目の前のボーツの大群に集中する事にした。

「どりゃァ！」

「オラァ！」

フレイアは炎を纏《まと》った籠手の一撃で、レイは剣撃形態《ソードモード》にしたコンパスブラスターでボーツに止《とど》めを刺していく。だがそこは強化ボーツ。並大抵の一撃が効かない事は重々承知しているので、相当に出力を高めた攻撃を加えていく。

「ボッツ、ボッツ！」

「追加の取りこぼし、来たよ！」

「そもそも取りこぼすなって文句言わせろ！」

最初のボーツ達を片付けた矢先に、次の取りこぼしボーツが二人のもとに襲い掛かってくる。再び高出力の攻撃で対処していくも、負荷も消耗も大きく二人は若干息切れをし始めていた。

「あーもう！　こいつら固すぎんのよ！」

愚痴を零しながらボーツに炎を叩きこむフレイア。

レイはコンパスブラスター（剣撃形態）で応戦しながら、ある事を考えていた。

（こいつらの鎧化部位、あの時は夜で見え辛《づら》かったけど……まさか）

戦いながら強化ボーツの身体を観察する。

黒く変質したボーツの部位が、レイの中で一つの可能性に行き当たった。

（だけどあり得るのか、そんな事が……けどアレはどう見ても……）

ソレを実行するか否か、一瞬の間にレイは決断する。

「試すだけ試してみるか……」

そう言うとレイは、一度ボーツから距離を置いた。鈍色《にびいろ》の栞を取り出しコンパスブラスターに挿入する。そして頭の中で必要な術式を構築し始めた。時間にして三秒程度、比較的長めの術式であった事と実戦での使用が初めての術式だったので構築に手間取ってしまった。完成した術式をインクと共にコンパスブラスターに流し込む。

「……来いッ！」

コンパスブラスターに魔力の光が纏わり付く。ボーツが斧《おの》化させた腕を大きく振り上げると同時に、レイはコンパスブラスターの一撃を鎧化しているボーツの腹部に叩きこんだ。

「ボッ!?」

ボーツの短い悲鳴が耳に入ってくる。それと同時にボーツの上半身がズルリと音を立てて地面に落ちた。鎧化していた筈《はず》の腹部は、まるでバターを切るかのように容易《たやす》く切断されていた。

「やるじゃんレイ！」

強化ボーッを一撃で葬った事を、フレイアは素直に賞賛する。だがレイの頭の中は混乱に満ち満ちていた。

「今の術式で、斬れた？…………じゃあ、このボーッは……」

コンパスブラスターの刃を見る。刀身には未《いま》だ魔力の残りが付着していた。

今使った術式は初めての実戦使用だった。だがそれは、本来使う場面が現れないとレイ自身が高を括《くく》っていた代物でもあった。

「レイ、どうしたの？」

「分かったんだ……強化ボーッの正体……」

仮面越しに驚くフレイア。フレイアはレイにボーッの正体を聞こうとするが、眼《め》の前で起きた異常にそれを妨げられてしまった。

「ボッ、ボォォォォォォ、ッ」

フレイアの目の前に居たボーッが突然苦しみ始めたのだ。地を這《は》うような呻《うめ》き声《ごえ》を上げる毎《ごと》に、ボーッの身体が鎧化した部分と同じ黒色に染まっていく。

「なにが起きてるの……」

異常はフレイアの前に居る一体だけでは無かった。振り向けばグローリーソードと対面していたボーッ達も同じく、不気味な呻き声を上げていた。

全身が黒く染まっていくボーッの大群。

次の瞬間、ボーツの身体から鈍色のインクが溢《あふ》れ出し、ボーツの全身を覆いつくした。

「「「ボォォォォォォォォォォォォォッツ！」」」

咆哮《ほうこう》が鳴り響く。全身を覆っていたインクが晴れ、ボーツが再び姿を現した。そしてその姿を見た者達は、誰もが唖然《あぜん》とした。黒く染まりきった身体《からだ》の上に灰色のローブ、ベルト、ブーツ等々。頭部には一本角が生えたフルフェイスメットが形成されていた。

誰もがありえないと心の中で叫んだ。それはボーツが装着するようなものでは無いと誰もが知っていた。そして、この場に居る誰もがその姿に見覚えがあった。無意識に、皆の視線がレイに向く。その姿があまりにも酷似しすぎていたのだ。

「……レイ？」

動揺からか、少し声を震わせてレイに呼びかけるフレイア。だがレイの耳には届かない。レイの意識は全て、眼の前のボーツ達に向いていたのだから。レイは絞り出すように、ただ一言こう呟《つぶや》いた。

「……デコイ……モーフィング、システム……」

そう、今目の前でボーツ達が身に纏ったのはレイと同じ偽魔装だった。よく見ると若干歪《いびつ》な形状をしているが、基本的なシルエットも色も全てがレイのものと一致していた。

「「「ボォォォォォォォォォォォッツ！」」」

ボーツ達の咆哮を聞いて我に返る面々。

「ハッ！　レイ、ボーっとしてる場合じゃない！　来るよ！」

フレイアに活を入れられ、レイもハッとなる。そうだ、今はボーツの正体がどうこうよりも、こいつらを広場の外に出さずに倒す事が先決だ。レイは急いでコンパスブラスターを構え直す。

「ボォォツッ！」

「クッ！　重いッ！」

一体のボーツが、肥大化させた鉤爪《かぎづめ》でレイに襲い掛かる。何とかコンパスブラスターで防ぐが、偽魔装の恩恵で腕力が強化されている。弾《はじ》き返すどころか、辛うじて横に流すのが精一杯だった。

「どりゃァァァァァァァァ！」

「ボッツ♪」

「ッ!?　固い！」

今まで以上に出力を上げた一撃を叩《たた》きこむフレイア。だがその一撃をもってしても、偽魔装で強化されたボーツには大したダメージを負わせられなかった。

「インクチャージ！」

鈍色の栞をコンパスブラスターに挿入する。フレイアが慌てている一方で、レイはある程度冷静さを取り戻していた。頭の中で術式を高速構築していく。先程と同じ術式だ。完成した術式をコンパスブラスターの刀身に纏わせる。だがそれだけでは終わらない。

「もう一本、インクチャージ！」

　レイは更に追加で栞を挿し込む。先程構築した魔法術式を維持したまま、並列思考でもう一つの魔法を造り上げていく。先程の術式と交わり一つの大きな魔力刃を形成した。

「フレイア、そのボーツをこっちに！」

　レイの呼びかけに小さく頷《うなず》くフレイア。するとフレイアはすぐに、眼の前に居たボーツの背を殴りつけてレイのもとまで吹っ飛ばした。一方レイの近くに居たボーツ達《たち》も、レイに襲い掛かろうと近づいてくる。レイは落ち着いて、接近しているボーツが全員射程圏内に入るのを計っていた。そして、タイミングは来た。

「特殊エンチャント……偽典一閃《ぎてんいっせん》！」

　逆手持ちのコンパスブラスターから生成された巨大な魔力刃を、レイは大きく振るう。接近していたボーツ達は残す事無く、その身体を断ち切られてしまった。

「……一撃でやっちゃったよ」

「種さえ分かってりゃ対策は出来るって奴だ」

　ひと先《ま》ずこれでレイ達の周りに居たボーツは片付いた。残るはグローリーソードの面々が相手していたボーツのみだ。

　振り向いた先は、ハッキリ言って地獄絵図に近かった。突如変身したボーツを前に隙が出来たのだろうか、地面には何人もの操獣者がのた打ち回っている。剣が落ちているあたり、倒れているのは前衛の者達だ。後ろに視線をやれば後衛部隊の者達が足を震わせながら応戦している。

「ニードル・フォレスト！」

キースも植物操作で作り出した根の棘《とげ》を一斉に生やして攻撃する。何体かのボーツは股から貫かれて絶命したが、まだまだ数は残っていた。更に付け加えると、元々強化されていた再生能力が更に増しているのか、手足等にダメージを負っていたボーツの傷は瞬く間も無く再生しきっていた。

「さっさと片付けよう」

「むしゃくしゃするけど、そうだな」

フレイアの声を合図にボーツの大群に向かおうとする二人。

だが駆け出した瞬間、眼の前で群がっていたボーツ達が一斉に苦しみ始めた。

「ボッ……ボォォ、ツ……」

パチパチと偽魔装から魔力が弾ける音が聞こえる。明らかに様子がおかしい。二人はその場で足を止めて、警戒しながらボーツの様子を探る。弾ける魔力の音と、それに合わせて身体から漏れ出ているインクが、明らかに危険な雰囲気を醸し出していた。

「なんか……嫌な予感しかしない……」

ボーツ達がしばしもがき苦しんだ次の瞬間。

ボーツ達の身体から光と共にけたたましい破裂音が周囲に響き渡った。

「自爆!?」

思わずフレイアがそう零《こぼ》す。ボーツ達は強い衝撃波と共に爆発し、跡形も無く消え去ってしまった。爆発の衝撃で軽く飛ばされてしまったレイ達。幸い広場に居た者達は皆、魔装か偽魔装を着けていたので大事には至らなかった。レイ達はなんとか起き上がって周囲を確認するが、既にボーツは一体も残らず消え去っていた。

「まさか自爆するなんてね～」

新たにボーツが湧き出る気配も無かったので、レイとフレイアは変身を解除した。

「スレイプニルが言ってたのって、これだったんだね～」

「…………そうだろうな」

戦闘終了したが、レイの顔は浮かないモノであった。そうこうしている内に、グローリーソードの面々も回復したのか続々と起き上がっていた。

まだ若干混乱の様子が見え隠れしているが、流石《さすが》に変身したボーツを見たとあっては、察しの悪い鈍感者でもアレが人為的なものだと理解出来ていた。そして同時に、彼らの視線は全てレイに注がれる。レイはすぐにソレに勘付いたが、特別動揺は無かった。むしろ、レイに懐疑の視線が投げかけられている事に動じたのはフレイアであった。

「ちょっと……なんで皆、そんな目で見てるの……？」

フレイアは困惑の声を漏らす。彼らがレイに視線を向ける理由が分からなかったのだ。

「そういえば、前にボーツを人為的に召喚できる術を作った奴《やつ》がいたよね………確か、そいつの名前って」

「俺は覚えてるぞ。レイ・クロウリー……あのトラッシュの名前だ」

「じゃあ今までの事件も全部あいつが!?」

グローリーソードの間で様々な憶測が飛び交う。

そのあまりの言い様に、フレイアの血は一気に頭の上にまで昇りつめた。

「ちょっとアンタ達、なに勝手に決めつけてんのさ！　レイはそんなことする奴じゃ――」

「じゃあ他に誰が居るんだ！　犯行の動機も、召喚術式を組む技術力も、全て揃《そろ》った人間が他に居るのか！」

怒りに任せて叫ぶフレイアに対して、一人の男が声を荒らげて答える。

「動機？　なにそれ？」

「薄汚い僻《ひが》みがあるだろう。我々操獣者に対してのなぁッ！」

「なんでレイを犯人だって決めつけてんのさ……そんなの根拠も何も無い、アンタ達の勝手な想像でしょ！」

「根拠も証拠も後から探せばいい！」

「そもそもレッドフレアの。何故《なぜ》そんなトラッシュを庇《かば》う。お前が共犯者とでも言うのか」

ギリッとフレイアが歯を噛《か》み締める。フレイアは前を向いて堂々とそれを叫んだ。

「友達信じて、何が悪い！」

フレイアが言い放った後、一瞬の静寂が広場を包み込む。

そして堤防が決壊したかのように、広場には数多《あまた》の嘲笑の声が響き渡った。

「アハハハハハ、トラッシュが友達だって？」

「世迷《よま》い言《ごと》もここまでくれば立派ですわ」

「少し抜けた馬鹿だと思ってたけど、ここまで馬鹿だったなんてなぁ！」

フレイアを嘲笑《あざわら》う声は当然レイの耳にも入り込んでくる。一言一言が入り込む度に、レイの心臓と胃に言い知れぬ不快感が広がっていった。自分が嘲笑されるのは構わない。だが自分に関わった者が嘲笑される事をレイは心底嫌っていた。額に青筋を浮かべながら、腰に仕舞っていたコンパスブラスターに手をかけようとする。だがそれよりも早くキースが数歩前に出て、手を高く掲げて部下達を黙らせた。

「レイ君……」

「ねぇ、アンタがアイツらのリーダーなんでしょ。自分とこのメンバーが好き勝手言ってるのに、何にも思わないわけ？」

「…………状況証拠が揃い過ぎているんだ……」

キースは無念そうに目を細め、顔を俯《うつむ》かせる。

「フレイア君……今このセイラムシティで、デコイ・モーフィングシステムの使用経験があり、その勝手が分かっている人間は何人居ると思う？」

「……まさか」

顔を青くさせて押し黙るフレイアを見かねたレイが、代わりに答えた。

「俺一人、だな」

感情の籠っていない声で答えるレイ。それもそうだ、操獣者の街であるセイラムシティで態々《わざわざ》デコイ・モーフィングまでして戦おうとする奇特な人間なぞレイ以外に存在しない。

そもそも魔核を持たないトラッシュ自体が少数派なのだ。普通なら力がない事を認めて戦闘に参加しようなどと無茶な考えには至らない。

「……技術的な事はできるかもしれない。けど動機はどうなの？　あんな言いがかりを真に受けるつもり!?」

「まさか、そんな訳ないさ」

「だが……」とキースは続ける。

「レイ君のお父さんの件。それは動機を考えるに足りるものだよ」

「……街がヒーローを見殺しにしたってやつ？」

「知っていたか、なら話が早い」

そう言うとキースは杖《つえ》を鳴らしながら、レイのもとに近づいて来る。

だがそれを遮るように、フレイアはレイの前に立って出た。

「レイに何する気？」

「任意で話を聞くだけさ。そこを退《ど》いてくれないかな？」

「嫌だね。アンタに引き渡したらお話だけじゃ済まない気がする」

一触即発の雰囲気が流れる。

「オイ、変に首突っ込むな。後々面倒な事になるぞ」

「面倒上等。アイツらが気に入らないの」

「だから関わるなって言ってんだよ…………ッ！」

フレイアを巻き込みたくない一心で、この場から逃がそうと声をかけるレイ。

だがその瞬間、レイの視界にある男が見えた。先程のボーツに手酷《てひど》くやられたのか、その男は全身傷だらけで立っていた。変身したボーツに恐怖を覚えたのだろう、遠目に見ても青ざめて、手足が震えている。だが問題はそこでは無かった。男は両手で一丁の銃を構えていた。レイがそれに気づいた時には既に引き金に指をかける寸前であった。

火事場の馬鹿力とでも呼ぶべきか、レイは今まで経験したことの無い速度で弾道を予測する。が、予測結果は最悪なものだった。あの位置、あの角度から撃ってもレイには当たらないだろう。狙いが大きくズレているのだ。問題は、そのズレた先には人が……フレイアが居たのだ。

「フレイア！」

考えるより先にレイの身体《からだ》が動いた。

弾ッ！　銃声が鳴り響くと同時に、レイは一瞬をスローモーションのように感じた。レイは左腕を思いっきり伸ばして、フレイアの身体を強く突き飛ばした。そして迫り来る魔力弾はフレイアに当たる事無く、レイの左腕に着弾した。

「ぐッ！」

左腕の肉が抉《えぐ》られ、熱を伴った激痛がレイに襲い掛かる。

「馬鹿者！　誰が発砲した！」

普段の紳士的な振舞からは想像もつかない怒号をキースは上げる。

その声を聞いた男は、銃を持ったまま震える声で言い訳を述べた。

「だ、だって……あのトラッシュが居たら、またあの化物ボーツが出て……だから、先に無力化しておけばって……」

流石に無抵抗の人間を撃ったのは不味《まず》いと思ったのだろう。近くにいたグローリーソードの者達は、即座に男を鎮圧した。そして、突き飛ばされた衝撃で倒れていたフレイアは起き上がり、すぐに目の前で腕から血を流しているレイに気が付いた。

「レイ！」

フレイアはレイを心配して、慌てて手を差し伸べようとする。

だが――パァァァン！　乾いた破裂音が鳴り響く。フレイアが差し出した手を、レイは無傷の右手で大きく弾《はじ》き返したのだ。

「俺の心配なんか……すんじゃねーよ」

「心配くらいするよ！　だって――」

「友達なんかじゃねぇ。ましてや、仲間でもねー！」

深い濁りを宿した眼《め》で、レイはフレイアを睨《にら》みつける。

「損得勘定くらい上手《うま》くしろ。チームが大事なら、お前は自分の事だけ考えてろ！　それに言っただろ、俺は一人でいいって！」

血の流れる左腕を押さえながら、レイはフレイア達《たち》に背を向け歩き出す。

「俺に仲間は必要ない」

「レイ！」

「レイ君！」

心配そうに声を上げるフレイアは無視する。

レイは呼び止めるように名を呼んだキースに向けて返答した。

「大丈夫ですよ。俺はセイラムから逃げる事は無いんで…………次に会う時は、証拠を揃えてから会いに来てください」

そう言うとレイは、少し顔を俯かせながらその場を去った。

その背中からは、強い拒絶の意志が滲《にじ》み出ていた。

「レイ……」

フレイアは強く拳を握りしめる。去り行くレイの背中をただ見ている事しかできない自分に、フレイアは心底苛立《いらだ》っていた。

◆

自分に仲間なんて必要なかった。

誰かを守る為《ため》のヒーローに憧れているのに、自分のせいで誰かが傷つく事がどうしても許せなかった。

父さんは、誰かに傷を押し付けるような事はしなかった。

その姿をカッコいいと思ったし、その魂に憧れた。

『目に見える範囲が、手を伸ばせる範囲で救える範囲』

目の前で誰かが傷つき、苦しむなら、それらを全て背負う事が出来る人間になりたかった。

だが現実はどうだ。

今まさに自分のせいでフレイアが傷つこうとしたではないか。

トラッシュという逃れられぬ肩書が周囲を傷つけるならば……自分に仲間は必要ない。

近づく者は拒絶して守る。ヒーロー……父さんの背中を追う為には必要な事なのだ。

そうだ、ヒーローになる為に必要なもの。それは誰かを助けたという結果と実績。

そしてそれは、全ての敵を倒し全てを背負えるだけの力。

そしてもう一つ必要なのは……

「必要なのは……孤独の覚悟だ……」

眼に見える存在は傷つけさせない。他者に重荷は背負わせない。

その為に必要なヒーローの数は独りでいい、そう覚悟していた筈《はず》だった。

だが、広場から去り行くレイの頬には涙が走っていた。

偽魔装に身を包んだ変身ボーツの出現から三日が経過した。

結論から述べると、あの日変身ボーツと交戦したのはフレイア達だけでは無かった。同じ時間違う場所、それも複数の場所で変身ボーツによる襲撃報告がギルドに相次いでいた。

今日もギルド本部には荒々しい足音が鳴り響く。同時発生こそ起きていないが、変身ボーツの出現は今も短いスパンで起き続けていた。手の空いている操獣者達は、休む間もなく対処に駆り出されるのであった。

想像以上の装甲と手強《てごわ》さを兼ね備えたボーツの大群を相手に、ギルドの操獣者は疲労が溜《た》まり続ける。そして、増える傷と募る精神疲労が、操獣者達の間に不穏な空気を流し始めていた。今やギルド本部内ではあちこちから愚痴が飛び交い、変身ボーツの対策に関する意見交換が絶え間なく聞こえてくる状態だ。

だが一部の者達には、問題はそれだけで終わらなかった。変身ボーツをセイラムシティに発生させた犯人はレイである。ギルド内でそういう風潮が流れていたのだ。噂《うわさ》を流布しているのが操獣者至上主義の多いグローリーソードの者達だというのは割と早い段階で分かったのだが……問題はその噂を信じた者達が少なくなかった事である。

「あの三下どもめ、フザケやがって！　腑《ふ》抜けたアホ面ハンマーで叩《たた》き直してやろうかってんだ！」

魔武具《まぶんぐ》整備課の工房でモーガンが声を荒らげて、壁を殴りつける。衝撃でクレーター状に砕けた壁を見て、整備課の者達は戦々恐々としていた。

「お父さん荒れすぎっス」

件《くだん》の噂を先程耳にし、怒り狂うモーガンと必死に抑え込もうとする整備士達を見ながら、ライラは呟《つぶや》く。いつもなら食堂で駄弁《だべ》るのだが、今は変身ボーツの件でピリピリした空気が流れ続けている。それを嫌ったチーム：レッドフレアの二人は、魔武具整備課の一角を借りていた。

「それにしても何なんスかアレ！　じんどーに反するってやつっス！」

悪意ある噂に怒りを露《あら》わにするライラ。一方でフレイアは非常に珍しく整備課に来てから終止無言を貫いていた。

「姉御もなんか言ってやって欲しいっス……姉御！」

「ん、あぁ……ちょっと考え事をね……って、親方めっちゃ荒れてんじゃん!?」

「気づいて無かったんスか!?」

モーガンの怒声に気づかない程、物思いに集中していたフレイア。

「レイってさ、なんで『ギルドを恨んでる』って言われてるのかな〜て思って……」

「急にどしたんスか？」

若干今更なフレイアの言葉に、ライラは疑問符を浮かべる。フレイアの脳裏には、三日前にグローリーソードの者達が発した言葉が引っかかっていた。

「皆、レイはギルドと街を恨んでるって言うけど……アタシにはそう思えなくって」

「それはヒーロー……レイのお父さんの事があったから」

「街が見殺しにしたってやつでしょ。そりゃレイも思う所はあるかもしれない……けどさ、本当に恨んでるなら街を守る為に戦うのかな？」

しばし沈黙が流れる。確かにフレイアが言うように、本当にギルドを恨んでいるのであれば、これまでのレイの行動は矛盾そのものと言えるだろう。ライラも、その矛盾については分かっていた。だがその真意までは理解できない。故に上手く返答できなかった。

「ボクも少し、気になっていた所ではあるんス。お父さんを見殺しにされた件で、少なからずレイ君がギルドに恨みを持っているのは間違いないと思うっス。けどその先が分からない。なんでデコイ・モーフィングまで使って戦おうとしてるのか、なんであれだけ傷つきながらセイラムを守ろうとしてるのか……レイ君、養成学校の頃はここまで無茶する人じゃ無かったんス……他人と距離を置く性格ではあったけど、ここまで極端に拒絶する事はなかったっス」

「そうなの？」

ライラの言葉を聞いて、フレイアは内心「少し意外だな」と思った。だがそうなると次の疑問が湧いてくる。何がレイを変えてしまったのかについてだ。少なくともレイが父親を亡くした事件が関係あるのは間違いない。フレイアはセイラムシティで暮らすようになって一年と少々しか経過してないので、事件の詳細を何も知らなかった。

そこからならレイの事情も何か見えるのではと思ったフレイアが、ライラに質問しようとしたその時だった。

「クソ、全然繋《つな》がらねェ！　ライラァ、今日レイの奴《やつ》見てねーか!?」

握り潰さん勢いで、片手にグリモリーダーを持ったモーガンがやって来る。レイに何度も通信を試みて結局繋がらなかったのだろう、備え付けられた十字架にひびが入っていた。

「今日は見てないっス」

「アタシも」

それを聞いたモーガンは眉間に皺《しわ》を寄せて、困り果てたように首の裏を掻《か》きむしった。

「参ったな、レイ自身が無実だって言ってくれるのが一番なんだが……居場所が分からなきゃどうにもなんねーぞ」

ブツブツ言いながら、モーガンは苛立ちを募らせる。

「アイツは街を泣かせるような奴じゃねーんだ……これ以上、レイを孤立させて堪《たま》るかッ」

「……親方は、レイを信じてくれるんだね」

「当たり前だ！　俺が信じてやらなかったら、アイツは本当に独りになっちまう！」

「お父さん？」

妙に焦りを含んだ声で叫ぶモーガンに、ライラ達は少し違和感を覚える。

その時フレイアはふと、モーガンならレイの事情を詳しく知っているのではないかと考えた。ガチャガチャと音を立ててグリモリーダーの十字架を操作し続けるモーガンにフレイアは問う。

「ねぇ親方、なんでレイって『仲間なんか必要ない』って頑固なの？」

フレイアの言葉を聞いた瞬間、十字架を操作していたモーガンの手が止まった。ほんの一瞬、振り返ったまま固まる身体《からだ》。次の瞬間には眉をひそめ、モーガンは顔を深く俯《うつむ》かせてしまった。その様子は、傍《はた》からみても分かる程に後悔の念に溢《あふ》れていた。

「仲間は必要ない、か……やっぱしそう簡単には変わらねぇか……」

そう言うとモーガンは、近くにあった椅子にドカンと沈み込むように座った。

「……レイがああなったのは、元はと言えば俺の……いや、俺も含めた三年前の事件に関わった奴全員の責任だ」

「どういう事っスか？」

掌《てのひら》で顔を覆い、モーガンは目を伏せる。普段からは想像もつかない様子にフレイア達は驚きを隠せなかった。なによりそれは、娘であるライラでさえ見た事の無いあまりにも弱々しい姿であった。

「ねぇ親方……三年前、レイに何があったの？」

フレイアが問いかけると、モーガンは俯きながらポツリポツリと語り始めた。

「……三年前、セイラムシティのあちこちでボーツの大発生が有ったのは知ってるだろ」

「え、前にもボーツ騒動あったの!?」

「姉御は越してきて一年程しか経《た》ってないから、知らなくても無理ないっスね。三年前にも今みたいにセイラムがボーツまみれになる事件があったんス」

「被害は最小限に食い止められた、とは言っても、見方次第では今より厄介なもんだったけどな」

そう言うとモーガンは、近くのテーブルに置いてあったワインボトルを勢いよく呷《あお》った。

「プハァ！　前兆なんて生易しいもんは無かった。ある日突然、文字通り同時にボーツがセイラムの全地区に湧き出たんだ」

「同時!?」と思わず驚きの声を上げるフレイア。だが同時発生という事で、三日前の変身ボーツの出現と似ているなと感じていた。

「幸いボーツ自体は大した強さじゃ無かったから、街が壊れた事と八区が火災で打撃を受けた事、後は何人か怪我人《けがにん》が出るだけで済んだ…………ボーツの発生が終わった直後、俺はそう思っていた……」

「先代ヒーロー……レイの親父《おやじ》さんが犠牲になった」

フレイアの言葉で場が静まり返る。整備課の外から漏れ聞こえる喧騒《けんそう》が皆の耳に、やけにハッキリ聞こえて来た。

「………あの日。ボーツが大量発生した地区が多すぎたから、ギルドの操獣者は皆手分けしてボーツの討伐に向かったんだ。当然その中にはレイの父親……エドガーも居たさ。当時は街中が混乱してて誰がどの地区に向かったかなんて気にする奴は殆《ほとん》ど居なかった。

皆眼《め》の前で攻撃してくるボーツの大群を潰すのに手いっぱいだったからな」

モーガンの脳裏に当時の光景が浮かび上がる。誰もが街を守る為《ため》に必死に戦った。だが湧き出るボーツの数が多く、徐々に操獣者達《たち》の心身に疲労の色が見え始めた。

「連戦続きで誰もが疲弊し始めた頃に、エドガーがある事に気づいたんだ」

「ある事？」

「八区の守りが薄くなってんじゃねーかって……」

そう言うとモーガンは顔を上げて、フレイアに一つ問いかけをした。

「フレイア、八区ってどういう場所か分かるか？」

「ん？　えと、森に囲まれていて……デコイインクがいっぱい採れる場所？」

「そうだな、最近の印象ならそれで間違いない……けどなフレイア、セイラムシティ第八居住区ってのはな他の国で言う所の貧民区にあたる場所なんだ」

今でこそ随分改善されたが、モーガンが言う通り八区は本来貧民区にあたる土地である。デコイインクの採掘場に隣接しているのは、本来労働奴隷を現場に縛り付ける為だったと言われている（現在は奴隷制度自体が廃止されているが）。

数十年前に行われた改革で大きく改善されたとはいえ、現ギルド長政権になるまでは巡回の操獣者が全くつかなかったり、八区内の孤児院は苦しい経済状況で運営をし、幼い子供達が通う学校すら無い始末であった。

「ギルド長の活躍で改善されたとはいえ、八区は当時の上層部から予算を回して貰《もら》えず、巡回の操獣者が中々来ない土地のままだったんだ」

「……ちょっと待って欲しいっス。八区ってデコイインクが山程有る土地っスよ……街中でボーツが発生するって事は……」

「間違いなく、一番被害が大きくなる土地……」

「その通りだ。今でも随分残っているが、八区に対する偏見意識ってのは根強いんだよ……無意識にそこを避けてしまう奴が多いくらいにはな」

そこまで言われてフレイア達は悟った。操獣者達が八区以外に集中していたのだ。

「一応八区には避難用シェルターがあるんだが、それでも心配になったエドガーは自分が八区の様子を見て来るって一人で行っちまった。ほとんど負け知らずなアイツに『一人で行くな』なんて言える奴は当時誰一人として居なかった！　セイラムの憧れの的だったアイツの足を引っ張りたくなかったからな……俺も例外じゃあなかった」

顔をくしゃくしゃに歪《ゆが》めて、モーガンは再びワインボトルを呷る。

その悲痛な様相から、それがモーガンが見たエドガー・クロウリーの最後の無事な姿だったのだろうと、フレイア達は悟った。

「エドガーが八区に行ってしばらく経った後だ……八区方面の空に救難信号弾が撃たれたんだ。けど俺達は自分が行かなくても大丈夫だろうって思っちまったんだ！　八区にはエドガーが居るから俺達に出番なんざ無いって思いこんじまった！　まさか救難信号弾を撃ったのが、そのエドガーだとは欠片《かけら》も想像できなかった！」

自責のように、罰するように、眼に涙を少し溜《た》めながらモーガンは叫ぶ。

「全てが終わった頃には、全てが遅かった。ボーツの発生が収まって街の被害状況を確認するための事後処理をやってると、八区に続く道からレイが出て来たんだ………血まみれのエドガーを背負ってな」

モーガンの脳裏に当時の様子が鮮明に想起される。血と煤《すす》の臭いに包まれたレイと、動くことなく背負われているエドガーの姿。血を流し続ける親友を前に、モーガンは応急処置をしつつ大声で救護術士を呼び治療をさせた。そしてレイの言葉で、救難信号弾を撃ったのが他ならぬエドガーであった事を知ったのもこの時であった。

「その後の結果は知っての通り、エドガーが助かる事は無かった………全部はエドガーの力を過信して『アイツなら絶対大丈夫だ』って妄信した俺達の責任なんだ」

悔しそうに歯ぎしりをするモーガン。友を死なせてしまった喪失感は、彼の心の奥底に深く根差しているのだ。

「それが三年前の事件……」

「ちょうどその直後っスね、レイ君が何も言わずに学校を卒業していったの……」

「養成学校を卒業した直後は特に荒れてたさ。事務所に籠りっきりで、グリモリーダーの通信にも中々出なくなって、完全に他人を拒絶するようになっちまった……」

「まぁ、アーちゃんがレイ君にしつこく構って大分良くはなってたらしいっス」

「その通りだ。最近になってレイの奴も随分立ち直って来たなと思ったんだが………その矢先に今回の件だ」

やってられないと言わんばかりに頭を抱えるモーガン。ライラも何も言わず悔しさを醸し出している。彼らの感情はフレイアにも痛いほど伝わって来ていた。

だが、どうにもフレイアの中で何かが引っかかっていた。モーガン達の話は、先日スレイプニルから聞いた話と一致している。レイの父親が死ぬ事となった事件の概要も分かった。だが何か違和感がある。

「親方、その事件でヒーロー……レイの親父さんが死んだんだよね？」

「あぁ……そうだ」

「ねぇ親方。レイの親父さんはアタシよりも強かった？」

「当然だ！　今も生きてたら、間違いなくセイラム最強の操獣者だったさ」

モーガンの言葉で、フレイアの中に芽生えていた違和感が正体を現した。

この事件には、まだ続きがある筈《はず》だとフレイアは確信した。

「親方……レイの親父さんの死因って、何だったの？」

「そ、それは……」

一瞬、だが確実にモーガンの顔が強張《こわば》ったのをフレイアは見逃さなかった。

「起きた事件はボーツの大量発生。そのまま考えたら大量のボーツに集中砲火を浴びて死んだって思うのが普通かもしれない………けどさ、変身している状態ならアタシでも通常ボーツは十数体は倒せる。セイラム最強って言われた操獣者が、ボーツ相手に致命傷食らうなんて思えない」

「いや、それなら事故と考えるのが自然な流れ――」

「話を聞いてる限り当時レイの親父さんは変身状態だったと思うんだけど。八区にそんな、変身状態のヒーローが致命傷を負うような事故が起きそうな場所……何処《どこ》かにあった？」

　ライラは同時にハッとした表情になる。フレイアの言う通り、変身状態でかつセイラム最強の操獣者という前提条件を付けた場合、八区内で事故死する可能性がある場所は一カ所を除いて皆無である。

「百歩譲ってデコイインクの採掘場で事故死したとしても、それだとレイがお父さんを背負って来たって説明に違和感がある……」

「て言うか、そんな事故起きてたら同じ八区に居た操獣者が気づかない筈無いっス！」

　ヒーローの死因は公表されていない。街の劇場や書籍などの結末は、大抵ヒーローが何処か遠い地に旅立つ所で終わっている。偶《たま》に死を描いている作品もあるが、専ら強敵との相打ちで幕を閉じる。それらをよく知るフレイアだからこそ、腹の中の疑念は留《とど》まる所を知らなかった。そして確信したのだ。今のレイを形作った原因にヒーローの死因が深く関わっていると。

「親方、なんだかんだ言ってレイは根っ子は優しい奴だってアタシは思ってる………だからこそ、あそこまで他人を拒絶するのは他にも何か理由があるんじゃない？」

　数秒の静寂。少しばかり狼狽《うろた》えた後、モーガンは観念したかのように大きなため息をついて、整備課の扉に視線を向けた。

「扉は……閉まってるな。まぁこの時間に来るような奴《やつ》はそう居ねーだろ」

整備課にいる者以外、誰にも聞かれてない状況である事を確認したモーガンは真剣な眼《まな》差《ざ》しでフレイアに顔を向ける。

「……今から言う事は、あまり大っぴらにすんじゃぁねーぞ」

フレイア達が静かに頷《うなず》いた事を確認したモーガンは、ゆっくりと言葉を続けた。

「…………エドガーはな、三年前の事件で……操獣者に殺された」

それを聞いた瞬間、フレイアは只々《ただただ》絶句する事しか出来なかった。すぐ近くで聞いていたライラも同じような状態だ。セイラムが誇るヒーローが殺されて死んだというのだ、無理もない反応だろう。フレイアは思わず整備課に居た他の整備士達に目をやる。モーガンの声が聞こえていたのだろう、彼らの殆どは手を止めて悲痛な表情を浮かべるばかりであった。そしてフレイアは悟った、彼らはこの事実を知っていたのだろうと。

「殺されたって……それ」

「エドガーの身体には槍《やり》のような何かで貫かれた跡があった」

「で、でもボーツの腕にやられたって可能性もあるッス」

「…………目撃者がいるんだよ」

「……レイ？」

「その通りだ。アイツはエドガーが殺される瞬間を目の前で見ちまったんだよ」

目の前で父親が殺され、助けを求めても誰かに応えられる事は無く……最早《もはや》それだけで、レイが他者を拒絶する理由とするには十分な出来事だった。

「お父さん……それ、犯人はどうなったんスか？」

「顔をフードで隠してやがったから今も見つかってねー。当時の状況から考えて内部の犯行だとは思うんだけどな」

「見つかってないって……何か痕跡とか無かったんスか!?」

「あったら今頃犯人をぶっ殺してるさ！　エドガーが死んですぐに、俺やギルド長が現場を隈《くま》なく調べ上げた！　だが凶器どころか足跡一つ碌《ろく》に見つからなかった！」

当時の感情が蘇《よみがえ》ったのか、モーガンは怒りに任せてワインボトルを壁に叩《たた》きつけた。

「はぁはぁ……結局俺はエドガーに何もしてやれなかった。アイツの敵を見つける事も、レイの心を救う事も、何一つ出来やしなかった……」

「親方……」

「半年間捜査を続けた。数えきれない程八区に足を運んだ。少しでも疑わしい奴は力尽くで問いただした！　だが何も見つからなかった、証拠も何も……」

何度も現場を調べ上げた。思いつく限りの方法で犯人に繋《つな》がる物は無いか探し続けた。だが何一つ見つかること無く、モーガンはギルド上層部からその宣告を受けた。

「事件から半年が経った時だった、ギルド長から捜査の打ち切りを告げられた。当然俺は怒り狂ったさ、なんで諦めなきゃなんねーのかってよ。だがギルド上層部はこれ以上の捜査は無駄だと判断したんだ……捜査期間が延びるようにギルド長も随分無茶してくれたみてーだからな、苦渋の決断だったのはすぐに分かったさ……だけどな──」

その時の事を思い出してしまったモーガンの顔が悲痛に歪む。

捜査の打ち切りもそうだが、何より苦痛だったのは──。

「この事実で一番苦しんだのは、他ならないレイだ……」

モーガンはその時の事を今でも鮮明に覚えている。


捜査の打ち切りが決定した事を伝える為に、モーガンはギルド長と二人でレイの事務所を訪れた。最初はギルド長が「憎まれ役は一人でよい」と言っていたが、モーガンはギルド長一人にその役を押し付ける事を良しとしなかった。拳を握りしめ、肩を震わせながらギルド長はレイに捜査の打ち切りを伝えた。そしてギルド長はその無念さからか、地に額を擦《こす》りつけてレイに謝罪をしたのだ。そして、レイは無言でその事実を聞き終えると、間髪容《い》れずギルド長の胸倉を摑《つか》み取った。

突然の事にモーガンは思わずレイを止めようとしたが、ギルド長に止められてしまった。

『父さんはアンタ達に何かしたか!?』

『父さんはアンタ達の為にずっと戦い続けて来ただろ!』

モーガンとギルド長は、レイの怒りの声をただ何も言わずに受け止める事しか出来なかった。そしてレイが発したその言葉は、モーガンとギルド長の心に今なお深く刺さり続ける事となった。

『だったら……だったら何で、助けてって言ったんだよ！』

「何で『助けて』って言ったのか……その通りだな。俺達《たち》はあまりにも虫が良すぎたんだ。エドガーをヒーローだと祭り上げて、自分だけ助けて貰《もら》った挙句、エドガーが助けを求めた時にそれを無視した……なら俺達は圧倒的な悪そのものだな」

全てを話し終えたモーガンは、思わず自身を嘲笑《あざわら》う。

「これだけの目に遭ってるのに、レイはセイラムを守ろうとしてるんだ……」

「そうだな。操獣者になれなくとも、せめて魂だけでも継ぎたいんだろうよ」

父親を見殺しにされ、街の人間からはトラッシュと蔑まれ、それでもなおヒーローと呼ばれた父親の魂を受け継ごうとするレイの精神にフレイアは純然たる敬意を抱いた。だが一方で、レイに対してはなにかモヤモヤした気持ちが残っているフレイアでもあった。

「ん～～……まぁいっか！」

心に残った正体不明のモヤモヤは仕舞い込み、フレイアは席を立ちそのまま扉に向かって歩き出した。

「あ、姉御！　どこに行くんスか!?」

「決まってんでしょ、レイの所」

「今行っても追い返されるのが落ちだと思うっス」

「『自分の評価をもっと気にしろー！』とか言うでしょうね………上等よ、スカウトのプロが相手してやるわ！」

覚悟を決めた様子で熱く語る彼女を見てライラは『ゴリ押しのプロの間違いでは』と心の中でぼやいた。そんなフレイアを見てモーガンは純粋に抱いた一つの疑問をぶつけた。

「なぁフレイア。俺が聞くのも変かもしんねーけどよ……なんでそこまでレイを気にしてやれるんだ？」

「ん～……レイってさ、なんか放っておけない弟って感じがするんだよね～。それにさ、自分の評価気にするよりも、独りの人間に手を差し伸ばす方がアタシには大事な事だから」

「フレイア……」

迷いの無い様子でそう言ってのけるフレイアに、モーガンはかつて友の姿から見えた光の魂を感じ取った。

「ま、姉御らしいと言えば、らしい答えっスね。でもそういう風に言ってくれるからこそ、ボクは姉御について来たんス」

そう言ってライラもフレイアの後に続き始める。フレイアがライラを仲間にするのも決して平坦《へいたん》な道のりではなかった。だがフレイアに賛同した者達は皆、彼女が見せた他者を光に導こうとするその心に魅《ひ》かれて来たのだ。夢を託す。夢を共に叶《かな》える。そういう心で繋がった者こそがチーム：レッドフレアなのだ。モーガンはフレイア達を見て、彼女達ならレイを変えてくれるかもしれないと心より希望を宿した。

「とりあえず、レイの事務所に行ってみるか！」

「そっスね。善は急げっス」

　彼らの何気ないやり取りを見て、モーガンは少し心が軽くなるのを感じた。

だが、そんな彼らの事など御構《おかま》い無しに凶報は突然届いた。

モーガンのグリモリーダーから通信機能の着信音が鳴り響いた。もしかするとレイかもしれない。そう淡い希望を持ちながら、モーガンは十字架を操作して通信に出た。

「もしもーし、レイ…………ってアリスの方か。レイの奴はどうして…………ん？　どうした落ち着け、なんかあったのか？」

　少し距離が離れていたのでフレイア達にはアリスの声は聞こえなかったが、モーガンの様子から只事《ただごと》では無い事だけは理解できた。

「あぁ……それで？…………!?　おい、そりゃどう言う事だ！　特捜部が!?　アリスお前今どこに居んだ!?……分かった、すぐにそっちに向かう」

そう言うとモーガンは、顔面蒼白《そうはく》になりながらグリモリーダーの通信を切った。

「クソッ！　特捜部の奴ら何考えてやがんだッ！」

「親方、何があったの？」

　焦りと震えを含みながら声を荒らげるモーガンを見て、フレイアは何か良くない事が起きたと感じ取っていた。そしてフレイアの問いに、モーガンが答える。

その答えはこの場に居る者達にとって、あまりにも無情なものであった。

「レイが……特捜部に捕まった」

◆

薄ら寒い地下牢《ちかろう》の中で、レイは身体《からだ》を走る痛みを感じながら呆然《ぼうぜん》としていた。

口の中で不快な鉄の味が広がるが、レイは特にどうとも思わなかった。いや、思う気も起きなかったのだ。小さな明かりしか無いのだろうか、レイが微《かす》かな光に照らされた地面を眺めていると、ガチャガチャと牢に掛けられた錠を外す音が聞こえてきた。何事かと思ったレイが顔を上げると同時に牢の扉は開き、鍵を開けた人物が姿を現す。それは、顔に汗を浮かせたギルド長であった。

「ほほ。気分はどうじゃレイ?」

「……最悪だよ、アイツら加減しねぇから全身痛くてしょうがねー」

レイがそう言うとギルド長は牢の中に入り、手に持ったランタンを近づけてレイの様子を確認する。ギルド長が言葉を失うまでにそれ程間は必要なかった。顔面には幾つもの赤黒い痣《あざ》、口の端には雑に拭われた血の跡、着ている服はあちこち破けておりその隙間から血が滲《にじ》みだしていた。これらの傷は全て、特捜部による取り調べとは名ばかりの暴行によってできたものだ。

「で、何しに来たんですか？　判決でも言い渡しに来たんですか？」

「……釈放じゃ」

「それは随分と唐突な判決ですね」

「完全なる誤認逮捕じゃ。特捜部の一部が暴走して先走り過ぎたのじゃ」

「だろうな。じゃなきゃここまで激しいストレス解消なんてしねーだろ」

選民思想が多分に含まれてもいたが、レイは特捜部の者達の暴力はストレスによる所が大きいと考えていた。

「変身ボーツの対処……どこもかしこもダメージが溜《た》まってきてるらしいですね」

「そうじゃな……じゃがそれは暴走をして良い理由にはならん」

そう言うとギルド長は、レイの眼前に一つの布袋（グリモリーダー等が入っている）とコンパスブラスターを差し出した。どちらも特捜部に連行された際に押収された物である。

「必要な手続きは既に終えておる、お主はもう自由じゃ。傷の治療は救護部に連絡しておこう。なぁに心配するでない、治療費の請求書は後で特捜部に押しつけておくからのう」

ギルド長はグリモリーダーを手に取り、早速救護部に通信をしようとするが……牢の隅に座り込んだまま動こうとしないレイを見て、思わず手を止めてしまった。

「…………自由じゃぞ、もう誰もお主をここに縛り付けはせん」

既に自由の身になっている事を改めてレイに告げるギルド長。だがレイは座り込んだまま動く気配を見せる事は無かった。ギルド長はコンパスブラスターと布袋を壁に立てかけ、レイの隣に座り込んだ。

「恨んでくれて構わん。ワシらはそれだけの事をした」

その声色に三年前の無念が含まれている事に、レイはすぐに察しがついた。

ヒーローと讃《たた》えられて一人で戦い続けたエドガーを気にかけていたのも、彼の死後に犯人捜査の期間を延長するよう必死に働きかけていたのもギルド長だった事をレイは知っていた（故にギルド長はレイが信頼する数少ない人間でもある）。

「別に……今更恨んだりはしませんよ。ただ少し疲れただけです」

心がずっしりと重く沈んでいた。トラッシュである事を罵られ喧嘩《けんか》を吹っ掛けられるのは慣れ切っていたが、こう冤罪《えんざい》をかけられるのはレイにとっても初めてであった。散々な扱いには慣れていたレイも、今回ばかりは流石《さすが》に精神的にキていたのだ。

「やっぱり間違ってたんですかね？　トラッシュ如《ごと》きが夢見て戦おうとするなんて、おこがましかったかなぁ………」

思わず弱音を吐露するレイ。自分が動かなければ余計なトラブルが発生しなかったのではないか。自分が意地を張って夢に縋《すが》らなければ周りに迷惑かけなくて済んだのではないか。そう言ったネガティブな感情がレイのなかでぐるぐると渦巻いていた。

「間違ってなどおらん。その志に間違いなどある筈《はず》が無い」

「でも結果はこのザマですよ、俺は何も出来ちゃいない……三年前から何も変わらない。目に見える範囲に手を伸ばそうとしても悉《ことごと》く零《こぼ》し続けてる」

　ギリッと歯を噛《か》み締める音が、ギルド長の耳に聞こえて来る。

「父さんのようになりたくて、ずっと走り続けてた……でも全然上手《うま》くいかないんですよ。守る為《ため》に創った術式は街を襲ってる。俺に手を伸ばした人達は、俺がトラッシュだから傷つく。目に見える範囲だけでも救おうと頑張っても、手の届かない場所からまで悲鳴が見えちゃうんですよ。自分のせいで誰かを傷つけたくない、自分が見える範囲で誰にも傷ついて欲しくない。父さんはそれを願って、守る為に戦い続けた！　だから俺も背中を追いたかった。ギルド長……九十九を救うために一を犠牲にするなら、その一を自分自身にするのは悪なんですか？」

「……悪ではない。じゃが善とも言い切れぬ。優しさ故に拒絶するのはよい。じゃが時には歩み寄る事を知るのも大切じゃ」

　ギルド長は諭すような口調でレイに語りかける。

「フレイア君達は、そこまで信用に値しない者に見えたかい？」

　突然フレイアの名前が出てきて内心驚くレイだったが、不思議と「信用できない」と返す気持ちは微塵《みじん》も生まれなかった。

「親しくするだけが友ではない。痛みも喜びも共に分かち合い、支え合う者達こそが友なのじゃ。一度信じてみてはどうじゃ？　彼女達はきっとお主の良き友となり得るじゃろう」

　レイは、上手く返事をする事が出来なかった。心が解《ほど》ける感覚はあるのだが、それの正体に確信を持てなかったのだ。

「ま、何にせよ最初の一歩を踏み出さねば道は進めぬ」

そう言うとギルド長は立ち上がり、レイに手を差し伸べた。

「どれ、まずは此処《ここ》から出るとするかの。こう薄ら暗くて陰気な場所だと気が滅入《めい》るわい」

ギルド長は牢から出るようにレイを促すが、レイは首を横に振るだけだった。

「ダメですよギルド長。いきなり俺が出所したらギルド長への反発が強くなる。これからセイラム中のボーツ討伐の指揮を執らないといけないのに、態々《わざわざ》その和を乱す要素を作る理由は無い。ほとぼりが冷めるまでは、牢に居ますよ……ここなら一人で、色々考えられる」

先ほどよりも深く俯《うつむ》いてレイは言う。そんなレイの姿を見て、ギルド長の目には悲しみの相が浮かび上がっていた。自分にはこの若者の心を救う事は出来ない。その事実がギルド長の胸を痛みとして走り回っていた。

「なぁに、ほとぼりが冷めたら勝手に出て行きますよ。それに街に仕掛けられた魔法陣の正体も考えたい。謎を謎のまま放置するのは目覚めが悪いんで……安心して下さい、何か魔法陣に関して進展があったら伝えに行きますんで」

自嘲するように告げるレイ。その様子はまるで自分の不甲斐《ふがい》なさに苛立《いらだ》ちを覚えているようにも見えた。実際レイは苛立っていた。街を守りたい一心で、自分が得意とする分野を最大限に生かして事件を解明しようとしたが、結局真相には辿《たど》り着けず終《じま》いだ。レイの自己嫌悪を、ギルド長はすぐに察した。だが彼にかける言葉をギルド長は思いつく事ができなかった。

「……分かった、身体を冷やさんようにするんじゃぞ。気晴らしをしたくなったら天井でも眺めると良い。繁殖力が妙に強くてな。こんな所にまで生えとるんじゃよ」

ギルド長はそう言い残し、牢の出口を抜けて行く。牢を完全に出きる直前、ギルド長は「お主は何も悪くはない」と小さく言い残してその場を後にした。

ギルド長の姿が見えなくなった事を確認したレイは、壁に立てかけられていた布袋から一枚の地図を取り出した。魔法陣を書き込んだセイラムシティの地図である。

「デコイ・モーフィングの術式とボーツ召喚術式の融合……理論だけなら分かるけど、結局魔法陣の展開方法が分からない事には色々確信が持てないんだよなぁ」

大まかな理論は既に理解しているのだが、この融合術式は少々特殊な作りになっていた。具体的には魔法陣を制御する為の細々とした術式に候補があり過ぎて、どれが正解か分からない状態なのだ。魔法陣の展開方法と密接している可能性がある術式もあるが、それでも候補数が多すぎる。

自分が術式を書き込んだ地図を改めて見るレイ。正直今は行き詰まっている状態だ。ギルド長に見栄《みえ》を切ったは良いが、魔法陣の正体を解き明かせる自信は大きく落ち込んでいた。

なにより、レイの精神が疲れていた。

「気晴らしに天井ねぇ……」

先程ギルド長に言われたことを思い出し、何気なく牢の天井を仰ぎ見るレイ。

天井には小さな照明が一つと、淡い光を放つ永遠草が一輪咲いていた。

なるほど、綺麗《きれい》な花でも見て気を紛らわせろという意図なのだろう。だが悲しい事に、ここ最近のレイにとって永遠草は縁起の悪い植物にしか見えなかっ――

「………いや、ちょっと待て」

天井に咲いていた永遠草をぼうっと眺めていたが、レイはすぐにその異常に気がついた。

「なんで地下牢に花が咲いてんだよ」

確かに永遠草は栄養源であるデコイインクを補給できる限り枯れる事は無いが、それはあくまで他の花と同じように地上で咲くという前提がある。いくら永遠草といえども、日光の当たらない場所で咲き続ける事は難しい。

そもそも此処はギルド本部の地下牢だ、永遠草の苗を持ち込む事は出来ない上に、自生するには地下すぎる。

レイは天井で淡く光り続ける永遠草に、何か嫌な予感がした。

そこから先の行動は突発的なものでもあった。レイは布袋から鈍色《にびいろ》の栞《しおり》を取り出し、銃撃形態《ガンモード》に変形させたコンパスブラスターに挿入する。

（ボーツ……デコイインク……永遠草………そして永遠草の名前の由来は……）

まさかという気持ちはあった。頭の中を過《よぎ》った可能性が、あまりにも荒唐無稽すぎたから。だが真実に近づくのであればと思い、レイは天井に咲いた永遠草の周辺に向けて、コンパスブラスターの引き金を引いた。

弾ッ！　弾ッ！　弾ッ！

銃口から放たれた魔力弾が天井を砕く。砕かれた天井の向こうから、永遠草の根がその姿を見せた。

「……ははッ、マジかよ……」

暗い地下牢だが、永遠草の花弁の光が周りの根を照らし出してくれるおかげで、根の形を視認するのに苦労はなかった。

そのおかげで、レイの中に芽生えていた悪い予感が的中していた事を知るのに、一瞬も必要なかった。

だがこれで、魔法陣の展開方法は分かった。

「何処《どこ》のどいつだ？　こんな壮大な方法考えたアホは……」

天井を見上げながらレイはぼやく。レイの視線の先には、魔法文字の形状をした永遠草の根が映っていた。

◆

種が分かれば後は構築していくだけだった。

ギルド長が置いて行ったランタンの明かりを頼りに、地図を広げて術式を書き込んでいく。ボーツ召喚の術式とデコイ・モーフィングシステムの術式。二つの術式を融合させつつ、これまでに発生したバグ（セイラムシティでのボーツ発生）と先程天井から露出した魔法文字を考慮して組み上げる。一つ一つ丁寧に考えて地図に魔法文字を書き込んでいく。

術式を書き進めるにつれて、地図上の魔法陣はその全容を明らかにしていくのだが……魔法陣が完成に近づく程にレイは焦りの感情を覚えていった。

「これは……」

最悪だと予感しつつも、レイは魔法陣を完成させる。

完成した魔法陣を再確認し、レイは自身の悪い予感が的中した事を悟ってしまった。ならばと、レイの思考は次の段階へ移行する。

正直これを完成させてギルド長に報告していたら色々間に合わない気がする。その上ギルド長が術式の事を信じてそれ以外のギルドの者達《たち》が信じてくれるとは毛頭思えない（あまりにも荒唐無稽すぎる）

……が、何もやらない訳にはいかない。

レイが次の段階に必要な事項を地図に書き入れていると、牢《ろう》の外からけたたましい足音が響き渡ってきた。

「レイ！」

牢の扉が勢い良く開けられるのと同時に、叫ぶようにレイの名前を呼ぶ声が聞こえる。

思わずレイが地図に落としていた視線を持ち上げると、そこにはフレイア達の姿があった。流石に地下牢まで来るとは予想してなかったレイは少々呆気《あっけ》にとられる。

「お前ら、なんで!?」

「心配だから！　あと牢の場所はギルド長が教えてくれた」

「てかレイ君その怪我《けが》どうしたんスか!?」

「別に……大したモンじゃない」

身体《からだ》に出来た怪我の数々を見て心配するライラ達。レイはその様子を見て思わず誤魔化してしまう。自身の怪我なぞどこ吹く風という様子で、レイは黙々と地図上にペンを走らせる。それを見かねたアリスはレイのもとに駆け寄り、変身して治癒魔法をかけ始めた。

「その怪我、もしかして特捜部にやられたの？」

「………カルシウム足りてなかったんだろうよ。どうって事は無い」

「どうって事ないって……」

自身の事など気にも留めないレイにライラは言葉を失ってしまう。

レイが無心にペンを走らせる音が牢の中に響き渡る。

「抵抗しなかったの？」

「して聞くような奴《やつ》らじゃねーよ。それに今はそれどころじゃない……よし出来た」

ペンを置き、レイは完成した地図を広げて見る。必要な事はこれで全て理解できた、ならば後は実行するだけだ。レイは地図を袋に仕舞い込んで、近くに置いてあったコンパスブラスターを手に取った。

「レイ君、今の地図って……」

「ん、セイラムに張られた魔法陣を描いたやつ。やっと正体が分かった。アホみたいに壮大な手口だったよ……ッつ！」

「治療中、動いちゃダメ」

レイはコンパスブラスターを杖《つえ》に立ち上がろうとするが、まだまだ身体にダメージが残っておりアリスに制止されてしまう。それはそれとして、魔法陣解明の報を聞いてライラはひと先《ま》ず胸をなでおろした。だがその一方で、フレイアは浮かれるどころか僅かに険しい表情になっていた。

「アンタ、ずっと一人で背負ってたの？」

「ん？」

「魔法陣の解読も、トラッシュって馬鹿にする奴らの事も、親父《おやじ》さんの事も……全部一人で背負ってたの？」

「…………そうだな。一人で背負わないと色々と追いつけないからな」

「それでバカみたいに傷つき続けてんのに、なんで助けてって言わないの？」

突然フレイアに辛辣な言葉を投げかけられて、少しムッとするレイ。

「簡単な事だ『助けて』って叫んだところで、誰かが手を伸ばしてくれる保証なんかない」

「親父さんが見殺しにされたから？」

「分かってるじゃねーか」

再びコンパスブラスターを杖にして立ち上がるレイ。

アリスの治癒魔法が効いたので、身体を走る痛みは完全に消えていた。

「誰にも頼らない、誰にも期待しない。目に見える範囲に手を伸ばせるように俺は足掻《あが》き続けるだけだ」

呪詛《じゅそ》を吐くように、自身に言い聞かせるようにレイはその言葉を漏らす。牢の出口に向かってレイは歩みを進めるが、途中でフレイアに肩を摑《つか》まれて制止されてしまった。

「一人で突っ走ってどこ行く気？」

「何処でもいいだろ、どうせこんな術式誰も信じない。だから離せ、あんまし時間が残ってないんだ」

レイがフレイアに手を離すように告げるが、フレイアは掌《てのひら》の力を緩める様子を見せない。それどころか苛立ちを覚えているかのように掌に力が入っている。

「…………あぁ、やっと分かった。なんでアタシこんなにモヤモヤしてたのか……アタシ、アンタが気に入らないんだ」

「ん？　そうか、やっと俺を仲間にしても得が無いって理解したか」

そう言ってレイはフレイアの手を払い除《の》ける。フレイアの唐突な発言に若干心臓が締め付けられる感じがしたが、レイは「これでいい」とすぐに自分を納得させた。これでようやく一人静かになれるとレイが考えた次の瞬間、フレイアはレイの胸倉を勢い良く摑み取り――

「こんの、クソバカがぁぁぁぁぁぁぁぁぁぁぁぁぁぁぁぁぁぁ！」

ゴンッッッ！　絶叫と共にフレイアの額がレイの頭部に叩《たた》きつけられる。突然やって来た衝撃にレイも一瞬困惑し、目の前で光がちかちかと点滅する。想定以上の痛みが頭部に響き渡り、レイは思わず地面を転げまわってしまった。

「姉御、何やってるんスか!?」

「～～～～～ッッッ!?　何すんだッ！」

「ヒーロー志望が一人だけだと思うなッ！」

思わず怒鳴ってしまったレイに対しフレイアは再び胸倉を摑んで更に大きな声で怒鳴り返す。

「目に見える範囲が救える範囲だって？　だったら言ってやるけど、今アタシの目の前でレイが傷ついてるでしょーが！」

「お前に憐《あわれ》み持たれるほど弱ってるつもりは無い！」

「あーそう、そこまで強がるんなら言ってあげる。アンタ……なんで何時《いつ》も泣きそうな顔してんのさ」

フレイアに指摘されて心臓が跳ね上がりそうになるレイ。図星であった。ずっとバレないように、その感情が表に出ないようにしていたがフレイアには見抜かれていたようだ。

「別に、俺は……そんなつもりは……」

「まぁアンタがそう言うなら、そうなのかもしれない。そもそもアンタが何を思って何を考えてるかなんて全く分からないし」

あっけらかんと言ってのけるフレイアに、「この女はフザケているのだろうか」とレイは内心思ってしまう。

「アタシ達は神様じゃ無いんだ。言葉にしなきゃ何も分からないし一人の目で見える範囲なんてたかが知れてる……ちっぽけな人間よ」

諭すような口調でフレイアが紡ぐ言葉に、レイは頭に血が昇るのを感じた。

弱いという事を認め、それに甘んじる。それだけはレイの心が受け入れることを拒否していたのだ。

「ちっぽけか……あぁそうだろうな！　だから強くならなきゃなんねーんだろうが！　誰も取りこぼさないように、足掻かなきゃなんねーんだろうが！」

強さがあれば夢に近づく。強さがあれば零《こぼ》さずに済んだ過去もある。父親の死と自身の夢が、レイに力への執着を与えていた。本当はその道が間違っている事に薄々勘付きながらも、目を逸《そ》らして縋《すが》り続けていた。…………それを否定する者が、誰一人現れなかったから。

「その為《ため》に弱さから抜け出したいの？　全部一人で背負い込む為に？」

「そうだ」

「違うよ、レイ………人間はそこまで強くない」

否定の言葉は突然に、碌《ろく》な前振りも無く叩きつけられた。

暗闇を走り続けていたレイの心が、一瞬止まってしまう。

「弱いのよ、人間一人助けるのにも苦労するくらい弱いの。でもね、弱いからアタシ達はチームを組んでんの。一人より二人、二人より三人の方が助けられる命も多いなんて簡単に分かるでしょ」

フレイアの言葉を否定する術《すべ》をレイは持ち合わせていなかった。

分かってはいた事だ。それでも傷を押し付けることを良しと出来なかった。

「本当はレイも分かってたんじゃないの？　一人の限界」

「……分かってたさ。けどそれは——」

「裏切られるのが怖い。自分以外を傷つけたくないって優しさもある。けどそれと同じだけ、また裏切られるのが怖くてしかたない」

全部見抜かれていた。

碌に隠し事も出来ない自分に嫌気が差し、レイは顔を掌で抱えてしまう。

「レイ君、ほんの少しだけでいい、ボク達を信じてくれないっスか？　もちろんボク達はレイ君を信じるっス」

ライラはレイのもとに歩み寄り、手を差し伸べる。だがその手を取る勇気は出てこない。

「レイ、三年前とは違う。今のレイにはアタシ達がついてる」

それは堂々とした眼《め》であった。レイを信じ、自分を信じる。光を宿した眼であった。

フレイアはそっとレイに手を差し伸べる。

「力を貸して。セイラムを救うのにレイの力が必要なの」

「……俺は……」

その手を取る事に未《いま》だ迷いが生じるレイ。自分の手を上手《うま》く動かせない。

「なに？　アンタヒーローの息子なんでしょ。だったら目の前で困ってるアタシ達を助けてみせなさいよ」

どこか挑発するような口調で、しかし信念を含んだ声でフレイアは紡ぐ。

「そう、レイは目の前で困ってるアタシ達を助ける。だからアタシは目の前で傷ついてるアンタに何度でもこう言ってやる！　助けさせろッてね！」

なんとも傲慢な台詞《せりふ》。だが不思議とレイの中に嫌な気持ちは生まれなかった。フレイアの言葉に偽りはない。この言葉は信じられるのではないかと、レイは思わずにいられなかった。

「レイ、きっと大丈夫。この人達はレイを裏切らない」

背後から治癒魔法をかけていたアリスが語りかける。それが最後の一押しだったのかは定かではない。

だが一瞬の思考の後、レイは自らの意志で手を伸ばし……フレイアの手を摑んだ。

「壮大で荒唐無稽、四人でも人数不足……それでもやるか？」

「上等。ヒーロー志願者舐《な》めんな！」

フレイアに手を引かれながら立ち上がるレイ。

レイは袋から地図を取り出し、明かりの近くで広げて見せた。

「これがセイラムを覆ってる魔法陣？」

「うわぁ、なんスかコレ？　術式の魔法文字で殆《ほとん》ど地形が見えないっス」

「デコイ・モーフィングの術式組み込んでるからな、かなり複雑化してる」

あまりの魔法文字の密度にライラが軽く引いてしまうが、元々複雑な術式を二つ合わせているのでそうなるのは必然と言えよう。

「ねぇレイ、この赤と黒のバツマークは何？」

「ウィークポイントってやつだ。赤いバツマークの箇所を破壊すれば少なくともボーツのデコイ・モーフィングは止められる。黒のマークは全部破壊すれば魔法陣そのものが機能停止する。簡単だろ？」

「簡単って……赤マークは十個ちょっとっスけど、黒マークこれ何十個あるんスか!?」

「ねぇレイ、どうやって魔法陣を破壊するの？　魔法陣の展開方法をまだ聞いてない」

「いいタイミングだアリス。あれを見ろ」

そう言うとレイはランタンを掲げて先程コンパスブラスターで破壊した天井を指示した。

「ん、永遠草が生えてるね……けど何で地下に永遠草？　ど根性？」

「じ～～～ってあぁぁぁ！　姉御、アーちゃん！　花弁じゃなくて周りの根っ子を見るっス！」

根っ子の異変にいち早く気づいたライラが、フレイア達《たち》に呼びかける。

ライラに言われた通りに永遠草の根を見て、二人もその異常に気が付いた。

「あれって……魔法文字みたいに見える？」

「フレイア、みたいじゃなくてそのもの」

「まぁ見ての通りだ。そりゃあ地上を探しても見つからないはずだ、魔法陣は地下で描かれてたんだからな」

「えっと……つまりどゆこと？」

フレイアが頭の上に疑問符を浮かべる。アリスとライラも完全には理解できていない様子だった。無理もない。目の前の光景はあまりにも常識外れ過ぎるのだから。

「アリス、永遠草の名前の由来って知ってるか？」

「うん。確か栄養補給が出来る限り無限に咲き続ける事と、無限に根を伸ばす性質……まさか」

「そのまさかだよ。無限に伸びる永遠草の根を使って何年も時間をかけながらセイラムシティを覆う巨大魔法陣を描いていたんだ。街中でのボーツ発生は中途半端に構築された術式が起こしたバグだろうよ」

「でもでもレイ君！　そんなにやたらに根っ子伸ばしたら、作物とかに影響が出てバレるんじゃないんスか？」

「確かに普通の植物ならそうだな、けど永遠草は例外だ。永遠草はデコイインク以外のものを栄養として吸収しないいんだ。だから畑に直接根っ子が被《かぶ》って作物の成長を阻害したりしない限り、栄養を横取りする事はないいんだよ」

「言われてみれば、この魔法陣農耕地は避けて構築されてる」

「そういう所も含めて狡猾《こうかつ》な犯人だよ」

音も立てずにじわりじわりとセイラムシティを蝕《むしば》んで来た巨大魔法陣。

レイは改めてこの犯人に対する怒りが沸々と湧き上がっていた。

「でもこんなに巨大な魔法陣……組織的な犯行っスかね？」

「……一人だ。確実な証拠は無い。けど俺の予想が合っていれば、犯人は一人だ」

何か確信を持っている様子でレイが呟《つぶや》く。それに気づいたフレイアがレイに問う。

「一人で出来そうな奴《やつ》が居るの？」

「理論的には可能な奴がいる。けどこんな巨大魔法陣、普通の操獣者だったら維持する事も難しいだろうな」

「結局無理なんスか」

「普通なら、な」

そう言うとレイは地図を一度仕舞い、牢《ろう》の出口に向かった。

「ライラ、お前固有魔法二つ持ってたよな？」

「ん？　そっスよ【雷刃生成《らいじんせいせい》】と【鷹之超眼《たかのちょうがん》】っス」

「二つ目の魔法、少し借りたいんだ。ついて来てくれ」

そう言うとレイはランタンを手に持ち牢から出た。

フレイア達も慌ててレイの後を追う。

地下牢の中を歩くレイ。だがその足取りは地下牢の出口ではなく、地下牢の内部を辿《たど》っていた。外に出るより先に達成したい目的。レイはランタンで牢の番号を確認しながら移動をする。地下牢の囚人は犯した罪によって収監される牢の番号が決まる。レイが探しているのは二十番台の牢。収監対象は窃盗などの軽犯罪、そして禁制薬物の使用者である。

「いた、コイツだ！」

お目当ての牢はすぐに見つかった。レイはランタンで牢の中を照らし出す。牢の中には老人のような手足を持つ、若い男が一人居た。

「あれ、この人ってレイが捕まえた人だよね？」

「魔僕呪《まぼくじゅ》中毒の人。フレイアが初めて来た日にレイが持って帰って来た」

「商船の船乗りだってさ。セイラム所属の船に乗る奴は、制服に所属船の名前を入れるルールがある。ライラ、固有魔法でこいつの所属船を確認できねーか？」

「やってみるっス。Ｃｏｄｅ：イエロー解放！　クロス・モーフィング！」

ライラはグリモリーダーを取り出して変身する。

そして変身を終えるや否や、固有魔法を発動して男の着ている船乗りの制服を確認した。

「固有魔法【鷹之超眼】起動っス！……え～っと何々、レゾリューション号っスね。オータシティ行きの定期商船っス」

「ライラよく知ってるわね～」

「忍者っスから。情報の記憶はお手の物っス」

フレイアに感心され鼻高々に胸を張るライラ。鷹之超眼は所謂《いわゆる》千里眼のような魔法だ。

「……サンキュライラ。これで知りたい事はおおよそ知れた」

「ねぇレイ、もしかして犯人って――」

「アリス！」

何かを言おうとしたアリスの言葉をレイは遮る。

「悪いけど具体的な犯人捜しは後にしたい。時間が無さすぎるんだ」

「さっきも時間が無いとか言ってたけど……どういう事？」

「あぁ、さっき言い忘れてたんだけど、この魔法陣時限式なんだ。術式が完成してから一定時間経《た》つと強制的に起動するように仕込まれてる」

「…………はい？」

レイの発言に目を点にしているフレイアをよそに、レイは袋から取り出した地図をフレイアに押し付ける。

「俺が組んだ術式が正しければ、今日の深夜零時には魔法陣が一斉起動する筈《はず》――」

「「それを早く言えぇぇぇぇぇぇぇぇぇぇぇぇぇぇぇぇぇ！」」

尤《もっと》もな怒りである。反論の余地はない。

「ライラ、今何時くらい!?」

「た、多分夜の九時くらいっス」

「後三時間程度で赤マークだけでも破壊しなきゃならないのか。ハードワークだね」

「赤いマークの箇所は深くても一メートルくらいの場所にある筈だ。フレイアのバ火力なら簡単に抉《えぐ》れるだろ」

「バ火力ってゆーな！」

それはともかく。

「フレイア、その地図をギルド長と親方に見せてくれ。俺の言葉ではどうにもならないけど、あの二人と……フレイア達の言葉なら信じてくれる奴も多いはずだ。それが終わったらすぐに魔法陣の破壊作業に移って欲しい」

「……分かった。レイはどうするの？」

「俺は八区に行く。あそこは避難経路が特殊だから勝手を知っている人間が誘導してやらないといけない」

「でも八区は――」

「分かってる。間違いなく変身ボーツが大量に出てくるだろうな………八区の人達はまだ俺を信じてくれてる人が多い、ならせめて出来る事をやりたいんだ」

フレイア達の心配げな視線がレイに突き刺さる。

それに勘付いたレイはつい強がってしまった。

「なーに、戦う力なら持ってる。勝てはしなくても死ぬ事だけはしないさ……だから、信じてくれ」

「分かった。レイを信じる」

「じゃあ行動開始っスね！」

「まずはギルド長と親方さんを捕まえないとだね」

「アリスはフレイア達についていてくれ。避難誘導だけなら俺一人で十分だ」

「……うん、りょーかい」

　各々の行動方針が決まる。動きは違えど目的は同じ。魔法陣の破壊とセイラムシティの守護。フレイアは首に巻いたスカーフを巻きなおして、自身に気合を入れる。

「みんな準備はいい？　じゃあ、反撃開始だ！」

「「応ッ！」」

　フレイアの号令で皆一斉に動き出す。

　ひと先《ま》ず地下牢から出た面々、ここでレイはフレイア達と別れる事になる。

「まずは魔法陣を壊してセイラムを守る！　犯人はその後でぶっ飛ばす！」

　フレイアは叫びながらギルド本部の奥へと消えていく。ライラもその後に続いて行くがアリスはすぐについて行かなかった。八区に向かおうとするレイの服の裾を摑《つか》んで、止めるアリス。

「……教えて、なんでレイはこの街を守ろうとするの？」

　それは本当に唐突な質問であった。

「レイがこの街を救っても、きっと街の人は変わらない。レイとエドガーおじさんを裏切った事を気にする人なんて増えないかもしれない。レイが正当に評価されるかどうかも分からない。それでもレイはこの街を守るの？」

「えっと、それ今答えな――」「答えて」

力強く言い返されるレイ。アリスに凄《すご》まれると弱いのだ。

「……ここ、父さんが守った街だから。そりゃあ本音では逃げたいと何度も思ったさ。なんで俺がこんな扱いされなきゃなんねーんだって怒ったさ……けどな、そんな理由でこの街から逃げたら……俺はきっとヒーローって夢からも逃げ続ける事になっちまう。自分の魂から目を逸《そ》らしてしまう。そんな気がするんだ」

「それが、嫌なの？」

「男の子の意地って奴かな」

少し強がりが入った笑みを浮かべて、レイは精神的な余裕をアピールする。

それを見たアリスは、今のレイには何を言っても無駄だろうと確信してしまい、裾を摑んでいた手を離した。

「レイって頑固だよね、ここでアリスが行っちゃダメって言っても絶対に行くんだ」

消え入りそうな声でそう零《こぼ》すアリス。

ならばせめてと、アリスはレイの顔を見上げた。

「危なくなったら、絶対に叫んで」

「…………善処はする」

アリスに釘《くぎ》を刺されたレイは、そのまま背を向け駆け出す。

そして走りながら鈍色《にびいろ》の栞《しおり》とグリモリーダーを取り出した。

「起動《ウエイクアップ》：デコイインク！　デコイ・モーフィング！」

偽魔装に身を包んだレイ。ギルド本部から八区までは距離があるので、偽魔装の力で脚力を強化して急行するのであった。

◆

レイと別れたフレイア達がギルドの大食堂に来ると、そこでは多くの操獣者達が変身ボーツの対策について議論を交わしていた。

フレイアはそれも気になったが、今は手に持った地図の件が先だ。

大食堂の人混みの中に見慣れた巨体とスキンヘッドを見つける。

「見つけた！　親方ァァァ！」

自身を呼ぶ声に気づいたモーガンは、勢いよくフレイア達のもとに駆け寄った。

「フレイア！　レイはどうだった!?」

「大丈夫、もう地下牢から出た。それより親方これ見て」

フレイアはレイから託された地図を押し付けるようにモーガンに渡す。

突然渡された地図に若干困惑しつつも、モーガンは地図を広げて中身を確認する。

「…………これはセイラムの地図、と随分複雑な術式か」

「セイラムシティに展開されたボーツの変身と召喚を行う魔法陣っスよ、お父さん」

ライラの発言に目を見開くモーガン。

それと同時に大食堂に居た操獣者達《たち》の視線が、一斉にフレイア達に集まった。

操獣者達は「なんだなんだ？」と関心を向けながら近づいてくる。

「赤いマークの箇所を破壊すればボーツは変身できなくなって、黒いマークを破壊すれば魔法陣は完全に機能を停止するらしいっス」

片耳はライラの声に傾けつつ、モーガンは地図に描かれた魔法陣の構築式を確認する。

見た目こそ筋肉達磨《だるま》の彼だが仮にも魔武具《まぶんぐ》整備課の長《おさ》、魔法術式の整合性を確認するなど朝飯前である。

「……なるほど、確かにこの術式なら今までのボーツ発生も説明がつく」

魔武具整備課トップのお墨付きが聞こえて、大食堂の操獣者達は一気にどよめいた。

操獣者達は我先にモーガンが手に持った地図を確認するが、急にかつ一斉に近づくので、
鬱陶しがったモーガンによって払われてしまった。

「ったく。俺はもう覚えたから、順番に回し見しろ！」

ひと先ず近くに居た操獣者に地図を渡して回覧させる。

だがここでモーガンはある疑問を浮かべた。

「そう言やぁ、あんな複雑な魔法陣どうやって街に展開したんだ？」

「永遠草っス」

「はぁッ!?　永遠草って、そんなもんでどうやって――」

「永遠草の根っ子だって。何年もかけてセイラムシティの地中に根っ子で魔法陣を描いていたの」

　モーガンだけではない、大食堂にいた者達は皆揃《そろ》って口をあんぐりと開けた。

　それだけ突飛すぎる発言だったのだ。無理もない、植物の根で魔法陣を描くなど普通思いつく物ではない。

　操獣者達が中々呑《の》み込めず困惑している中、モーガンだけは落ち着いてその言葉を受け入れていた。

「なるほど、土の中か……そりゃあ見つからねぇ筈だ」

　僅かに自嘲するようにモーガンが呟《つぶや》く。モーガンの脳裏には今回の事件だけではなく、三年前の事件もこの魔法陣のせいだったのではないかという疑念が生じていた。

　だが今はそれどころでは無い。地図にある術式を読解した時点で、モーガンはこの魔法陣が時限式である事に気づいていたのだ。

「フレイア、魔法陣の破壊だけどよ――」

「時限式。それももうすぐ発動するから時間が無い、でしょ？」

「流石《さすが》にもう説明済みか」

「まぁね。とにかくアタシ達だけじゃ手が足りない、ギルドの皆に協力して欲しいの」

実際問題、破壊すべきポイントは多すぎる。

フレイアは自分達では制限時間内に破壊しきれない事を理解していた。それ故に操獣者達が集まる大食堂に近い、魔武具整備課を訪れようとしたのである。

フレイアが協力を呼びかけると数名が賛同の声を上げた。だがまだまだ足りない。

フレイア達が持ってきた魔法陣の内容に未《いま》だ半信半疑の者が多いのだ。

それどころか、地図の中身を見ずして否定する者までいる始末。

「地中に魔法陣なんて、絵本の読み過ぎじゃないのか？」

「第一どうやって地中の根っ子を操作するのよ」

「街一つ覆う程の魔法陣を維持するなんて不可能だろ」

好き勝手に否定の言葉を並べる者達。その殆《ほとん》どの者は服に剣の金色刺繍《ししゅう》をあしらった、チーム：グローリーソードの者達であった。

「そもそも、一体誰がその地図を作ったんだ？」

尤もな疑問である。

しかしライラは少々困ってしまった。ここで正直にレイが作ったと答えても良いのだが、そうすれば操獣者至上主義である彼らはもう話を聞く事はないだろう。そもそもレイ自身も名前を出される事を嫌がる筈だ。

どうしたものかとライラが悩んでいると、フレイアは一歩前に出て堂々と言い放った。

「レイだよ。その地図を作ったのはレイ・クロウリーだ」

躊躇《ためら》うことなくレイの名を告げるフレイア。

こう言った場では意外な名前が出て来たので、一瞬だけ大食堂が静まり返る。

だが静寂の終わりに聞こえて来たのは、不快極まる嘲笑の声だった。

「キャハハハハハハハハハハ、こりゃ傑作だ！」

「トラッシュが作った術式を信用しようとするなんて、そんなの罠《わな》に決まってるじゃないか！」

あまりの態度に、モーガンが怒鳴り声を上げるが、彼らの態度は変わらない。

「そもそも、本当にその魔法陣が使われているとして、その地図に書かれた破壊ポイントは正しいのかい？」

「薄汚いトラッシュが作ったんだろう？　我々を嵌《は》める罠と考える方が妥当じゃないか」

「時限式の魔法陣だとか言うけど、あのトラッシュは今回の事件の容疑者でしょ？　信じる方が馬鹿だと思うんだけど」

「つーか、俺過去の記録読んだけどよぉ。ボーツ召喚の術式って、大本はあのトラッシュが開発した術じゃないか」

「そんなゴミ屑《くず》の案に協力するなんて、死んでも御免ね」

好き放題にレイを批判する声が大食堂に響き渡る。

ライラ、モーガン……レイに近しい者達は皆、沸々と怒りを募らせていった。

膨れ上がった怒りが爆発するのも秒読み段階。特にこれまでのレイをよく知るモーガンは一秒も持ちそうになかった。

だが、最初に怒りを爆発させたのはモーガンではなかった。

「そもそも、あのトラッシュが余計な術式を作らなければ――」

「うるせェェェェェェェェェェェェェェェェェェェェェェ！！！」

絶叫。

壁や空気をピリピリと揺らす程の叫び声が、大食堂に響き渡る。

皆が声の発生源に目をやると、そこには怒りに燃え上がったフレイアの姿があった。

「アンタ達に何が分かるの。自分の父親が殺されて、街の人達からはトラッシュだのなんだのって蔑まれて誰も信じられなくなったのに！　それでも独りでセイラムを守ろうとしたレイの気持ちが、砂粒程度でもアンタ達に分かるの⁉」

誰も言葉を発する事が出来なかった。フレイアの全身から放たれる威圧感に圧倒されていたのだ。

「ト、トラッシュの事情なぞ、理解する必要は無い！」

一人の命知らずが身体《からだ》を震わせて反論するも、フレイアは冷たい態度で応える。

「必要ない？　理解する事が怖くて逃げているだけでしょ」

「怖いだと？　トラッシュ風情に、何を怖がる必要がある」

「自分がレイ以下の存在だって自覚する事」

淡々と言ってのけるフレイアに、グローリーソードの者達は怒りを覚える。

「わ、我々がトラッシュに劣るだとぉ！」

「事実でしょ。街で起きてる異変を解決する方法を考えずに、ただ否定する事しかできないバカ。実績はあるのにこれじゃあ意味無いでしょ」

「ハンッ、何とでも言え！　此処《ここ》は結果が全ての街だ、我々グローリーソードこそヒーローに最も近い存在だという事を忘れるな！」

大言壮語でフレイアに食って掛かるグローリーソードの操獣者。

フレイアはそれに怒りを覚えるどころか、呆《あき》れの感情を抱いていた。

「……遠いでしょ、ヒーローから」

「なんだと!?」

「街が危ないってのに自分達は碌《ろく》に考えもせず、レイが考えた解決策は見る事なく却下して罵る。無意味に他人に縋《すが》って自分の手柄を作ろうとしてる。それじゃあヒーローどころかアンタ達が言ってるトラッシュ以下じゃない」

図星を突かれたせいか、グローリーソードの者達から威勢が消失していく。

「アタシはね、この街で一番ヒーローらしい心を持っているのはレイだと思ってる。アイツは自分が傷つく事より他人が傷つく事を嫌がって、それを防ぐために一所懸命だった。

たとえその相手が自分をトラッシュだって見下していたアンタ達であってもね！」

これまでフレイア自身が見て来たレイの戦いを思い出し、改めて怒りを爆発させる。

フレイアはグローリーソードの者達を強く睨《にら》みつけて、威圧感を出す。

そのプレッシャーの強さに、グローリーソードの者達は黙って全身を震わせた。

「どれだけ傷ついても、親父《おやじ》さんの魂を継ごうと必死に足掻《あが》き続けてるアイツを笑う資格なんて、アンタ達には無いッ！」

息を荒らげて喝を飛ばすフレイア。グローリーソードの者達は完全に怯《ひる》んでいた。

上下に動くフレイアの肩に、モーガンがそっと手を乗せる。

「親方……」

「ありがとな、アイツの為《ため》に怒ってくれてよ」

そう言うとモーガンは力強い視線で周囲を見渡す。

次は自分の番だ、そう意気込んでモーガンは堂々と次の言葉を紡いだ。

「俺はレイを信じるぞ。アイツは街を泣かせるような事をする奴《やつ》じゃない……そうだろう、オメーら！」

「「押忍《おす》、親方！」」

モーガンの呼びかけに威勢良く賛同する魔武具整備課の者達。彼らもまた、レイという人間を正しく見て来た者達だ。

「ちっ！　狂人共が……」

目の前で賛同者が出た事に悪態をつくグローリーソードの者。

だがこれ以上は増えないだろう。そう高を括《くく》っていた彼らの予想は、すぐに打ち砕かれる事となった。

「オレもレイの事なら信じられるぜ」

「私も。クロウリー君はこういう嘘《うそ》絶対嫌がるもん」

「レー君良い人やで！　色んな爆破魔法教えてくれるもん！」

一人、また一人と、レイを信じると賛同する者が声を上げていく。

それは水面に広がる波紋のように、大食堂全体に広がって行った。

「ようやくアイツに魔武具の恩を返す時が来たか！」

「あの子他人は助ける癖に自分は勘定に入れようとしないものね。このチャンス逃す手はなくてよ」

「グローリーソードの奴なんかに任せられるか！　この間アイツらが巡回サボったせいでエライことになったんだからな！」

「来た来たー！　レイの奴に俺達のありがたみを教えるチャンスだー！　俺は喜んで協力するぜ！」

倍に倍にの勢いで増える賛同者達。

そのあまりの勢いにモーガンとライラは呆気《あっけ》に取られていた。自分達以外にもレイを慕う者達は居ると思っていたが、流石にここまでとは思っていなかったのだ。

だがフレイアは、この光景をどこか納得した様子で見届けていた。

「やっぱりね」

「姉御、やっぱりって？」

「ここ最近、アタシはずっとレイの事見てた。確かにレイの事をトラッシュだって嫌う人もこの街には多い……けどさ、それと同じくらいレイの事が好きな人もセイラムには居るんだ」

嘘でも偽りでもない。目の前に広がる光景こそが、その証明に他ならない。

そしてフレイアは、以前スレイプニルが言っていた事を思い出した。

「目が悪い、か……確かにそうかも。こんなに慕ってくれる人が居るのに、それに気づけないんじゃあ目が悪すぎるかもね」

そして遂《つい》に、大食堂に集まった操獣者の過半数……いや、それ以上の者達《たち》がレイの作り上げた地図を信じると表明した。

そして面と向かってレイを批判していたグローリーソードの者達は、自分達以外がレイに賛同した事でバツが悪くなっていた。

「ふぉっふぉ、どうやら話は纏《まと》まったようじゃな」

突如大食堂に聞こえてくる老人の声。

その場にいる操獣者はすぐにその声の主が誰かを理解した。

「ギルド長！」

「中々凄《すご》みのある喝じゃったぞ、フレイア君」

フレイアに一言かけた後、ギルド長は近くに居た地図を持っていた操獣者から地図をもらい受けた。

「ふむふむ……こりゃあまた、眠くなりそうな壮大さじゃわい」

ギルド長は地図に書かれた術式とチェックポイントの意味を瞬時に把握する。

そしておもむろに地図の裏側を確認した。

「……まったく、レイも素直じゃないのぉ」

「ギルド長、裏に何かあったんすか？」

「これじゃよモーガン。デコイ・モーフィングの破壊術式じゃ」

そう言ってギルド長は地図の裏面をモーガンに見せる。

急いで書かれた術式を確認したモーガンは、それが正しい事を理解した。

「あの変身ボーツを倒すのに最も有効な術式じゃ。時間が無いから急いで書いて、フレイア君達に伝え損ねたのじゃろう」

「レイ……そこまで考えてたんだ」

あの僅かな時間でここまで用意していたレイの用意周到さに、フレイアは只々《ただただ》感心するばかりであった。

「さぁ、時間も押しておる」

そう言うとギルド長は、手に持ったグリモリーダーを操作し魔法を発動した。

発動したのは浮遊魔法。ギルド長は大食堂に居る者達が全て見渡せる位置まで飛び、そこで停止した。

「聞けェ、GODの操獣者諸君！　三年前の悲劇で我々は何を失い、何を学んだ？　エドガー・クロウリーという英雄か？　他者を信じる心か？　それともヒーローの魂か？　全てが正解じゃ……ならば、今我々がすべき事は何か！　それは隣人を信じ、レイ・クロウリーという戦士を信じる事ではないのか！」

ギルド長の声が大食堂全体に、そしてGODの操獣者達の心身に響き渡る。

「我々は一度道を誤った。じゃがそれが同じ悲劇を繰り返す理由になろう筈《はず》が無い！……そうじゃろう？　フレイア君」

「うん、アイツが叫んだらアタシ達が必ず助ける。一人の目じゃダメでも、みんなの目が揃《そろ》えば何だって助けられる筈だ！」

探し求めていた言葉を見つけた気がして、ギルド長は満足気に頷《うなず》いた。

ならば後はこの檄《げき》を飛ばすだけだ。

「勇気有る者よ魔本を執れ！　誰かにヒーローを押し付ける時代は終わった！　此《これ》より先は我々自身が、己が意志でヒーローとなる時代じゃ！！！」

――オォォォォォォォォォォォォォォォォォォォォオォ！！！――

「行けェ、GODの操獣者達よ！　その力で我らの街を守るのじゃ！」

ギルド長の号令で、操獣者達の士気がマグマのように爆発する。

セイラムシティを守る為、レイの言葉を信じた為、彼らは魔本《グリモリーダー》を執り立ち上がったのだ。

モーガンは目の前に広がるその光景を前に、ただ圧倒されていた。

「奇跡だ……」

「奇跡なんかじゃないよ、親方」

「フレイア……」

「魔法術式だよ。レイが自分の力で組んだスッゴイ魔法」

「魔法かぁ……上手《うま》い事言うじゃねーか」

「へへーん！　アイツにもちゃんと教えなきゃだね！」

そうだ、魔法なのだ。

レイ・クロウリーという少年が、ヒーローという夢に向かって走り続けたその道中で組み立てられた光の魔法なのだ。

「さぁて、あんまり時間も残ってないみたいだし。急ごっか」

「レイ君の努力、無駄にはできないっスよー！」

「アリスも忘れないで」

「おっと、ゴメンゴメン」

魔法陣の強制起動までに残された時間は僅か。

フレイア達は獣魂栞《ソウルマーク》とグリモリーダーを手に取り、夜のセイラムシティへと急行した。

フレイア達と別れてしばらくの後、レイは第八居住区に戻っていた。

八区に到着するや否や、レイはすぐに住民に事情を説明し避難指示を出した。

最初は半信半疑の住民も少なくなかったが、幸か不幸か最後のバグで発生したであろう変身ボーツが数体現れて、八区の住民は事態を信じざるを得なくなった。

レイが変身ボーツと戦闘している間に、体力のある男性達の誘導で八区の住民達は避難用シェルターに逃げ込んで行った。

「こん、にゃろッ！」

剣撃形態《ソードモード》のコンパスブラスターで変身ボーツを切り捨てるレイ。

デコイ・モーフィングの破壊術式を使っているおかげで、数体程度なら変身しなくても太刀打ちできるようになっていた。

ひと先ず目《ま》の前に出現した変身ボーツを倒し切ったレイ。周囲を見渡して人が残っていない事を確認する。住民の避難は終わったようだ。

「……信用残っていて良かったってヤツだな」

レイはその足で避難用シェルターがある場所まで走った。

シェルターは八区内の小さな学校に備えられている。レイが学校に近づくと、校庭には八区の住民達が地下のシェルターにつながる階段を下りている様子が見えた。

（シェルターには対魔付与が施されているし、幸いボーツの召喚先は地上だから被害は出ないはずだけど……やっぱ少し心配だな）

とはいえ今はシェルターの性能を信じる他ない。八区の大人達によってスムーズに避難が進んでいる事を確認したレイは、すぐにその場を去った。

住民の避難が済んだのだから、本当なら一緒にシェルターに入るか八区から脱出すれば良いのかも知れない。だがそのような逃げる行為をレイは良しとはしなかった。ならば魔法陣を破壊する為にセイラムシティを駆け巡るのか？　それもそうだが、もっと優先すべき事がレイにはあった。

道中は不気味な程に静かだった。少なくとも変身ボーツが出る気配など微塵《みじん》も感じない程に。そして道の先にレイの目的地が見えてくる。

たどり着いた場所はデコイインクの採掘場だった。採掘場に着くと、レイはすぐにランタンの明かりで周囲を照らし出した。八区の住民が点呼を取って全員いる事を、レイは避難所で確認している。すなわち、八区の範囲内であるこの場所にはもう誰も居ないはずなのだ。魔法陣の起動者である事件の犯人を除いてだが。

（犯人捜しをしてたとか、後でアリスにバレたら怒られるだろうな）

そんな下らない事を考えつつ、レイはランタンで人がいないかを確かめる。

犯人の心当たりはあった、だが証拠は何も無い。その人物がよく知っている者だった事もあり、レイは予想が外れる事を僅かながらに願っていた。

どうかこの場所に誰も居ませんように。だがその願いは儚《はかな》くも砕け散った。採掘場のど真ん中。手持ちの小さなランタンの明かりだけで、デコイインクが豊富に見えるその場所に、一つの人影が在った。レイは一目で分かってしまった。その者が自身のよく知る人物である事を……。

「こんな場所でアンタに会いたくなかったよ……キース先生」

明かりで照らし出された人物。それはレイの養成学校時代の教師でありチーム：グローリーソードのリーダー。そしてGODオータシティ支部局長、キース・ド・アナスンであった。突如明かりで照らされたキースは目に見えて動揺するも、平然を取り繕いながらレイに接する。

「や、やぁレイ君。こんな場所で奇遇だね……何か用事かい？」

「あぁ用事だよ、沢山あるんだ……変身ボーツの召喚魔法陣破壊しなきゃなんないし、余計な被害が出ないようこれから出てくるボーツを仕留めなきゃなんないし」

「それはお互い大変だね。召喚魔法陣の詳細は分かったのかい？」

「ええ分かりましたよ。地下牢《ちかろう》で頭冷やしたらすぐに分かりました……先生の差し金じゃあないのか？」

若干声を凄ませてレイはキースに問いただす。

だがキースは涼し気な表情で、余裕を持って否定した。

「まさか、私じゃないよ。あれは特捜部の暴走なのだろう？」

「……まぁ、今はそれはいいか」

「それでレイ君。君はこんな場所に何をしに来たんだい？」

「少なくとも俺はピクニックじゃ無いですね………キース先生こそ、何しに来たんですか？　デコイインクの採掘場なんか、天下のグローリーソードのリーダーが夜中に来るような場所じゃぁ無い筈ですよ？」

「そ、それは……」

「そうだなぁ～、今キース先生が来るような用事と言えば……資料も何も持たずにやる間抜けな抜き打ち視察とか、殊勝にも一人で自主鍛錬か………自分がセイラムに張った魔法陣を起動させる為《ため》に来たかだな」

　鋭い目つきと責めるような口調で、レイはキースに問いただす。

「何を言っているんだ、私が事件の犯人だとでも言うのかい？」

「根拠があるんだよ」

「……聞かせて貰《もら》えるかな？」

「まず一つ目、犯人はボーツ召喚の術式とデコイ・モーフィングシステムの術式をよく知る者だ。世界中に公表済みのデコイ・モーフィングはともかく、特にボーツ召喚の術式は詳細が公表されなかったから、この時点で知る者は限られてくる」

「だけど君が作った召喚術式は、当時セイラムで術式構築について研究する者達の間で広く知れ渡ったじゃないか。それじゃあ私以外にも容疑者が――」

「そこで二つ目。今回セイラムで張られた術式は二つの術式を単純に重ねた物ではなく、完全に一体化した新しい術式だった。相当に複雑な術式を二つ融合させるなんて芸当、セイラムシティで出来る奴《やつ》は俺含めても殆《ほとん》どいない」

「セイラムシティの者の犯行と言いたいようだけど、外部の可能性もあるんじゃないか？」

自身に掛かっている容疑を晴らす為に、キースは外部の人間による犯行の可能性を突いてくる。確かに一見すると、ここまでの内容ではセイラムシティの者による犯行とは断言し難い。しかしレイには断言できる根拠があった。

「それは無いです。だって俺、計画がお蔵入りしてすぐにボーツの召喚術式は破棄しましたもん。術式も当時書いた紙一枚しか存在しないし、それ以降一度も外部に漏らしてないのはギルド本部に問い合わせれば簡単に分かりますよ」

「では魔法陣の展開方法はどうなんだい？　これ程大規模な魔法陣を気づかれずに描くなんて、私には――」

「キース先生ならできますよね？　ドリアードの固有魔法【植物操作】で」

レイに指摘され、キースの顔が若干険しくなる。

「確かに私達《たち》の固有魔法は植物を操る事が出来る。当然それを応用すれば小規模な魔法陣も描く事ができる……だが街一つを覆う程の魔法陣を描くには植物は短すぎる」

「普通ならそうですね。けど永遠草の根ならどうですか？」

「………なる程、無限に根を伸ばせる植物か。けどレイ君その推理にも穴があるよ。仮に永遠草の根を使って地下に魔法陣を描こうとしても、私はセイラムシティに戻って一週間程度しか経《た》っていない。そんな短時間では街を覆う程まで根を伸ばす事なんて出来ないし、そもそも魔力が足りない」

　キースの言う通りだった。確かに普通の操獣者が植物操作魔法を使って、セイラムシティに魔法陣を描こうとすれば相当な時間がかかる上に、その魔法陣の形状を維持する為に個人のキャパシティを超えた魔力を使ってしまう。

「……一つずつ問題を解決しましょう。まず時間について、これはセイラムシティに居ない間に描けば問題ありません。しかもキース先生だから可能な方法があります」

「私だから？」

「そうです。オータシティ支部局長の先生だからできる方法です」

　レイが思い浮かべた方法、それは言葉にすれば単純だが壮大な手法だった。

「セイラムシティで流通している永遠草は全て、元々はオータシティから種の状態で輸入された物です。ちょうど先生が支部局に異動した三年前からな」

「そうだね、それがなにか？」

「魔武具《まぶんぐ》に仕込む術式と同じ原理だ。仕込めるだろ？　ドリアードのインクを使えば、植物の種に術式を仕込んで遠隔操作するなんざ朝飯前だろ？」

「可能、だね……けど魔法陣が永遠草で描かれている確証は——」

「地下牢で見たんですよ、根っ子が魔法文字の形した永遠草をな。しかもこれだけ複雑な術式、複数人で示し合わせて綺麗《きれい》に描くなんざ不可能だ。となると先生の単独犯としか考えられない」

キースの顔から僅かに余裕が崩れる。だが決して抵抗を諦めた訳では無かった。

「確かに今回の事件は、植物操作魔法を使った者による単独犯かもしれない。それは認めよう……だが魔力はどうなる？　街一つを覆う程の魔法陣だよ？　そんな巨大な術式を維持するだけの膨大な魔力を、私個人が持っていると思うのかい？」

来た。決定的な問いかけだ。

個人が保有する魔力量、レイが待ち望んでいた指摘が来たのだ。

「無いですね。そもそも魔獣であっても個人であっても、そこまで多くの魔力を持つ奴はそうそう居ません。ましてやドリアードのランクはそこまで高くないから必然的に魔力も多くない」

「なら私は犯人ではないね」

「いえ、先生の容疑はまだ晴れていません」

「どういう事だい？」

長々と疑惑の目で見られ続けて、そろそろ不愉快になり始めたキースがレイを睨《にら》む。

だがここまでもレイの想定内。レイは腰にかけたコンパスブラスターを何時《いつ》でも抜刀出来るようにしつつ、次の言葉を続けた。

「今から先生に、無実を証明して欲しいんですよ」

「証明？」

「えぇ、とっても簡単な動作をして欲しいんですよ。本当にどうという事は無い、誰でもできる簡単な事です」

そう言うとレイは右手の甲を左手の指でコンコンと軽く叩《たた》いた。

「手袋……外して下さい。今この場でね」

手袋を外すように指示するレイ。だがキースの手が動く様子は見えない。

それどころかキースの顔には汗が滲《にじ》み、見る見るうちに青ざめていった。

「どうしたんですか？　手袋を外すだけでいいんですよ。何か難しい事でも？」

「い、いやぁ……それは」

「それとも外せない事情でもあるんですか？　例えば………魔僕呪《まぼくじゅ》の副作用で老化した手を見られるのはマズいですか？」

キースの顔から完全に余裕が消え去った。

全身を震わせて視線を地面に落としこんでいる。

「確かに普通の個人じゃあ魔力の量なんてたかが知れてる。けど強力な魔力活性剤でもある魔僕呪を使ったのなら話は別だ」

「何故《なぜ》……私が、魔僕呪を使ったと……」

「この前、魔僕呪の中毒者を捕まえたんだ。オータシティ行きの定期商船に所属する船乗りだったよ。話が出来過ぎてると思いませんか？」

そう、辻褄《つじつま》が合い過ぎたのだ。ボーツの発生自体は以前からあったが、あの船乗りの男を捕まえた直後から一気に事態は悪化した。

「あの男に会った時、男は誰かに捨てられたってぼやいていた。魔法で根を遠隔操作するといっても細かい調節は難しい。さしずめ魔僕呪を報酬にして商船の男に種をばら撒《ま》かせていたんだろ？　そして下準備が整ったから男との契約を切った。魔僕呪は特殊な闇ルートでしか入手できない。普通の船乗りでは一生辿《たど》り着かない特殊なルートでしかな」

キースは俯《うつむ》いたまま、何も反論をしてこない。図星を突かれて放心状態なのだろうか。

「さ、手袋外して下さい。ボーツ召喚事件の犯人でなくても禁制薬物を使用してるなら、俺はアンタをとっ捕まえなくちゃならねー」

気味の悪い静寂が、夜の採掘場を包み込む。レイの言葉に何も言い返そうとせず、キースはただ俯くばかり。いっそ無理矢理手袋を外して確認しようかとレイが考えた次の瞬間。

「フ、フフフフフフ」

突如キースは不気味な笑い声を上げ始めた。

「ハーッハハハハハハハハハハハ！　手袋の下が見たいんだって？　なら好きなだけ見せてあげるよ！」

開き直りなど生易しく感じる程のキースの豹変《ひょうへん》。最早《もはや》発狂していると捉えても齟齬《そご》はなさそうな笑い声を上げながら、キースは着けていた白い手袋を外して見せた。外した手袋の下から出て来たのは、異様に皺《しわ》くちゃになったキースの手であった。

「……老化現象、やっぱり服用してたのかッ！」

「ゴエティアという素晴らしいスポンサーから頂いてね」

「ゴエティア、何を言ってるんだ」

「実在するんだよ。それに魔僕呪だって、最初は魔法陣を維持する為に仕方なくだったんだけど、これがまた癖になる、甘美な薬でね……バカな若者に一口飲ませたら簡単に言う事聞くようになったよ」

「てめえ」

「彼は素晴らしい労働力だったよ。余った魔僕呪をエサにするだけでワンワン尻尾を振って来たんだからね。まぁ準備が終わったのと報酬の増加を要求したから捨てたんだけど」

全く悪びれる事無く自身の犯行である事を認めるキースに、レイは強い怒りを覚えた。

「しかし、やはりというか何というか……レイ君にはバレてたんだね。最初にボーツを変身させた時に君とフレイアさんが来たから、まさかとは思ったんだけど」

「なんでこんな事をしたッ！」

「簡単な事さ、実績を作る為だよ」

「……作るって、まさか」

「何者かがセイラムに仕掛けたテロをチーム：グローリーソードと、それを率いるこの私キース・ド・アナスンが見事に解決する……英雄譚《たん》に新しい一ページが刻まれるのだよ！」

自画自賛と形容するに相応《ふさわ》しい態度で、キースは己が思惑を語る。魔僕呪の服用とセイラムでの流通も、永遠草を使った街中でのボーツ召喚も全て彼の壮大な自作自演の為だったのだ。

「外道がッ！　その下らない我欲でどれだけ街の人が傷ついたと思ってんだ！」

「被害が無ければ救いもできないだろう？　三年前は失敗したけど、今度は華々しく勝利を演出して魅せるさ」

あまりにも身勝手な主張をするキース。だがレイの耳にはその一部だけが、強く引っかかっていた。

「三年前って……まさかあのボーツ大量発生事件も!?」

「あぁ私がやった事だね。流石《さすが》はレイ君、お父さん譲りの勘の良さだ」

忘れもしない、父親が目の前で殺される事となった事件。レイの脳裏に当時の様子が鮮明に浮かび上がる。今自分の目の前にいる男は、あの事件の元凶だと自白した。

レイは無意識に血が滲むほど強く、拳を握り締めた。

「まさかあの事件も、演出の為に起こしたってんじゃねーよな？」

「そのつもりだったんだけどね、残念ながらエドガーにバレてしまったよ。いやぁ懐かしいな～、あの時も八区で問い詰められたんだっけ。本当に君達は似た者親子だね」

「八区で？………どういう事だ？」

「フードとマントをつけて身元を隠してたというのに、エドガーは勘が良すぎるんだ……本当に、何でもかんでも持ち合わせて……何時までたっても席を譲ってくれない、目障りな男だったよ」

キースは顔を醜く歪《ゆが》めて、笑い声交じりに当時を思い出す。

そしてレイも思い出す。父親が殺された瞬間と、殺した操獣者がフードとマントで正体を隠していた事を……。

レイの心が警報を鳴り響かせる。

コイツを逃がすな、コイツは何かを知っていると本能に呼びかけてきた。

「お前、父さんに何をした？」

「ん、気づいてなかったのかい？　てっきり私はとうの昔に知っていると思っていたよ」

「答えろッ！」

声を張り上げて問い詰めるレイ。

するとキースは口の端を釣り上げて、心底嬉《うれ》しそうな笑みと共にこう答えた。

「君のお父さんは私に素晴らしい事を教えてくれた。目の上のたん瘤《こぶ》を始末するのは、至上の快感を伴う近道だとね」

「……もういい」

「エドガー・クロウリーは平民の分際で出しゃばり過ぎたのだよ。だから私が直々に愚か者に裁きを――」

「もういいッ！……もう喋《しゃべ》るな、キース・ド・アナスン」

確定した。犯人が直々に自白をしてくれた。

レイはグリモリーダーと鈍色《にびいろ》の栞《しおり》を取り出し構える。

「ド・アナスン、確かどこぞの子爵家だったな。貴族様のお高いプライドってヤツか？　そんな下らない理由でッ！　お前は父さんを殺して、街を泣かせた！」

最早目の前の男を許しておく理由など無かった。

「起動《ウェイクアップ》：デコイインク！　デコイ・モーフィング！」

激情に身をまかせて、レイは変身する。

レイは腰からコンパスブラスターを抜刀し、その切っ先をキースに向けた。

だが当のキースは臆する事なく、涼し気な様子でレイを挑発する。

「そんなトラッシュの玩具《おもちゃ》で、私に復讐《ふくしゅう》するつもりかね？」

「うるせぇ！　お前だけは絶対に許さねぇ！」

頭に昇った血は止《と》まる所を知らず、その熱量を上げ続けていた。

そして叫び終えると、レイはコンパスブラスターを手にキースに突撃していった。

「キィイイイイイイイイイイスゥウウウウウウウウウウウウウ！」

「Ｃｏｄｅ：ウッドブラウン解放、クロス・モーフィング」

猛獣の如《ごと》き咆哮《ほうこう》を上げながら、レイはコンパスブラスター（剣撃形態《ソードモード》）をキースに振り下ろす。だがキースは一切臆することなく変身し、ウッドブラウンの魔装にその身を包む。

そして。

「な!?」

「ボッツ♪　ボッツ♪」

突如現れた変身ボーツによって、レイの攻撃は防がれてしまった。

デコイ・モーフィングで強化されたボーツが腕を払う。レイはその勢いで一メートル程後ろへと吹き飛ばされてしまった。

「忘れてませんか？　此処《ここ》はデコイインクの採掘場。ボーツを呼び出す為《ため》のリソースならいくらでもあるんですよ」

ボーツ召喚の為に放ったのだろう、キースの足元でインクが光っている。

頭に血が昇って完全に失念していた。キースの言う通り此処にはデコイインクが山程あるので、ボーツの召喚も偽魔装を作り出す事も幾らだって出来るのだ。

「一体くらいならどうにでもなる！」

レイはグリモリーダーから栞を取り出し、コンパスブラスターに挿入する。

「インクチャージ！」

コンパスブラスターの刀身にデコイインクが流れ込む。付与する魔法術式は当然デコイ・モーフィングの破壊術式だ。変身ボーツは剣の如く鋭利な形状に変化した腕を構えて、レイに追撃をするべく突撃してくる。まだまだ頭に余計な血が残っているレイだが、目標を目の前のボーツに定めてコンパスブラスターを構える。

「どらァ！」

「ボッ!?」

駆け出し、すれ違いざまに一閃《いっせん》。変身ボーツの身体《からだ》は溶けかけたバターのように、容易《たやす》く両断されてしまった。デコイ・モーフィングで硬質化していたボーツの身体も専用の術式で破壊されてしまえば、その下は通常と変わらない脆《もろ》いモノである。

「種が分かってりゃ、どうとでもなるんだよ！」

「フフ、ならこれはどうですか？」

間髪容《い》れずに新しい変身ボーツを一体召喚するキース。一体だけならさっきと変わらない。レイは迷わず変身ボーツに攻撃を仕掛ける……だが。

「ボ〜ツ♪」

「なっ!?」

間一髪の所で攻撃を回避されてしまった。偶然だろうか？　いや今は関係ない。

レイは間を与える事無く攻撃を仕掛ける。しかしボーツは追加の攻撃さえも、悉《ことごと》くいなしてきた。

それは、本来ならありえない事であった。自我を持っていると言えどボーツの知能は高くない。少なくともこれだけの攻撃を上手《うま》く回避し続ける程の知能は持ち合わせていない筈《はず》だ。それどころか、目の前のボーツは的確に隙を突く攻撃を仕掛けてくる。

「クソッ！」

「見た目こそ人型ですがボーツも植物の一種です。私の契約魔獣ドリアードの固有魔法

【植物操作】を使えば、短距離内なら自在に操れるのですよ」

　操作用の術を発動しているからか、キースの手はインク塗《まみ》れになっていた。

　そしてキースが命じた次の瞬間、ボーツは再びレイに攻撃を仕掛けて来た。

「ボーツッ！　ボーツ！」

　両腕を長剣のような形に変化させて攻撃を仕掛けるボーツ。その太刀筋には従来までの知性の低さは微塵《みじん》も垣間《かいま》見えなかった。近接戦では分が悪い、ならばとレイはボーツから少し距離を取った。

「形態変化《モードチェンジ》、銃撃形態《ガンモード》！」

　コンパスブラスターを銃撃形態に変形させたレイは、偽魔装の破壊術式を刀身から弾倉に移動させる。その隙を逃さんと言わんばかりにボーツが襲い掛かってくるが、レイはコンパスブラスターの銃口をボーツの頭部に向けて引き金を引いた。

　ボーツの短い悲鳴が聞こえて来る。破壊術式を含ませた魔力弾はボーツの頭部装甲を貫通し内部で炸裂《さくれつ》、その頭部を破壊しつくした。

「どんだけ増えても一体ずつなら簡単に倒せんだよ！」

「……なる程。ではこういうのはどうかな？」

　そう言うとキースは手と足元のインクを更に増やした。ウッドブラウンのインクが光を放つと同時に、十数体の変身ボーツが一斉に召喚された。

「有効距離内なら何体でも操作できるのだよ。やれ！」

「「「ボォォォォツ！」」」

キースによって統率された変身ボーツ達《たち》は一斉にレイに襲い掛かる。長剣、槍《やり》、斧《おの》、鎌……様々な形態に変化させた腕で攻撃を仕掛けてくる。近距離かつ多数相手なので、レイは急いでコンパスブラスターを剣撃形態にしようとするが……

「ボォォォツ！」

「ッッッ！」

隙は与えんと言わんばかりに、ボーツの攻撃がレイの腹部に突き刺さる。

熱をも感じる程の激痛が襲い掛かってくるが、レイは歯を食いしばってコンパスブラスターを変形させた。

「インクチャージ！」

痛みに耐えつつ、頭の中で術式を高速構築する。

完成した術式と偽魔装の破壊術式を同時に流し込むと、コンパスブラスターの刀身から巨大な魔力の刃《やいば》が現れた。

「偽典一閃《ぎてんいっせん》！」

近接攻撃の為にレイに接近していたのが仇《あだ》になった。変身ボーツ達はレイが振るった魔力刃によって偽魔装を破壊され、その下の身体を攻撃エネルギーによってズタズタにされた。物言わぬ塊と化したボーツの破片がボトボトと地面に落ちていく。レイは構わず仮面越しにキースを睨《にら》みつけるが、キースは一切余裕を崩していなかった。

「言ったはずですよ、リソースは幾らでもあると」

キースのインクが再び光を放つと、更に十数体の変身ボーツが召喚された。

「既に魔法陣は完成しています。ボーツの十体や二十体簡単に召喚できるのですよ」

そう言うとキースは手を大きく振り、変身ボーツ達に攻撃命令を下した。不味《まず》い、このままではキースに攻撃するどころかジリ貧になって倒されるのがオチだ。そう考えたレイは咄嗟《とっさ》に変身ボーツ達に背を向けて、森の中へと駆け出した。

「逃がす訳がないでしょう……追いなさい！」

キースの命令でレイを追う変身ボーツ達。だがレイも考え無しに逃げた訳では無かった。

（植物操作で操られたボーツは確かに恐ろしい。だけどあそこまで精密な動作を要求する魔法なら有効範囲は狭い筈だ！）

足元の蔓《つる》や雑草を物ともせず、森の中を走りながら考えるレイ。狙いはキースの植物操作魔法の有効範囲外に移動する事だ。ボーツの知能は高くない。有効範囲外まで逃げてから銃撃形態にしたコンパスブラスターで狙い撃てば、少しはキースに接近する隙が出来る筈だ。そう考えたレイは森の中を複雑怪奇な道筋で走り続けた。

「ボーツ！」

「クソッ、もう追いついて来たのかよ！」

変身ボーツの予想外の足の速さに悪態をつきながら、レイはコンパスブラスターを銃撃形態に変形させる。一度足を止めて振り向き、レイは襲い掛かってくる数体のボーツ全員に照準を定める。

「術式構築完了、全員吹っ飛べ！」

引き金を引くとコンパスブラスターの銃口から放たれた複数の魔力弾が、変則的な軌道を描いて変身ボーツ達の頭に直撃した。レイはこの数瞬の間に変化球の術式を魔力弾に込めておいたのだ。だがこれだけで事態は好転しない。更に後から十体程の変身ボーツがレイに向かって迫って来た。

「勘弁してくれよな、手持ちのインクも有限なんだよ！」

今からこの数の狙いを定めるのは難しい。レイはコンパスブラスターを剣撃形態にして近接戦闘に入る事にした。栞を素早くコンパスブラスターに挿入すると、先陣を切った一体がレイに飛び掛かって来た。

「ボーツ！」

「どらァァ！」

鎌状の腕を振るおうとしたボーツ。その鎌が到達するよりも早く、レイの一撃がボーツの身体を縦一閃に切り裂いた。だが変身ボーツ達の追撃は止まる所を知らない。次々と放たれるボーツの攻撃。レイはそれらをいなしつつ反撃するが、多勢に無勢やはり何発かは受けてしまう。

「クッソがァァァァ！　偽典一閃！」

本日二発目の必殺技で周囲の変身ボーツを一掃するレイ。ただでさえダメージを受けている身体が、技の反動で更に痛めつけられる。だがここで止まる訳にはいかない。レイは身体の痛みを堪《こら》えて変身ボーツを迎え撃つ。しかしどれだけ切り伏せても、ボーツは次から次へと湧いて出てくる。

「おいおい、キリが無いってレベルじゃねーぞ」

ぼやきながらもレイは応戦し、そしてボーツ達を観察する。

レイは、よくよく見ればボーツ達の動きが統制の無いものに変わっている事に気づいた。

(先生の位置が離れたのか？……それとも何かの作戦か)

何が起きるか分からない状況。レイは警戒することなくコンパスブラスターで戦い続ける。

第一波、第二波、第三波……森の中を少しずつ移動しながらもレイは次々と現れる変身ボーツを切り伏せ、撃ち抜いていく。ボーツの数は確実に減っているが、レイ自身は襲い掛かるボーツの大群の流れに乗せられて徐々に場所を変えていってしまう。

そうこうしている内にレイは森を抜けて開けた場所に出て来た。足元の障害物が無くなった事でそれに気づいたレイ。辺りを素早く確認して、レイは自分がキースに乗せられた事を悟ってしまった。

「不味い、ここ居住区じゃねーか！」

仮面の下でレイの顔が蒼白《そうはく》に染まる。最初からこれが狙いだったのだろう。居住区内で戦闘を行えばレイの性格上周囲に被害がいかないように振る舞って、ボーツに対する集中力が削《そ》がれる。恐らくキースはその隙を突いてレイを始末するつもりだったようだ。

「「「ボッツ、ボッツ、ボッツ、ボッツ」」」

目算おおよそ二十体と少し。変身ボーツが群れを成して居住区に入り込んでくる。レイはすかさず辺りを見回し、人が居ない事を確認する。

「一日三発とか、どうなるか俺でも分かんねーけど」

レイはコンパスブラスター（剣撃形態《ソードモード》）に栞《しおり》を挿入し、術式を構築していく。

元々反動の大きい技だが、このダメージこの短時間で連発すればただで済まない事は重々理解していた。だがここで引くという考えは、レイの中で微塵も出ては来なかった。

レイという目標を見つけて向かって来る変身ボーツ達。巨大な魔力刃を纏《まと》ったコンパスブラスターを構えて、レイもまた変身ボーツ達に向かって駆け出した。

「「「ボォォォォォォォォォォォォォォッツ！」」」

「偽典一閃！」

勢いよく振られた魔力刃が、変身ボーツ達の装甲を破り中の身体を破壊しつくす。技の衝撃で周辺の建物が音を立ててヒビを走らせたが、レイは「後で事情を話して謝ろう」とぼんやり考えていた。大量の変身ボーツは身体を破壊され、ボトボトと崩れ落ちていく。後から続くボーツの気配はない。これで一段落だろうか……レイは極限まで警戒しつつ周囲の気配を確かめる。

「っつ！……反動は、ギリギリセーフかな？」

身体が酷《ひど》く痛むが、まだ辛うじて耐えられる。

レイは日ごろ肉体を鍛えてきた自分自身に感謝するのだった。

「流石《さすが》はレイ君。エドガーの息子なだけはあるよ」

乾いた拍手の音と共に、森の中から人影が現れる。キースであった。悠々と歩みを進めてキースはレイに近づく。その周りに変身ボーツの気配はない。完全に一人だ。

「……ボーツを連れて来なくてよかったんですか？」

「必要ない。君は大事な教え子だからね、私自身の手で始末させてもらうよ」

そう言うとキースの身体がインクの光に包まれ始める。彼がこの場所で戦闘を始める気だと察したレイは、内心非常に焦っていた。

「居住区のど真ん中で戦闘とか、冗談じゃねーぞ」

「構わないよ。どうせ最後には滅びる場所だ」

「どういう事だ」

「簡単な事さ、英雄を信仰しない民など必要ない」

当然だといった態度で堂々と言ってのけるキースを前に、レイは血の気が引いた。確かに八区の住民はエドガー・クロウリーへの愛着が今でも強い者が多い。エドガーの死後に台頭した勢力を知っても思わず比較してしまう者が多いのも事実だ。

特にグローリーソードに対しては（彼らの普段の行いもあるが）良い印象を持ち合わせている者が少ない。

「それにねレイ君、この巨大魔法陣を維持するのも結構大変なんだよ。採掘場のデコイインクを循環させても細かい場所へは渡りにくいんだ……だから、代わりになるエネルギーが欲しいんだよ」

「………まさか」

レイはすぐに勘づいてしまった。デコイインクに代わるエネルギー、獣魂栞《ソウルマーク》から生成されるソウルインクを除けば、もう答えに辿《たど》り着いたようですね。先生は嬉《うれ》しいです」

「流石優等生、この場所で獲得できるモノは一つしかない。

「アンタ、八区の人達の血で補う気か!?」

「そのとーり！　汚らしい貧民の血を私の素晴らしい計画の為《ため》に役立てようというのです。これほど名誉な事が彼らにありますか？」

「ふざけんな！　人の命を何だと思ってやがる！」

「駒、ですね。私の為の」

止める。この外道は今ここで止めなきゃ駄目だ。レイがそう考えてコンパスブラスターを強く握りしめると、レイの近くで建物が突然燃え上がり始めた。

突然の事にレイは一瞬気が逸《そ》れてしまう。その隙を突くように、レイに向かって大量の火の玉が飛来して来た。

咄嗟に火の玉から身をかわすレイ。だが地面に落ちた火の玉は周囲の家屋や薪木に引火し、辺り一面を火の海に変えてしまった。燃え盛る炎の向こう側からキースが姿を現す。

その手には一輪の白い花が握られていた。

「驚きましたか？　これはゴジアオイという花でね、世にも珍しい自然発火する花なんです……尤《もっと》も、今攻撃に使ったのは私が魔法で発火の威力を増幅させた物だけどね」

「てめぇ……自分の欲の為にここまでやるのか!?」

「先程も言ったはずですよ、結果は変わらないと。違いがあるとすれば君の死が早いか遅いかだけです」

　完全に狂っている。この男は邪魔者を排除する為ならば人の命だろうが、街一つだろうが平気で殺すことが出来る邪悪を孕《はら》んでいる。

「さぁ、追いかけっこはここまでです。あの世でエドガーによろしくと伝えて下さい」

　キースの掌《てのひら》に魔力が集まり始める。火の海に囲まれたこの状況では逃げようにも逃げられない。いや、強引に炎の中を突き抜ける事で逃げられるだろうが、それでは今起きている火災をどうにかできない。この火災を放置すればどの道森と八区が火の海に包まれて詰みになってしまう。

　いくら偽魔装を纏っているとはいえ、この火力は耐え切れる自信が無い。ピンチになりすぎて逆に頭が冷えて来たレイは、コンパスブラスターを銃撃形態《ガンモード》に変形させ冷静に頭の中で必要な術式を組み立てていく。

（かなり分の悪い賭けだけど、全部守るにはこれしか無い！）

　レイが今持っている栞は残り十枚。その内八枚を握りしめてレイは術式を流し込んだ。

キースの掌の前に木の杭《くい》が生成され始める。今だ！

「オラッ！」

レイは八枚の栞を勢いよく上空に投げ、それに向かってコンパスブラスターの銃口を向けた。

魔力弾が一枚の栞に着弾すると、大きな音を立てて爆炎をまき散らし始めた。

爆炎に巻き込まれた栞が更に次の爆炎を生み出す。連鎖現象によって生み出された巨大な炎は、上空から地上に向けて周囲をドーム状に包み込んだ。

「一体、なにを⁉」

突然の出来事に呆気《あっけ》にとられるキース。上空から降り注ぐ炎の一部がドーム内部に零《こぼ》れだし、キースに襲い掛かる。止《や》む無くキースはその炎に対する防御体勢を取らざるをえなくなった。

キースの周囲が炎で包まれ視界が遮られてしまう。動くに動けないキース。だが炎達《たち》は何の前触れもなく、突然その姿を消してしまった。視界を遮るものが無くなる。レイが放った炎が消えると、ゴジアオイの炎で燃やされた居住区は完全に鎮火されていた。

「……なるほど。操作できる魔法の炎でこの辺り一帯を包み込む事で、炎の中の酸素を消費し居住区を鎮火したのですか。やれやれ、我が生徒ながら大胆な事を考える」

周囲を見渡しながらキースは呟《つぶや》く。レイを探すものの周りにあるのは焼け焦げた地面と家屋の臭いだけ。人の影は一つも無かった。それを確認したキースは「ふぅ」とため息を一つついた。

「癪《しゃく》ですが……逃げられてしまいましたね」

苛《いら》ついた声でキースはそう吐き捨てるのだった。

◆

草葉を勢いよく踏み抜く音と、吐息の音が耳に入り込む。

「ハァ、ハァ……撒《ま》いたか？」

一度足を止めて周囲を確認する。キースの気配もボーツの気配も無い。ひと先《ま》ず安心するレイの偽魔装には本来ある筈《はず》の灰色のローブが着けられておらず、黒いアンダーウェアが剝《む》き出しになっていた。偽魔装のアンダーウェアは所々黒焦げになって、レイの身体《からだ》に火傷《やけど》の痛みを走らせている。そして身体と偽魔装に蓄積されたダメージが限界に達し、レイの変身が強制解除されてしまった。身体の痛みに負け、地面に膝をつくレイ。

「〜〜ッ！　流石に今回はキツイかも」

額に脂汗が滲《にじ》む。ズボンが血で湿る不快感が足を触る。だがここで倒れる訳にはいかない。ここで倒れてしまっては、避難所の住民を狙うキースを止める事ができなくなってしまう。

「とりあえず、一旦隠れるか」

少しでも回復させる為に、せめて身を隠そう。ここは森の中だ、人間一人を隠すのに苦労する場所ではない。レイは身体を引きずりながら近くの茂みに身を隠す。

「さーて、どうするかねぇ」

キースのあの様子なら今頃レイを殺す為に躍起になっているだろう。不幸中の幸い、今歯を食いしばって動けばキースの注意を引き付ける事は容易だろう。避難所のシェルターも変身ボーツから身を守るくらいの強度は十分にあるので心配はない。

「……残りの栞は二枚、ちと使いすぎたかな？」

だが今更事実を変える事はできない。今はこの二枚の栞に賭ける他ないのだ。手持ちの戦力を駆使してキースに勝つ方法をレイは必死に考える。

（キースはきっと俺を妨害する為なら変身ボーツを使うだろう。けどボーツの相手をしてたら栞なんか一瞬で尽きる）

かと言って変身ボーツを何とかクリアできても、次はキースの魔装を破る術《すべ》だ。部分的な破壊なら何とかなるかも知れないが、行動不能まで追い込むとなれば話は別だ。結論を述べてしまえばレイは手持ちの二枚の栞だけでボーツとキースを制圧する必要があるのだ。

「どの道変身で一枚消費するなら、実質残り一枚でなんとかする必要があるのか、無茶だなぁ」

だが方法が無い訳ではない。相当分の悪い賭けになるが、レイの頭の中には一つの手段が浮かんでいた。

（いっそ変身せずに、二枚の栞を無理矢理コンパスブラスターにチャージして、最大出力の偽典一閃《ぎてんいっせん》を叩《たた》きこむか……）

二枚の栞を使って放つ必殺技。その威力をもってすれば相手が本物の魔装を使っていようが、容赦なく制圧できる筈だ。

だが偽典一閃は元々発動者への反動が大きい技。しかも今日は既に三回も使用済みである。それをベテラン操獣者のキースに当てるとなると良くて相打ち。悪ければ犬死にだ。

しかし現状、それ以外に策は無い。レイは手に持ったコンパスブラスターを剣撃形態にする為に、持ち手に手をかける。手が震える。コンパスブラスターを操作しようにも腕が言う事を聞かない。心も震える。怖いのだ。分の悪い賭けしかない現状も自分が死ぬかもしれない未来も、怖くて仕方がないのだ。

「……自分で選んだとはいえ、やっぱ独りで死ぬのは怖いな……」

震える自分を押し殺しレイはコンパスブラスターに一枚の栞を挿入する。だが恐怖はレイを飲み込もうと広がり続ける。そんな心を落ち着けたくて、レイはふと夜空を見上げた。

「今日は……星がよく見えるな」

三年前もこんな夜空だったなと、レイは思い耽《ふけ》る。この星空に銃口を向けて助けを求めたが裏切られた。

「何も変わらない……街も、人も……」

きっとこの空に助けを求めても何も起きない。そう思っていた筈なのに……レイの脳裏には何故《なぜ》か、フレイア達の言葉が浮かんでいた。

そうだ、彼らは曇り無き眼《め》でその本心をぶつけて来たのだ。トラッシュである自分の荒唐無稽な言葉を「信じる」と言ってくれたのだ。三年前にこの街に無かった光を彼らは持っていたのだ。

「……俺は……」

偽典一閃を使うにはコンパスブラスターを剣撃形態《ソードモード》にする必要がある。だがレイは銃撃形態のまま、その銃口を上空に向けた。

救難信号弾を撃つには栞《しおり》を一枚消費する必要がある、そうすればもう最大出力の技は使えない。その上上空に信号を撃てばキースに現在地を把握されてしまう。今までなら悪手の極みだと切り捨てたであろう案。

だが………。

「俺が……本当に求めたのは……」

もし、フレイア達の言葉を信じて良いのなら。

もし、この叫びが届くのなら。

三年前に届かなかった声が、今なら届くというのならば。

「ッ！」

無意識だった、頭の中で術式を組んだのも。

無意識だった、上空に向けたコンパスブラスターの引き金を引いたのも。

一発の銃声と共に、術式で赤く染められた救難信号弾が上空で爆散し、その光を大きくまき散らした。

「……あーあ、やっちまった」

気の抜けた声で自嘲するレイ。だがその心は今まで経験した事が無いほどに清々《すがすが》しいものであった。後悔は無い。きっと間違いなんてないのだから。

「さぁて、あの馬鹿教師に吠《ほ》え面《づら》かかせますか」

レイがコンパスブラスターを杖《つえ》に立ち上がったその時だった。

物体が風を切る音が耳元を掠《かす》め、近くの木に一本の鋭利な木の杭が突き刺さった。

「探しましたよ、レイ君」

「ケッ、お早いご登場で」

レイを追って近くに来ていたのだろう。森の中からキースが姿を現した。

向けられた掌には既に次の杭が生成され始めている。

「忙《せわ》しないなぁ、もー！」

攻撃の狙いが定まらないようにする為、レイは走り始める。

目論見《もくろみ》通りキースが放った攻撃はレイを外し、周囲の木にばかり着弾していく。

「ちょこまかと鼠《ねずみ》のように……捕らえなさい！」

キースの号令に合わせて地中から三体の変身ボーツが召喚される。植物操作魔法で操られたボーツ達は、レイのみに狙いを定めて追跡し始める。風や木を切り裂く音と共に背後からボーツの攻撃が襲い掛かって来るが、レイは紙一重でこれを回避する。

「ちっ、一《いち》か八《ばち》か！」

草葉を踏みしめる音を立てながら、レイはコンパスブラスターを棒術形態《ロッドモード》に変形させる。

レイが持ち手部分に最後の栞を挿入すると、コンパスブラスターの先端から細長い魔力の塊が伸び始めた。

「ボォォォツ！」

「クッ！」

剣状に変化した変身ボーツの腕が襲い掛かる。レイはコンパスブラスターでそれを防ぎ、力いっぱい薙《な》ぎ払った。防御するだけなら何とかなる。だが攻撃するだけの力は既に尽き始めていた。森の中を駆け巡りつつ、ボーツの攻撃をいなし続ける。だが攻めには入れない、完全にジリ貧状態だ。

「ボーーッツ！」

「増えた!?」

ただでさえ負担の大きいこの状況で、レイを襲撃するボーツが数を増やし始める。

それも一体や二体ではない。気が付けばレイの周りには数十体はあろうかという変身ボーツが待ち構えていた。レイは確信した、既に魔法陣は強制起動していたのだと。

「……ヤッベ、どうしよう」

客観的に見れば完全に詰みの状態。だがレイはどうにかこの状況を打破できないか考えていた。何かある筈だ、何か方法が見つかる筈だ。

そう考えたのもつかの間、突如地中から生えた木の根がレイの両足を縛り上げた。

「バインド・ルート。ようやく捕まえましたよ、レイ君」

キースの植物魔法で拘束された際に尻餅をついたレイは、見上げるようにキースを睨《にら》む。

「この状況でも諦める気がないのですか？　何が君をそこまで奮い立たせるのですか？」

「砕きたくない夢、逃げたくない信念がある。知りたい事守りたい物がまだまだ山ほどあるんだ！」

「その為《ため》なら自身の傷も厭《いと》わないと？　無駄な事だと分かっていても泣けますねぇ」

わざとらしく同情的な言葉を述べるキース。

仮面で表情は見えないが、今その顔は酷《ひど》く歪《ゆが》んだものであるとレイは容易に確信できた。

「君のようなトラッシュが何をしても無駄だ。誰も君を信じない、誰も君を評価しない。

なら来世は人間になれるよう私が祈りを捧《ささ》げてあげようじゃないか」

「そりゃ有り難いですね……じゃあ俺からも贈り物があります」

そう言い終えるとレイは釣竿《つりざお》を持ち上げるように、手に持ったコンパスブラスターを思いっきり引っ張った。するとコンパスブラスターの先端から伸び続けていた細く見にくい魔力の糸が淡く光って姿を現した。

「硬質化魔法をかけたマジックワイヤーの罠《わな》だ！　足一本貰《もら》うぞ！」

真剣以上の硬さと鋭さを持った魔力の糸がキースの足を巻き込む。

いくら魔装で強化していると言えど、細い足一本ならこれで十分だ。スパンと音を立てて、キースの右足はあっさりと切断されてしまった。

「へ、ざまぁみ――ッ!?」

ざまぁ見ろと言い終えるよりも早く、レイの身体は巨大な腕に掴《つか》まれてしまった。

巨大な腕は無数の木の根で構成されている。その元を辿《たど》ると、そこには無数の根を腕から生やしたキースが立っていた。

「はぁ、まったく。諦めの悪さも、その意地汚さも、余計な事ばかりお父さん譲りですね」

「てめぇ……なんで立ってられんだ!?」

やれやれといった感じでキースは溜息《ためいき》をつくと、切断された右足を指さした。

レイは断面を見せているキースの右足をよく見る。そしてすぐにその異常に気がついた。

「血が……出て無い？」

「魔僕呪《まぼくじゅ》の副作用が思った以上に厄介でしてね。特に足は歩き方で露見しかねないので」

そう言うとキースは残った右の太股《ふともも》を外して見せた。外された太股から魔装が消える。

キースの手に残ったのは無数の木の根の集合体であった。

「義足!?　アンタまさか自分の足を!?」

「便利な魔法ですよ植物操作というのは。足を失うのに躊躇《ためら》いがなくなり、こうしてより強力な肉体を手にすることができますので……」

レイを拘束している腕の力が強くなる。骨の軋《きし》む音が鳴り、レイの全身に息の詰まるような激痛が走り抜ける。

「せめてもの情けです。苦しまぬよう、確実に致命傷を負わせてあげます」

レイを摑んでいる腕から一本の木の根が触手のように生えてくる。その根の先端は鋭利な槍《やり》のような形状をしていた。槍は、完全に逃げ道を失ったレイの頭に狙いを定めている。

「今度こそ、本当にさようならです」

キースが別れの言葉を投げかけ、レイの頭部を貫こうとする。

レイは自身の死を確信し、無言で目を閉じた。

結局、走り続けていたのは無限に続く闇夜の道だった。

光は無い。何も見えない。

お日様が沈んだから夜が来たのだ。帳《とばり》の向こうは黒洞々《こくとうとう》たる闇が続くのみ。

今までも、そして今も……レイはそれが真実だと思い込んでいた。

だが忘れていた。長い長い時間の中でレイはその真理を忘れていたのだ。

夜の先に在るものは無限の刻《とき》ではない。闇の先には、夜明けがある事を。

「間に合えェェェェェェェェェェェェェェェェェェェェェェェェェ！」

切迫した叫び声と共に、上空から巨大な炎が射出された。

「何⁉」

キースはそれに気づき驚愕《きょうがく》するも時すでに遅い。レイを摑んでいた巨大な腕は降り注いだ炎によって完全に断ち切られてしまった。キースから断たれた腕はただの木の根と化し、解けて消滅する。

そして拘束されていたレイも解放されて、地面に叩きつけられるように落下した。

「痛ってて……」

何が起きたのか分からず混乱するレイ。

目と鼻の先で何者かが着地する音が聞こえたので、レイはその正体を目で確認する。

その姿は赤い炎の象徴だった。

その姿は燃え盛る太陽を連想させるものだった。

そしてその姿は、夜明けを告げるお日様のように錯覚できた。

希望が見えた。目の前に居る赤い操獣者に、レイは三年前の願いを重ねた。

「へへーん、おっ待たせしましたー！」

「フレイア……」

変身を解除して笑みを浮かべるフレイアの姿を見て、レイは急激に脱力してしまう。

もう張り詰める必要は無いのだ。この叫びは、確かに届いたのだから。

「大丈夫？……そうには見えないかな？」

「フレイア……なんで？」

「なんでってそりゃあ、レイが『助けて』って叫んだのが見えたから。だから来ただけ」

堂々と言ってのけるフレイアに、微妙に呆《あき》れそうになってしまうレイ。もう少し疑いの心を持つべきだと内心思ってしまうが、そこで疑わないのがフレイア・ローリングという少女なのだろうとすぐに理解できた。

「てかお前、この短時間でどうやって来たんだ!?」

「ん、聞きたい？　それはね～」

フレイアが理由を言おうとした瞬間、レイの後ろから土が抉《えぐ》れる爆発音とボーツの断末魔の声が響いてきた。振り向くと、ボトリボトリと砕けたボーツの身体《からだ》が次々に地面へと落ちて行く。レイが呆然《ぼうぜん》とその光景を見ていると、落ちて行くボーツの破片の向こうから聞きなれた声が聞こえてきた。

「レイ！」

「アリス!?　お前も来てたのか」

「うん、連れてきてもらったの」

ミントグリーンの魔装に身を包んだアリスが、レイのもとに駆け寄る。レイの傷に気が付いたアリスは、すぐにレイの治療を始めた。ミントグリーンの光で傷を癒して貰っていると、森の奥から白銀の美しい毛に身を包んだ一体の魔獣が姿を現した。

「無事だったようだな」

「……スレイプニル」

足元で再生を始めている変身ボーツを踏みつぶしながら、スレイプニルはレイのもとに歩み寄る。意外な存在の登場に少々面食らったレイだが、すぐに大凡《おおよそ》の状況は理解できた。

「お前ら……スレイプニルと来たのか？」

「うん」

「そゆこと。救難信号弾が見えてすぐに、スレイプニルがアタシ達《たち》を運んでくれたの」

仮にも王獣が個人を助ける為にやって来るなど前代未聞、レイは開いた口が中々塞がらなかった。ひと先《ま》ずレイの無事を確認できた。レイがアリスとスレイプニルに守られている事を確認したフレイアは、眉間に皺《しわ》を寄せながらキースの方を向く。

「さーて、随分ウチの整備士とじゃれ合ってくれたみたいだけど……アンタが事件の犯人で良いのかな？」

「感心しませんね。貴女《あなた》のような将来有望な若者が、トラッシュ風情を囲うとは」

「うるさい。教師らしからぬ発言してないで、質問の一つくらい答えたらどうなの？」

「……貴女の想像にお任せします」

はっきりとした答えを出さないキースにフレイアが苛立《いらだ》ちを募らせていると、治療中のレイが声を上げた。

「犯人で正解だ！　三年前の事件も今回の事件も、全部コイツの自作自演だったんだ！」

「……なるほど、つまりコイツをブっ飛ばせば解決するって事ね」

「おや？　トラッシュの戯言《たわごと》を信じるのですか？」

「信じるに決まってんでしょ。レイはアタシの仲間だ」

それを聞いたキースは呆れかえったように首を横に振る。切断された右足は既に再生を終えていた。

「残念です……貴女は良い戦力になりそうだから、先日の件を不問にして私のチームに迎え入れようと考えていたのですが……残念でなりません」

「先日？」

「せっかく巡回担当の部下を言い包《くる》めて、私の華々しい一ページを飾ろうとしたのに……よくもまぁ邪魔をしてくれたものです」

フレイアだけではない、その場に居る全員がキースが言っている事を理解できた。

第六地区のボーツ発生事件、その際に巡回の操獣者が来なかったのはキースが手を回したせいだったのだ。

「アンタ、それでどれだけ街に被害が出たか分かってんの!?」

「英雄譚《たん》を作る為に必要不可欠な犠牲ですよ。結果的に私に助けて貰えるのだ、民衆は感謝して私を祭り上げる！　ヒーローとしてね！」

たった一言。その一言が発せられた瞬間、フレイアの怒りは一気に頂点に達した。

「ヒーロー？　アンタが？」

「そうさ！　最高の力、最高の人望！　最強の操獣者という証明と名誉！　貴族である私にこそ相応《ふさわ》しい称号だ！」

「……ざけんな」

「その為なら手段は選ばん、かつての同胞だろうが民衆だろうが、幾らだって犠牲にしてみせる！」

「ふざけんなァァァ！」

腹の底からフレイアが咆哮《ほうこう》する。威嚇など無い、その声に含まれているのは純然たる怒りだけであった。

「自分の欲の為に人を傷つけて、街を泣かせて！　事もあろうにヒーローを名乗る？　どこまで腐ってんのアンタは！」

「自分の評価の為に、他者を利用して何が悪い？　君だってそうだろう？　レイ君の才能とヒーローの息子という肩書、それを欲して仲間に入れたのだろ？」

「違う！　そんなのはどうでもいい。アタシはレイと、チームの仲間達と一緒にヒーロー目指したいだけだ！」

「ハハハハハ、トラッシュとヒーローを目指す？　笑えるロマンスだね。害悪しかまき散らさないドブネズミに高貴な称号は必要ない！」

そう断言すると、キースが自身の周りに変身ボーツを集めた。

「どの道真実を知られたんだ、全員生かして帰すつもりはない」

「……あぁそう、アタシも口で喧嘩《けんか》するよりこっちの方がいいわ」

フレイアはグリモリーダーと赤い獣魂栞《ソウルマーク》を構える。

「一つ聞かせて、アンタは何を守りたくて戦ってるの？」

「ふむ、質問の意図を理解しかねるね」

キースの返答を聞き、フレイアはどこか哀れみの感情を浮かべて言葉を続ける。

「アタシはね、自分が分かる範囲で誰にも傷ついて欲しくない。自分の近しい人達と一緒に未来を生きたい。そういうバカみたいな我儘《わがまま》を貫きたくて戦ってんの」

「醜い強欲だね、切り捨てる勇気を持たなければ人の上には立てないんだよ」

「人の上に立ちたいなんて思わない。それに、誰も切り捨てなかったからヒーローって呼んで貰《もら》えるんじゃないの？　少なくともレイはその心を持ってた」

そう言うとフレイアは、グリモリーダーに獣魂栞を挿入する。

「レイの夜がまだ続いてるってんなら、アタシがその夜を終わらせる！　Ｃｏｄｅ：レッド、解放ッ！　クロス・モーフィング！」

Ｃｏｄｅを解放し、十字架を操作する。

イフリートの魔力がフレイアの身体を強靭《きょうじん》なものへと作り替えていく。

そしてグリモリーダーから放たれた真っ赤なインクが、半袖のローブとベルト、ブーツ、ガントレットを形成していく。最後に放たれたインクが、イフリートを模したフルフェイスメットを形成してフレイアの頭部を覆いつくした。

「アリス、スレイプニル！　レイの事をお願い！」

「わかった」

変身を終えたフレイアはペンシルブレードを構えて、キースとその周りにいる変身ボーツに立ち向かっていく。

「無限に等しいボーツを相手にする気ですか？　愚かな……ならせいぜいボーツの津波に飲み込まれてしまいなさい！」

キースの指示で変身ボーツが一斉にフレイアに襲い掛かる。

だがフレイアはその圧倒的な数を物ともせず、その圧倒的火力で次々に切り捨てていった。

「レイが攻略法を教えてくれたんだ。変身してようがもう怖くない！」

「だけどこの数相手にどこまで戦えますか？」

フレイアが変身ボーツを一掃すると、キースが次の軍勢を召喚する。

客観的に見れば絶望的な状況、だがフレイアは挫《くじ》ける様子を見せず果敢に戦い続ける。

レイはそんなフレイアの戦いを食い入るように見続けていた。

(あぁ……そうだ……ずっと忘れていた)

暗い夜の闇、その果てにある朝日の輝きを。そしてその光へと導く、輝く光の魂を持つ存在が何かを。レイはようやくそれを思い出したのだ。

「……辿《たど》り着いたようだな、レイ」

スレイプニルはレイが何かに辿り着いた事を悟った。

目の前の少年は、今なら真に答えを出せるだろう。そう確信を得たスレイプニルは旅人を試すように、全身から王の威圧を放った。

「スレイプニル……」

「今なら答えられるか？　人の子よ」

まだ少し身体は痛むが、立ち上がる力はある。アリスが心配そうな様子を見せるが、決してレイを止めようとはしなかった。レイは覚悟を決めた表情で、力強く立ち上がった。

「本当に必要な事は、全部分かった」

「そうか……ならば今再び問おう」

今こそ、問いに答える時だ。

「レイ・クロウリーよ、先代を超えるヒーローとは何か？」

もう……迷いはない。

「ヒーローとは、魂の在り方、生き方そのもの」

そうだ、長い時の中で忘れていたのだ。

「父さんを超えるという事は、一人の弱さを認める事。他者を、仲間を信じる心を持つ事」

何故《なぜ》忘れていたのか、その魂の名前を。

「そして未来を……前を見据え続ける事！」

何故見失っていたのか、この光を。そうだ……これこそが……

「この光り輝く魂の名前こそが、ヒーローなんだ！」

信じてくれた、導いて貰った。信じる事を思い出させてくれた。

自身に疑いの心は無い。これこそが真の答えだとレイは確信できていた。

しばし静寂が流れる。

張り詰めた空気は、すぐ近くで行われているフレイア達の戦闘の音すら遮断していた。

だがその静寂は、スレイプニルの小さな笑い声で砕かれた。

「フフ……正解だ」

「スレイプニル……」

たった一言。だがその一言だけでレイの心は大きく救われた気持ちになった。

スレイプニルはその雄々しき一角の先端に白銀の光を集め始めた。

「胸を出せ、レイ」

そう言うとスレイプニルは、角の先端に集められた球体状の光をレイの心臓付近に挿し込んだ。強い衝撃がレイの胸に響き渡る。だが肉体には何の衝撃も無い、レイはすぐにこれは自身の霊体に干渉された衝撃だと理解した。角の先に集まっていた光が消え、ほんの数秒の儀式が終わりを告げる。

「お前の新しい魔核だ。契約も一緒に終えておいた」

スレイプニルの言葉を聞いて、レイは思わず胸に手を当てる。自身の霊体に移植された疑似魔核。決して感じ取る事など出来ない筈《はず》なのに、何故かレイには自分の中の新しい存在を感じる事が出来た。温かい力を感じる。その温かさがスレイプニルに認められた事実をより確かなものへと変えていった。

「もう身体は動かせるか？」

「あぁ、アリスの治療が良く効いた」

「ならば……」と言い、スレイプニルの全身が眩《まばゆ》い銀色の光に包まれる。

巻き起こる光の竜巻が止むと、そこには銀色に輝く一枚の獣魂栞が浮かんでいた。

『己の手で、因果を断ち切ってみせよ！　レイ・クロウリー！』

「あぁ！」

レイは勢いよく目の前の獣魂栞を摑《つか》み取る。

だが傷が完治していない事もあって、アリスが心配気に声をかけてくる。

「レイ……」

「……なんかさ、不思議な感じがするんだ」

「不思議？」

「あぁ、今なら誰にも負ける気がしない。今なら最高にヒーローやれる気がするんだ」

傷の痛みなど最早《もはや》忘却の彼方《かなた》。レイの心は今までにない程に清々《すがすが》しいものであった。

「でもさ、俺無茶しかやり方知らねーから。我儘だけど一緒に戦ってくれないか、アリス」

「……うん。心でも身体《からだ》でも、レイの傷はアリスが全部治す」

「ありがとな」

レイは驚愕《きょうがく》した様子で立ち竦《すく》んでいるキースを見据える。

今こそ終わらせるんだ三年前の事件を。そして守るのだ、父が守ったセイラムシティを。

レイはグリモリーダーと獣魂栞を構える。

交差《クロス》させるのは、伝説の王の力。身に纏う《クロスする》のは、己の夢と意志。

そして……

「受け継ぐのは白銀《しろがね》、父さんの魂！」

レイは父の声で何度も聞いて来た、その呪文を唱える。

「Ｃｏｄｅ：シルバー、解放！」

獣魂栞からスレイプニルの銀色の魔力が染み出す。

レイは獣魂栞をグリモリーダーに挿入し、十字架を操作する。

今こそ、あの言葉を叫ぶ時だ。

「クロス・モーフィング！」

魔装、変身。

獣魂栞から流れ出た魔力がレイの全身に流れ込み、その身体を魔法の行使に最適化されたモノに作り替えていく。スレイプニルの力で細胞の一片も残さず強化されていく。そしてグリモリーダーから放たれた銀色の魔力はレイの全身に纏《まと》わりつき、ローブ、ベルト、ブーツ、グローブを形成していく。最後に放たれた魔力はレイの頭部を包み込み、スレイプニルの頭部を模した一本角が特徴的なフルフェイスメットへと姿を変えた。

「馬鹿な、ありえない！」

「レイ……それって！」

キースは狼狽《うろた》え、フレイアは歓喜する。

彼らの視界に映るのは眩い銀色の魔装に身を包んだ一人の操獣者。

王獣スレイプニルと契約を交わした、レイの姿があった。

「さぁ、行くぜ！」

レイは地面に落ちていたコンパスブラスターを拾い上げて、キースとボーツの軍勢へと駆け出して行った。

「戦騎王《せんきおう》が、あのようなトラッシュを選んだというのですか⁉」

スレイプニルがレイを認めた事実に動揺しながらも、キースは変身ボーツ達《たち》に指示を出す。

「ですが所詮は初陣、数の力の前には無力です！」

目算三十体以上の変身ボーツが一斉にレイに向かって駆け出してくる。

鎌、剣、槍《やり》……その腕を様々な武装に変化させ、変身ボーツはその殺意をレイに向けて来た。

「アリス、一旦距離取ってくれ！」

「りょーかい」

レイの指示でアリスが後方に下がる。

レイは手に持ったコンパスブラスターを剣撃形態《ソードモード》にし、力一杯に薙《な》ぎ払った。

「どらァァァァァ！」

たった一回の薙ぎ払い。その一回の衝撃は突風を巻き起こし、強力な斬撃と化して変身ボーツの身体を横一文字に引き裂いていった。断末魔の声を上げる間もなく砕け散るボーツ達。その光景にフレイアは驚きを隠せなかった。

「え……今の、インクチャージしてないよね？」

間の抜けた声を出しつつも、フレイアは自身に襲い掛かる変身ボーツを切り捨てていく。だがフレイアが驚く一方で、キースは比較的落ち着いてその光景を見ていた。それはまるで、薄々こうなる事を知っていたようにも見えた。

『フフ、お前は我々の力の正体を既に理解しているであろう？　キース・ド・アナスン』

「えぇ知ってますよ、エドガー愛用の忌々しい固有魔法……武闘王波《ぶとうおうは》」

「固有魔法って……レイ起動宣言してたっけ!?」

「起動の宣言なんか必要ない！　オラッ！」

追撃で召喚された変身ボーツを縦横十文字に切り裂きつつ、レイはフレイアの疑問に答える。

固有魔法【武闘王波】。特別な属性魔法や技を与える事が多い固有魔法だが、スレイプニルの固有魔法はそう言った類を一切与えない稀有《けう》なものだ。武闘王波の恩恵はずばり身体能力、魔法出力、魔力総量と言った所謂《いわゆる》基礎ステータスと呼ばれる物に絶大な強化を与えるのである。だが何より、この固有魔法の最大の特徴は……

「俺達の固有魔法は、常在発動型だ！」

一体、また一体と変身ボーツが蹴散らされていく。そう、武闘王波の発動は変身しているだけで良いのだ。変身している間は常に強化が発動され続けているという、他に類を見ない特性を持っているのだ。これで強化された身体能力と偽魔装の破壊術式をもってすれば、強力な変身ボーツも木偶《でく》人形も同然である。

「ボッツッ！」

「ボーーツゥーー？」

ある個体はコンパスブラスターの一閃《いっせん》で、またある個体は斬撃の余波でその身体を破壊されていく。そして瞬く間にレイに襲い掛かって来た変身ボーツは一体残さず地に葬られる事となった。

「それで終わりだと思わない事ですね。召喚の為《ため》のリソースはいくらでもあるのですよ！」

再びキースの足元でインクが光を放つ。キースの召喚によって、新たに六十体以上の変身ボーツが姿を現した。召喚された変身ボーツはすぐさまキースの支配下に置かれ、レイとフレイアを狙って攻撃を開始した。

「もー、さっき倒したばっかなのに！」

次々に武装化された腕を振りかざして攻撃するボーツ達を、フレイアは斬り払っていく。だが一体ずつ蹴散らしてはキリが無い。フレイアは右手に装着した籠手《こて》の口を閉じ、大量の炎を溜《た》め込み始める。

「ボォォツ！」

「どりァ！」

接近してきたボーツを、炎を溜めている最中の右手で殴りつける。

溜めている最中とはいえ、超高温とレイ直伝の破壊術式を纏った拳で殴られたボーツは一瞬にして火達磨《ひだるま》から消し炭と化した。そうこうしている内にフレイアは籠手に炎を溜め終わる。

「全部まとめて焼き払う！」

イフリートの頭部を模した巨大な籠手の口を開き、フレイアは溜め込んでいた大量の魔炎を変身ボーツ達に向けて解き放った。破壊術式を織り交ぜられた炎がボーツの偽魔装だけではなく、その本体をも焼き尽くしていく。フレイアの超高温の炎に包まれたボーツ達は声を上げる事無く黒焦げの残骸と化した。

「よっし、これでだいぶ減った！」

「ボォォォツ！」

「ゲッ、後ろぉ!?」

身体の半分が焼け溶けたボーツが、背後からフレイアに襲い掛かる。

鎌状の腕をフレイアに振りかざそうとするが、その腕が届くよりも早く一発の銃声が鳴り響いた。弾ッ！　魔力弾で頭部を貫かれたボーツは「ボッ!?」と短い悲鳴を上げて絶命した。

「二回目だぜ、背後の敵にもご用心って」

「レイ、ナイスショット！――ってレイ、後ろ後ろ！」

フレイアの叫び声で後ろを振り向くレイ。そこには今まさに斧《おの》化した腕を振り下ろそうとしている一体の変身ボーツがいた。レイは咄嗟《とっさ》に身構えるが、そのボーツの腕もレイに到達する事はなかった。よくよく見れば、変身ボーツは腕を振り上げた体勢のまま完全に硬直しており、その背中には一本のナイフが突き刺さっていた。

「エンチャント・ナイトメア。レイも背中がお留守」

「サンキューアリス。ほれッ！」

どうやら変身ボーツはアリスの幻覚魔法で身体の動きを停止させられていたらしい。レイはすかさずコンパスブラスターで首を刎《は》ね、ボーツに止《とど》めを刺した。だがこれで終わった訳ではない。キースが召喚した変身ボーツはまだ二十体程残っている。

「うわぁ、まだ結構残ってるね」

「どうせこの後も追加が来るなら、最小労力で全滅させてやる」

二人が少し距離を取らせると同時に、レイはコンパスブラスターを銃撃形態《ガンモード》に変形させる。

構わず突撃してくるボーツ達。レイの視線はその軍勢ではなく、上空を向いていた。

「武闘王波、跳躍力強化」

固有魔法の効能を脚部に集中させる。そして強化された足のバネを使って、レイは戦場全体を見渡せる程の高さまで跳躍した。天高く跳んだレイを呆然《ぼうぜん》と見つめるボーツ達。

レイは上空に到達したと同時に、コンパスブラスターの銃口を地上に向けた。

「視力強化」

脚部の強化を解除して、すぐさま視力を強化する。強化されたレイの眼《め》は一秒もかからず、ボーツ達を余さずロックオンした。魔弾生成、拡散、偽魔装破壊、軌道変化、貫通力強化……。ボーツに狙いを定めた後の僅かな滞空時間の間に、レイの脳内では複数の術式が同時並行に組まれて、その全てがコンパスブラスターに弾丸として流し込まれた。

「全部まとめて狙い撃つ！」

レイが引き金を引くと、コンパスブラスターの銃口から大量の魔力弾が雨あられと地上に向けて降り注いだ。放たれた魔力弾はそれぞれ独自の軌道を描き、地上の変身ボーツの頭部を的確に撃ち抜いていった。それも一発も外すこと無く、ボーツと同じ数だけ放たれた魔力弾は全て致命傷としてボーツに着弾したのだ。

「……マジ？」

あまりにも常識外れな倒し方を目の当たりにしたフレイアは、思わず間抜けな声を漏らしてしまう。

「よっと――って痛ったァァ!?」

ボーツを一掃し終えたレイが地上に着地するが、着地と同時に身体に酷《ひど》い痛みが走り抜けた。アリスの治療を受けたとはいえまだ完治しておらず、傷口が開いたのだ。

それに気づいたアリスがすぐさまレイに治癒魔法をかけ始める。

「レイ、無茶しすぎ」

「アハハ、悪《ま》ぃ悪ぃ」

ひと先ずボーツを全滅させられたと安心したのもつかの間。

治癒魔法が終わる前に、新手の変身ボーツがレイ達に攻撃を仕掛けて来た。

「中々やるようですね。ですがこの数相手ではどうですか？」

ボーツの攻撃を咄嗟に避けたは良いが、フレイアはレイとアリスから分断されてしまった。慌てて見渡せば、一目で先程よりも多いと分かる程の変身ボーツが召喚されていた。目算だけで八十体は居るだろう。

「フレイア、火力上げて良いからそっちは任せた！」

「オーケー、任された！」

フレイアがその高い火力を駆使して変身ボーツを切り裂き焼き払う一方で、レイはコンパスブラスターを棒術形態《ロッドモード》に変形させた。

「形態変化《モードチェンジ》、棒術形態！」

襲い掛かって来る大量のボーツ達。

レイは強化された腕力をもって、向かって来るボーツを横薙ぎに斬り払っていった。剣撃形態の時よりも広い射程範囲。巻き起こる斬撃と大きな音を伴う突風が、ボーツ達の身体《からだ》を両断していく。だがそれでも、まだまだ数は減らない。未《いま》だ身体に残るダメージがレイの動きを僅かに鈍らせるが、背中に付くように戦っているアリスが要所要所で治癒魔法をかけてくれた。薙ぎ、斬り、吹き飛ばす。次々と襲い掛かるボーツを倒していくが、中々終わりが見えてこない。気づけばフレイアの方は既に粗方倒し終えていた。なんだか負けているような気がして腹が立ったレイは、ある事を思いついた。

「アリス、幻覚魔法で何体か足止めしてくれ！」

「うん」

レイに頼まれたアリスはナイフを取り出し、停滞の幻覚魔法を付与する。

空気を切り裂く音と共に投擲《とうてき》されるナイフ達は、次々とボーツの身体に突き刺さりボーツの身体を硬直させていく。そしてレイはコンパスブラスターの先端からマジックワイヤーを伸ばしつつ、ボーツの身体を貫き続けていった。

「ボッ!?」

「ボツ!?」

アリスの魔法で動きを止められた者だけでなく、レイに攻撃を仕掛けて来たボーツも貫いていく。だがその殆《ほとん》どは致命傷に至っておらず、ただ身体にマジックワイヤーが通されただけであった。ボーツが倒れていない事は承知の上でレイは彼方此方《あちらこちら》へと動き、ボーツの身体を貫き続ける。やがて通され続けたマジックワイヤーが複雑に絡まり始め、変身ボーツ達の身体を巨大な一塊へと縫い上げてしまった。

「縫い付け一丁上がり！　そんでもって――」

縫い上げられたボーツの塊とコンパスブラスターは強力なマジックワイヤーで繋《つな》がった

ままである。レイはコンパスブラスターを強く握り締めて、固有魔法を使った。

「腕力強化！　脚力強化！」

強化された脚力を用いて地面に踏ん張る。そして強化された腕力を使って、レイは縫い上げられたボーツの塊を振り上げ始めた。鎖付きの鉄球を振り回すように、レイは大きな風の音と共にボーツの塊を勢いよく振り回す。

「フレイア、パース！」

「へ、パスって!?」

レイはちょうど変身ボーツを倒し終えたフレイアに向けて、ボーツの塊を放り投げた。

プツンと音を立てて切り離されるボーツの塊。突然放り投げられた異物に混乱しつつも、フレイアは急いで獣魂栞《ソウルマーク》をペンシルブレードに挿し込んだ。

「どわぁぁぁぁぁぁ!?　バ、バイオレント・プロミネンス！」

火事場の何とか言うやつか、フレイアは今までにない速度で術式を組み立てる。

そして持ち前のとんでも火力を存分に発揮した必殺技で、ボーツの塊を爆散させた。

地面に響く程の爆発音が鳴り止《や》むと、先程までボーツだった破片達《たち》がボトボトと落ちていく。フレイアは若干肩で息をしながら、声を張り上げてレイに文句を言った。

「ちょっと、何すんのさ！」

「悪ぃ、無茶振りだったか？」

「……まっさかー」

その言葉は何時《いつ》ぞやの意趣返しだと気づいたフレイアは少々面食らったが、ついつい強がってしまった。

「本当に……諦めの悪い屑《くず》共ですねぇ！」

召喚したボーツを悉《ことごと》く倒された事で流石《さすが》に頭にきたのか、キースが怒声を張り上げた。

「いいでしょう、もうチマチマ召喚するのは止めです。ボーツの操作なんて度外視、召喚するポイントも度外視しましょう。数千体単位でセイラム中に召喚する！　もうどうなろうが構いません。私をコケにしたお前達も、私を認めないこの街もギルドも！　全て破壊しつくしてあげます！」

自棄《やけ》と狂気が入り乱れた叫びを上げるキース。数千体も召喚されては始末に負えない。ましてや街中に大量の変身ボーツが現れてはどれだけの死傷者がでるか分かったものでは無い。魔法陣を描いた地図をどれだけの人間が信じたか分からない。むしろ大して期待をしていなかった事もあって、レイは強い焦りを覚えていた。

「ふ〜ん、やってみれば？」

レイの焦り等どこ吹く風。フレイアのまさかの挑発行動にレイは開いた口が塞がらなかった。

「フレイア、お前何言って――」

「大丈夫、きっと大丈夫だから。アタシ達を信じて」

確信した様子で言い切るフレイアに、レイは何も言い返せなかった。

フレイアが何の根拠も無しにほらを吹く人間だと、レイは一切思っていなかった。

「そうですか……ならお望み通りにしてあげますよ！」

キースの足元からインクの光が溢《あふ》れ出す。ボーツ召喚の合図だ。

レイとアリスは咄嗟に身構えるが、フレイアは微動だにしない。

ウッドブラウンの光が強くなる……が、何時まで経《た》ってもボーツが現れる事は無かった。

「……何故《なぜ》だ？　何故魔法陣が起動しない!?」

切迫した様子で狼狽《うろた》えるキース。何度も何度も召喚を試み、遂《つい》には両手を地面につけて魔法陣を起動させようとするが、ボーツが召喚される気配は微塵《みじん》も無かった。

「ね、大丈夫だって言ったでしょ。時間的にそろそろかな〜って思ってさ」

「……魔法陣が破壊された？」

「そのとーり！」

実際ボーツが出てこないという事は魔法陣の破壊に成功したのだろう。だがレイは解せなかった。フレイア達に託したのは赤マークした箇所の破壊のみ。即《すなわ》ちデコイ・モーフィングシステムの破壊だ。仮にモーガン率いる魔武具《まぶんぐ》整備課の面々が協力していたとしても、その破壊作業だけでそれなりに時間がかかる筈《はず》だ。まして魔法陣全体を破壊しようとすれば更に時間がかかる。少なくともこんな短時間では不可能だとレイは考えていた。

レイがフレイアから聞き出そうとしたその瞬間、フレイアのグリモリーダーから着信音が鳴り響いた。フレイアは待ってましたと言わんばかりに、上機嫌で十字架を操作し通信に出た。

「もしもーし」

『姉御ー！　そっちは大丈夫っスかー!?』

「大丈夫。レイも無事だし、犯人も追い詰めた！　そっちは？」

『ミッションクリアってやつっス！　魔法陣は完全に破壊したっスよ！』

グリモリーダーから聞こえて来るライラの声で、魔法陣が破壊された事が確定した。だがそれは、レイの中の疑問を深めるだけであった。

「完全破壊って……街中の破壊ポイント全部やったのか!?　こんな短時間にどうやって!?」

『ふっふっふっ、それはっスね――ってちょッ！』

『レイ、無事か！』

「親方!?　俺は無事だけど」

『フレイア達が全部話して、ギルドの皆が協力してくれたんだ。レイが作った地図の事も言って、街を守る為《ため》に、お前が助けた奴《やつ》らが動いてくれたんだ！』

「信じてくれた……そんな筈……」

『安心しろ、全部現実だ！』

「でもそれは俺じゃなくて、フレイアや親方達の人望じゃ……」

『違う！　ギルドの奴らが動いたのはフレイア達の人望だけじゃねぇ。レイ、お前の人望だ！』

「……俺の？」

『そうだ。お前が無我夢中で走ってた最中に、お前に助けられてきた奴らが沢山居るんだ！　今回の話を聞いて、そいつらが自分から立ち上がってくれたんだ！』

「まさか、そんな筈」

『信じられねーってんなら自分で聞いてみろ！　オメーらァァァ、レイに何か言ってやりてー事はあるかァァァ!?』

そう言うとモーガンはグリモリーダーを高く上げたのだろう。遠くからの声なので少し聞こえにくいが、確かにレイに向けての言葉の数々が聞こえて来た。

『レイ！　これで借りの一つは返したからなー！』

『こっちの事は俺達に任せろ！』

『どうだ、必殺の人海戦術！　少しは頼りになるだろ！』

『これで私達のありがたみを少しは思い知りましたか？』

『レー君、レー君！　ウチめっちゃ魔法陣爆破したでー！』

ギルドの操獣者達の声がレイの耳に入り込んでくる。それも聞きなれた罵声ではない。レイを信じ、レイを慕うが故の言葉の数々が並べられていた。

実際の声を聞いた事で、レイの中で一気に現実味が増してくる。

『レイ！　犯人そこに居るのか!?』

「え、あ、あぁ」

『絶対逃がすんじゃねーぞ……それから、お前は自分の心を信じて戦い抜け！』

『もォォォ、お父さん！　ボクのグリモリーダー返してっス！』

ライラにグリモリーダーを取り返されたので、モーガンの声はそこで途切れてしまった。

『レイ君！　ボク達は皆、レイ君を信じてるっス！　だからレイ君も、ボク達に背中まかせて欲しいっス』

「………皆、信じてくれた？」

呆然《ぼうぜん》と気の抜けた声で漏らすレイ。

するとアリスはレイの手をそっと優しく掴《つか》んでこう言った。

「レイ……一人じゃない、みんな一緒にいる」

「そういう事！」

グリモリーダーの通信を切ったフレイアが、レイの方を向き言葉を続けた。

「誰かが見てる、誰かが知ってくれてる。だからアンタは一人じゃない」

そうだ、レイにとっては暗闇の荒野を走る道中で起きた些末《さまつ》な事。だがその道筋で確かにレイに救われた者達は居たのだ。どれだけレイに拒絶されても、それでもレイを慕おうとした者達が居たのだ。今まで見えていなかった人達の姿が、今まさにレイを信じ救おうとしている。

その事実を受け入れた瞬間、レイの視界が僅かに鮮明になった気がした。

「……なんだよ……意地張ってだの、俺だけがよ……」

レイの仮面の下で、幾つもの水滴が頬を伝っていく。

無駄ではなかったのだ。我武者羅《がむしゃら》に走り続けた道は、決して無駄ではなかった。

「あれれ～、もしかして泣いてんの？」

「バッガ、泣いてねーし！」

茶化すフレイアに強がってしまうレイ。だがその心は晴れ晴れとしたものであった。

「………何故だ」

一方のキースは地面に膝をついたまま、何が起こったか理解できず混乱していた。

だがやがて、ギルドの操獣者達によって魔法陣が完全に破壊された現実を理解すると、発狂したかのような咆哮《ほうこう》を上げた。

「何故だァァァァァァァァァァァァァァァァァァァァ！」

長い時間をかけた計画は水泡に帰した。

自身が踏み台にしようとした街に、自身が蔑んだトラッシュの少年に阻止されたのだ。

「何故このようなトラッシュ風情の言葉を！　何故信じられるのだ!?」

「分からない？　そうでしょうね。自分の欲の為に街も人も仲間も踏み躙《にじ》れるようなアンタには、一生掛かっても分からないでしょうね！」

取り乱すキースにフレイアは淡々と言葉を返していく。

「何度でも言ってやる、ヒーロー志望が一人だけだと思うな！」

「何なんだよ……お前ら一体何なんだァァァァァァァァァァァァァァ！」

レイはコンパスブラスター（剣撃形態《ソードモード》）を、フレイアはペンシルブレードの切っ先をキースに向ける。示し合わせた訳ではない、だが二人の心に浮かんだ言葉は全く同じものだった。

「「自称、ヒーローだ！」」

キースは言葉として成立し得ない咆哮を上げる。

瞬間、キースの身体《からだ》からどす黒い魔力の靄《もや》が溢れ出た。

「ふざけるな、ふざける、ふざけるァァ！」

感情の爆発に合わせて、どす黒い魔力はキースの身体を粘土のように作りかえ始める。

どう見ても異常事態。レイ達は魔武具を構えて警戒した。

「なぁ、アレどう見てもヤバいよな」

『そうだな。明らかに魔僕呪《まぼくじゅ》が暴走している』

「ねぇレイ、魔僕呪が暴走するとどうなるの？」

ペンシルブレードを握りながら、フレイアが質問する。

現在進行形で異形化しているキースを見据えながら、レイは答えた。

「話にしか聞いたことがないけど、見ての通り身体が化物になる。それから……」

「それから、嫌なやつ？」

フレイアが仮面の下で顔を歪《ゆが》ませていると、目の前で変質していたキースが見る見るうちに巨大化し始めた。

「デカくなる」

「うっそー」

全長五メートルはあろうかという異形の怪物と化したキース。

あまりの出来事にフレイアは、間抜けな声を漏らしてしまった。

「お前達《たち》程度の虫けらに、私が追いつめられる筈がないんだァァ！」

辛うじて人型は保っているが、大量の木の根が絡まり合ったような姿の異形の怪物。その中からキースの喚《わめ》き声《ごえ》が響いてきた。

身体だけではなく、精神も完全に暴走している。

「二人とも、くるよ！」

「アリス。サポート頼む」

「りょーかい」

キースの咆哮が響くと同時に、肥大化したキースの拳がレイ達に襲い掛かってきた。

三人は分散して回避する。キースの拳は地面に着弾、大きなクレーターを作り出した。

「うわぁ。アレはまともに喰《く》らったらヤバいね」

「だったら早急に終わらせるしかないな」

「同意。速攻で倒してやる」

フレイアはキースの攻撃を躱《かわ》しつつ、ペンシルブレードに獣魂栞《ソウルマーク》を挿入した。

「インクチャージ！」

ペンシルブレードが巨大な炎の刃に包まれていく。

フレイアはその場で跳躍し、異形化したキースの頭部めがけて振り下ろした。

「バイオレント・プロミネンス！」

業火一閃《いっせん》。必殺の炎が異形の身体を斬りつける。

ボーツを容易《たやす》く葬った技。しかしそれは、今のキースには通用しなかった。

「嘘《うそ》ォ!?」

斬りつけた断面から見えるのは、幾層にも重なった木の根。

フレイアが破壊できたのは、異形の身体の表層だけであった。

「無駄だァァァ！」

吠《ほ》えるキースの拳が、フレイアを襲う。

防御が間に合わなかったフレイアは、そのまま地面に叩《たた》きつけられてしまった。

「フレイア！」

名を呼ぶレイ。幸いフレイアはすぐに起き上がった。

しかし、他人の心配をしている暇など、キースは与えてくれない。

「みんな、みんな死んでしまえェェェ！」

キースの叫びに合わせて、周囲の森の木がグネグネと形を変えていく。

魔僕呪の影響で、植物操作魔法も強化、暴走しているのだ。

「危ねッ」

地面の根も操作されているらしい。

レイの足元から、鋭い槍《やり》の形をした根が生えてきた。

『我が魔力探知をする。上手《うま》く躱せよ』

「言われなくてもそうするわッ！」

流石《さすが》に身体を串刺しにされるのは御免被りたい。

スレイプニルが魔力探知をして次の攻撃を見抜く。レイはそれを聞いて上手く回避する。

「アリスは大丈夫か」

レイが視線を向けると、そこには軽々と回避しているアリスの姿があった。

「アリスさん回避上手すぎないか!?」

「案外いける」

喋《しゃべ》り方《かた》もいつも通りだ。動揺一つ感じられない。

レイとアリスが下からの攻撃に気を取られている間、フレイアは再び跳躍してキースに攻撃を仕掛けていた。

「バイオレント・プロミネンス！」

ペンシルブレードの耐久力などお構いなし。フレイアは繰り返し必殺技を叩きこんで、キースを倒そうとしていた。

「まだまだァ！　バイオレント・プロミネンス！」

何度も叩き込む。その度にキースは苛《いら》ついた様子で、フレイアを振り払っていた。

「何度も何度もしつこい！」

「悪いわね。しつこさならセイラムで一番なの」

炎の刃で異形の表層を斬り裂く。しかしダメージを受けた箇所はすぐに再生して元に戻ってしまう。魔僕呪の影響で再生能力まで強化されているようだ。

「レイ、あれどうするの？」

「今考えてる……どうしよう」

アリスに問われたレイだが、静かに頭を悩ませていた。

暴走しているとはいえ、戦闘能力が高すぎる。今のキースは並大抵の操獣者では対処しきれないのは明白だ。

ならば何か策を練らなければ、死ぬのはこちらだ。

(どうする。何か、何か打開策を思いつかないと)

レイは攻撃を回避しつつも、眼前の異形を観察する。

無数の木の根で構成された異形。再生能力も高く、戦闘能力もある。

だが何か弱点はあるはずだ。

レイは根拠のない希望に縋《すが》って、高速思考を続けた。

その時であった。

「バイオレント・プロミネンス！」

フレイアが何度目かわからない必殺技をキースに叩き込む。

だがその一撃が、ペンシルブレードの限界を超えてしまった。

――バリン！――

フレイアのペンシルブレードが粉々に砕け散ってしまった。

焦った声を一瞬出すフレイア。キースには致命傷を与えられていない。

絶望的な状況。

しかしレイは、一瞬のそれを見逃さなかった。

異形を構成している木の根。その表層が破壊され、中からキースの人間としての肉体が見えたのだ。

レイは高速思考をする。異形は、キースの人間としての肉体を包むように構成されているのか。ならば、本体はあくまで中にある人間としての肉体であるはず。

「そうか……本体だけを戦闘不能にすれば」

策は完成した。ならば後は実行するのみ。

「アリス、フレイアをサポートしてくれ」

「いいけど、レイは何するの？」

「外側が破壊できないなら、内側をぶっ壊すだけだ。フレイア！」

「えっ、なに!?」

剣が壊れたフレイアは、キースの攻撃を必死に回避し続けていた。

「少しの間でいい。キースを足止めしてほしい」

「なにか勝算あるの!?」

「当然」

「流石レイ。じゃあ任された」

短すぎるやり取り。しかしフレイアは決してレイを疑わなかった。

地面を踏みつぶしながら、異形の怪物がフレイアに襲い掛かる。

フレイアは右手の籠手《こて》の口を開き、大量の炎を吐き出した。

「燃えちゃえェェェ！」

異形の足が焼き払われる。いくら再生能力が高いとはいえ、所詮は木の根。炎で炭にするのは容易かった。

膝から下が炭化、崩壊し、異形はその場に崩れ落ちる。

「ぬあァァァァァァァァァァ！　ちっぽけな虫がァァァァァ！」

怒りに任せて足を再生するキース。しかし間髪容《い》れずフレイアの炎が異形の足を焼き払う。それが更にキースの怒りをかった。

「全て串刺しにしてやるゥゥ！」

キースは魔法を発動して、周囲に大量の根の槍を生やした。

結果はあっけなく、自分を愚弄した三人の若者を串刺しにした。

キースは、そうなったと思い込んでしまったのだ。

ほんの数秒の喜び。しかしそれが終わると、キースが発動した魔法も、串刺しにした者達も全て霧散してしまった。

「なんだと!?」

「エンチャント・ナイトメア。ぜんぶ幻覚」

異形の腕にはナイフが一本刺さっている。アリスの幻覚魔法が付与されたナイフだ。

キースは怒り、アリスを握りつぶそうとする。しかし腕が上がらない。

「何故《なぜ》だ、何故動かない!?」

「停滞の幻覚を入れた。しばらく動かないで」

アリスの魔法で動きを止められたキース。しかしこれだけでは致命傷には至らない。だが僅かな時間稼ぎにはなる。それだけできれば十分だった。

「「レイ!」」

「あぁ！　行くぞスレイプニル」

『うむ』

フレイアとアリスが時間を稼いでいる間に、レイは術式を完成させた。

「分離召喚！　スレイプニル！」

レイの身体から光が放たれて、一つの像を紡ぎ始める。

像はスレイプニルの姿となり、レイはその背中に飛び乗った。

「行くぞレイ」

スレイプニルは異形の怪物のもとに駆け出す。キースは当然抵抗しようとするが、幻覚魔法を打ち払うのが一瞬遅れてしまった。

王獣を相手にする場合、この一瞬は命取りだ。

「スラッシュホーン！」

銀色の魔力を帯びた角が、異形の身体《からだ》に突き刺さる。

スレイプニルはそのまま、力任せに異形の怪物を空に打ち上げた。

凄《すさ》まじい勢いで高度を上げる異形。

それよりも早く、スレイプニルは魔力で足場を作り、上空へと駆け出した。

レイはその間にコンパスブラスターを剣撃形態《ソードモード》にし、逆手に持つ。

ほんの一瞬で、レイとスレイプニルはキースという異形を見下ろす形になった。

「レイ」

「言われなくても！」

もはや余計な言葉は必要ない。レイはスレイプニルの分離を解除して、銀色の獣魂栞を手にする。

「インクチャージ！」

スレイプニルが残した魔力の足場に立ちながら、頭の中で術式を構築していく。

魔力刃生成、破壊力強化、攻撃エネルギー侵食特性付与、出力強制上昇。

そして、固有魔法接続。

構築した術式を全て、コンパスブラスターに流し込んだ。

するとコンパスブラスターの刀身が白銀の魔力刃で覆われていった。

「……やめろ」

異形の中から、キースが零《こぼ》す。

魔力刃は巨大化することなく、コンパスブラスターの刀身周りでその破壊力を溜《た》め込んでいく。

放たれる白銀の光を前にして、キースはかつて己が殺《あや》めた同胞の姿を重ねてしまった。

「その技を……私に向けるなァァァァァァァァァァァァァァァァァ！！！」

絶叫が聞こえる。だが聞き入れる必要はない。

レイは強化した脚力を使って足場から飛び降り、落下している異形に狙いを定めた。

偽典などではない、これこそ受け継いだ本物の必殺技。

「銀牙一閃《ぎんがいっせん》！」

当たる直前、レイはコンパスブラスターを反転させ、峰を異形の怪物にぶつけた。

コンパスブラスターを叩きつけられながら落下する異形。その中でキースは破壊エネルギーを含んだ魔力の爆発を、直《じか》に喰《く》らった。

「――――!?」

声にならない悲鳴をキースが上げる。

そのまま異形ごと、レイは地上に落下した。

大きな衝撃に大量の砂埃《すなぼこり》が舞う。

フレイアとアリスは慌てて落下地点に駆け寄る。

砂埃が消えると、異形の怪物はボロボロとその身体が崩れ始めていた。

「殺さない。生きて……生きて償え」

レイが押し付けていたコンパスブラスターを離すと同時に、異形は完全に消え失《う》せ、中からボロボロになって気絶した、キースが出てきた。変身も解除されている。

その隣にはキースの契約魔獣であるドリアードも気絶していた。

キース達《たち》が戦闘不能になった事を確認したレイは、傍らに落ちていたグリモリーダーにコンパスブラスターの切っ先を叩《たた》きつけた。

パキン！

上手《うま》く加減をして操作十字架だけを破壊したレイ。

これで目を覚ましてもキースは変身できない。

「終わったね」

「あぁ。これで全部終わ……」

終わったと言い切る前に、レイの変身は強制解除されてしまい、レイはその場で崩れ落ちそうになった。

「レイ！」

「よっと、大丈夫!?」

アリスが声を上げると同時に、近くにいたフレイアが倒れ込むレイの身体を受け止めた。

フレイアの肩に手を回すような形で、レイは身体を支えられる。

「大丈夫、大丈夫……原因は分かってるから」

『我の固有魔法、武闘王波《ぶとうおうは》のせいだな。元々深く傷ついていた身体に強化を重ね掛けした為《ため》に治癒魔法で抑えられなくなり、レイの身体が限界を迎えたのだろう』

「ちょ、それ本当に大丈夫なの!?」

『大丈夫だ。安静に治療を受ければすぐに治る』

スレイプニルの言う事だから大丈夫なのだろう。そう分かってはいても、フレイアは心配で仕方なかった。

「悪ぃ、フレイア……後始末、任せる……」

「レイ!?」

「大丈夫、気を失っただけみたい」

目を閉じカクンと頭を落としたレイを見てアリスは悲鳴じみた声を上げるが、フレイアがすぐに気を失っただけだと確認してくれたおかげで、ひと先《ま》ずの安心は得られた。

フレイアは真横で目を閉じ規則的な吐息を立てるレイの顔を覗《のぞ》き込むと、ふっと柔らかい笑みを浮かべて、こう呟《つぶや》いた。

「お疲れ、ヒーロー」

その言葉がレイに届いたかは分からないが、レイの顔はどこか満足気なものに見えた。

終章 ▼ 光に進む者達へ

レイがギルドの医務室で目を覚ましたのは三日後の事であった。

「身体中痛ぇ……」

「当たり前、後遺症が無いのが奇跡」

医務室のベッドに横たわるレイに、アリスが治癒魔法をかけ続ける。

内臓はあちこち傷つき、骨に入ったヒビは数知れず、出血量も多いとくる。

アリスの言う通り無事に生きている事が奇跡のような状態だ。

「……夢なんかじゃ、無いんだな」

「うん。全部本当にあった事」

自身の胸に手を当てて目を閉じるレイ。疑似魔核を移植された時の衝撃が今でも鮮明に再生される。スレイプニルに認められた事、操獣者としてスタートラインに立てた事をレイは改めて噛《か》み締めるのだった。

魔法をかけ終えたアリスは変身を解除し、今度はレイの身体に巻かれた包帯を交換し始める。その最中に、レイはアリスから事件の顛末《てんまつ》を聞く事となった。

レイが気絶した後、応援に駆け付けたギルドの操獣者によってキースは逮捕された。服の裏に魔僕呪《まぼくじゅ》を隠し持っていたので、まずは現行犯逮捕。その後ギルド特捜部がキースの部屋を調べると、レイが地図に描いた魔法陣と同じ物が描かれた紙が発見された。

　オータシティ支部局の協力を仰いでセイラムに輸入された永遠草を調べた所、キース（とその契約魔獣ドリアード）と同じインクが検出された。結果、モーガンの問い詰めで容疑を認めた事もあって、今回と三年前のボーツ大量発生事件の真犯人としてキースは地《ち》下牢《かろう》に幽閉される事となったそうだ。

（やっと全部終わったんだな……）

　犯人は捕まえた。ひと先ずの決着はついた。キースはこれからギルド法度に基づき裁判を受ける事になる。チームリーダーが捕まった事でグローリーソードの連中は肩身が狭くなっているそうだが、その殆《ほとん》どが自業自得な所があるのでレイは特別同情はしなかった。

「そういえばフレイア達は？」

「街の復興作業のお手伝い。あちこち壊れたから皆忙しくなってる」

　アリス曰《いわ》く、レイがキースと交戦している頃には既にセイラム中に変身ボーツが大発生していたそうだ。だがフレイアとギルド長の声に駆られて動き出した操獣者達が、レイが用意した術式を駆使してセイラムを守る為に戦い始めたのだ。グリモリーダーの通信機能を用いた連携や、協力してくれた広報部のラジオ放送を駆使した人海戦術によって、セイラムシティに展開されていた魔法陣は迅速に破壊された。

　とはいえ街に出た被害がゼロという訳ではない。幸いにして死者は出なかったものの、何人かの怪我人《けがにん》は出たし、建物や道路等はあちこち破壊されてしまったそうだ。おかげで今ギルドの面々は大忙し。壊れた街を直す為に猫の手も借りたい状況になっているそうだ。

「それからこれ。フレイアから預かったの」

そう言ってアリスが差し出したのは、炎の柄が特徴的な一枚の赤いスカーフだった。

チーム：レッドフレアの証《あかし》、それを差し出されたレイは思わず頬を掻《か》いてしまった。

「フレイアも諦めが悪いな～、もし俺が断ったらどうすんだよ」

「今のレイなら断らない。きっとフレイアは分かってたんだと思う」

「あの野性女め、全部お見通しかよ」

そう言いつつも、レイは目の前のスカーフに手を伸ばす。差し出されたスカーフを摑《つか》む事に躊躇《ためら》いは無かった。レイは手にしたスカーフを少し感慨深く眺める。

だが、ふとその時レイはアリスの首に同じスカーフが巻かれている事に気が付いた。

「あの～、アリスさん？　そのスカーフは……」

「これ？　アリスも同じチームに入るって言ったらくれたの」

「な、何故!?」

「アリスが居なかったら誰が無茶したレイを治すの？　アリスはレイの回復要員」

少しどや顔気味で言い切るアリスに対して、レイはぐうの音も出なかった。これから先無茶せずアリスの治癒魔法の世話にならない未来をイメージ出来なかったのだ。

「はい、包帯交換お終《しま》い」

「お、ありがとなアリス」

試しに肩を動かすレイ。まだ痛みは残っているが軽く動かす分には問題なさそうだ。

「……なぁアリス、もう歩いても大丈夫か？」

「あまりお勧めはしないけど、どこ行くの？」

「スレイプニルの所だよ」

そう言ってベッドから立とうとするレイを見て、アリスは止めても聞かないだろうと諦めがついた。上着を羽織り、アリスから杖《つえ》を借りたレイはそのまま救護室を後にした。

◆

杖とアリスに支えられながら、レイは長い長い螺旋《らせん》階段をゆっくり上る。

そして階段が終わった先にある扉を開くと、すっかり肌に馴染《なじ》んだ風と見慣れた屋上の風景が広がっていた。その先には見慣れた銀馬の魔獣……レイと契約を交わした獣、スレイプニルが鎮座していた。

「おーす、スレイプニル」

「レイ……もう動いて大丈夫なのか？」

「正直ちょっと無茶してる。スレイプニルと話したくてな、アリスに無理言ったんだ」

杖をカツカツと鳴らしながら、レイはスレイプニルのそばに移動する。

そしてゆっくりとスレイプニルの隣に座り込んだ。

短い沈黙が流れるが、レイはおもむろに話題を切り出した。

「……お前、知ってただろ。キースが犯人だったって事」

「……そうだな」

あっさりと肯定するスレイプニル。

それは、少し冷静になって考えれば分かることだった。スレイプニル程の高ランク帯の王獣ともなれば、広い範囲で魔力を探知する事が出来る。少なくともセイラムシティ全域くらいなら朝飯前だ。以前フレイアに出した警告もその魔力探知で知った情報だろう。となればもう一つの真相を明かすのも容易《たやす》い。セイラムシティ全域に張り巡らされたデコイインクと魔法陣。スレイプニルがそれに気づかない訳が無いのだ。

「何で黙ってたんだよ」

「すまなかったな。理由は二つある」

スレイプニルはレイの顔を覗き込み、一つ目の理由を告げた。

「一つ目はレイ、お前を試す為だ。お前が我の契約者として相応《ふさわ》しいか否か、その信念と実力を見計らう為に敢《あ》えて奴《やつ》を泳がせたのだ」

「そのせいで街に余計な被害が出た事についてはどう思ってるんだ？」

珍しくスレイプニルを問い詰めるレイ。自分の為に起こした行動とはいえ、そのせいで街の被害が広がった事についてはは許す事が出来なかった。

「それについてはもう一つの理由だ」

スレイプニルは街に目を向けて言葉を続ける。

「見極めたかったのだ、この街の民は我が護《まも》るに値する者達なのかを……」

どこか悲哀を感じさせる声を漏らすスレイプニル。己の戦友を見殺しにした地に対して、スレイプニル自身も向き合い方が分からなくなっていたのだろう。それを察したレイは小さく「そっか」と返すのだった。

スレイプニルはセイラムシティを見守る王。自身の領地内の民が、己の力で過ちから学習できるのかを試していたのだ。そして結果は知っての通り。セイラムの民達は互いに助け合い、この街を守ってみせた。見事、戦騎王《せんきおう》の試練を乗り越えて見せたのだ。

だがここでレイは一つ解せない事が出て来た。

「なぁスレイプニル。なんで最後に俺を助けに来たんだ？」

スレイプニルの立場は良くも悪くも中立であったはずだ。自身が課した試練に挑む者に手を貸すような性格では無いと、レイはよく知っていた。

「……我も、フレイア嬢に毒されてしまったのかもしれんな」

スレイプニルは何時《いつ》かの問答を思い出す。王の威圧に臆する事なく、曇り無き信念と共に命に貴賤《きせん》を付けないと答えた少女に、スレイプニルは未来の光を見出《みいだ》したのだ。

「太陽は好みで無かったか？」

「そのお日様、少し暑苦しいんだよ……けど、悪くはないかな」

「そうか、ならば良かった」

スレイプニルはジッと街の様子を眺め続ける。

レイも望遠鏡を取り出して街を見ようとするが、スレイプニルがそれを制止した。

「レイ、今回は自分の眼《め》で見渡してみろ」

意図はよく分からなかったが、スレイプニルに言われるがままにレイは肉眼で屋上からセイラムシティを見渡した。

「あっ……」と小さく声を漏らす。見慣れて来た筈《はず》の風景。変わる事が無いと思っていた街の様子が、レイの眼に広く鮮明に映り込んでくる。空気に淀《よど》みは見えない。色彩は鮮やかになっている。暗い濁りが取れた眼は今まで見落としてきた街の様子を克明に拾い上げていった。

「この街って……こんなに広かったんだな」

「そうだ。そして今は、お前が守った街でもある」

「俺だけじゃない。俺達《たち》みんなで守った街だ」

「……そうだな」

レイの心の成長を感じ取れたからか、スレイプニルは満足気な声で返答した。

そうしてしばし街を眺めていると、上空から巨大な鳥の影が差し、少女の声が聞こえてきた。

「レェエエエエイィィィィィィィ！」

「ん、フレイアとライラか」

空を旋回している鳥はライラの契約魔獣ガルーダ。その背中からレイを呼ぶのはフレイアであった。フレイアはレイの姿を確認すると、ガルーダの背中から勢いよく屋上に向かって飛び降りてきた。

「ひゃっほォォォォォォォォォ！」

「どわァァァァァ!?」

いきなり上空から自分に向かって落ちて来たフレイアを見て、レイは咄嗟《とっさ》に身をかわしてしまった。サッ。ズドン！

「ちょっとー！　何で避《よ》けるのさー！」

「怪我人に向かって飛び込むなアホ！」

受け止めなかった事について抗議するフレイア。あの高さから落下したにも拘《かかわ》らず無傷な辺り、レイは本気で「この女は人間なのか？」と疑わざるを得なかった。

「姉御ー！　大丈夫っスかー!?」

今度は上空のガルーダの背中からライラの声が聞こえて来る。ライラもガルーダの背中から飛び降りて来たが、こちらは慣れているのか綺麗《きれい》に屋上に着地した。

「あ、レイ君も怪我は大丈夫っスか？」

「大丈夫、アリスがしっかり治療してくれた」

「流石《さすが》アーちゃん、レッドフレアのお医者様！」

褒められて嬉《うれ》しいのか、アリスは少し頬を赤らめる。

一方フレイアは服に付いた埃《ほこり》を払い、レイのもとに駆け寄ってくる。

「ねぇねぇ、スカーフ受け取ってくれた!? ねぇねぇ！」

「はいはい受け取った受け取った、だから急に近づくな暑苦しい」

「やったー！ 専属整備士キター！」

両腕を高く上げて喜ぶフレイア。そんなフレイアをレイから引き離しつつ、ライラは
「よかったっスね姉御」と共感するのであった。

喜びが最高潮に達したせいか、フレイアはレイにどのような剣を作って貰《もら》おうか妄想に耽《ふけ》る。だが数秒後には妄想が行き過ぎて、新しくしたペンシルブレードを取り出し新技を考えるフレイアの姿があった。

「どんな剣になるのかな？ なんか新必殺技とか使えるようになったりして！」

「あ、姉御ー！ 流石に剣を抜くのは危ないッスー！」

興奮しすぎて周りが見えなくなったフレイアを、ライラが必死に止めようとする。その様子を見て、レイは只々呆《ただただあき》れかえるばかりだった。

「ったく、何やってんだか」

「……いい顔をするようになったな、レイ」

スレイプニルの唐突な発言にレイは少々驚く。

「そうか？」

「そうだとも。自然な笑顔が出るようになったな」

レイは指摘されて初めて気が付いた、自分が今笑っている事に。

そうだ、眼の前に広がる光景こそがレイが心の底で欲していた仲間達なのだ。

その感情を受け入れて、レイは自然と笑みを零《こぼ》していく。

「レイ、一つ聞いて良いか？」

「何だ？」

スレイプニルの問いかけ。その問いは以前レイに出されたものと同じ問いであった。

「何が見える？」

そう聞かれるとレイは、改めて目の前のフレイア達に視線を向ける。

数秒見つめた後、レイはポケットに仕舞っておいた赤いスカーフを左腕に巻きつけた。

今なら胸を張って答えられる。

レイは曇り無き眼で仲間達を見やり、こう答えた。

「光に進む奴ら」

一人ではできなくても、仲間と一緒ならこの道を駆け抜けられる。

彼らと一緒なら、共に光を摑み取れる。

ならば、此処《ここ》から始めよう。

二代目を名乗る為《ため》の物語を……


【終】

あとがき

　はじめまして。この度第9回オーバーラップ文庫大賞にて銀賞を受賞した、鴨山兄助《かもやまけいすけ》と申します。本作は2019年頃からWEBで公開していた『白銀のヒーローソウル』という作品に改稿など諸々《もろもろ》加えたものとなります。

　それを踏まえて、この書籍版を読んだWEB版読者の方々が感じたであろう疑問について答えたいと思います。

　Q：WEB版に居たジャックというキャラはどこにいったの？

　A：彼は作者判断、および大人の事情により、書籍版は永久出入り禁止です。

　それはともかく。本作は僕の好きなものと好きなものを合体させた、超好きなもの的な作品となっております。そんな感じの作品ですが、読者の皆様は楽しんでいただけたでしょうか。楽しんでいただけたのなら光栄です。

　本作を出版するにあたって、様々な方にご尽力いただきました。凄《すさ》まじく美麗なイラストで作品を華やかにしてくださったイラストレーターの刀彼方《かたなかなた》さん。右も左も分からない僕を導いてくださった担当編集のSさん。その他にも編集部の皆様や、校正の方々など。感謝したい人はたくさんいます。そしてなにより、本作をご購入いただいた読者の皆様にこの上ない感謝を。

　あまり長々とは語れませんでしたが、どうか今後ともよろしくお願いいたします。

OVERLAP

落ちこぼれから始める白銀の英雄譚 1

発　行　2023年1月25日　初版第一刷発行

著　者　鴨山兄助
発行者　永田勝治
発行所　株式会社オーバーラップ
〒141-0031　東京都品川区西五反田 8-1-5
校正・DTP　株式会社鷗来堂
印刷・製本　大日本印刷株式会社

Printed in Japan ISBN 978-4-8240-0386-7 C0193